리디아의 일기장
# 기괴한 레스토랑

②

리디아의 일기장

# 기괴한 레스토랑

## ②

팩토리나인

## ≫ 목차 ≪

15. 가짜 결혼식　　　　　　　　007

16. 하츠의 고해성사　　　　　　024

17. 수프의 방　　　　　　　　　041

18. 리디아의 방　　　　　　　　071

19. 위기의 공연　　　　　　　　091

20. 루이의 속임수　　　　　　　109

21. 에드워드 백작과 루이　　　　141

22. 하츠의 경고　　　　　　　　160

23. 밝혀진 리디아의 정체　　　　　183

24. 리디아의 일기장　　　　　205

25. 리디아의 일기장(2)　　　　　220

26. 작전 개시　　　　　240

27. 거미 여인과의 조우　　　　　272

28. 레스토랑 업무의 시작　　　　　291

29. 플라밍고 여인의 이야기　　　　　319

30. 톰의 비밀　　　　　351

31. 아카시아 양의 마지막 공연　　　　　380

## 가짜 결혼식

수십 개의 샹들리에로 고급스럽게 장식된 식장 안은 크리스털, 에메랄드, 황금 등등 많은 보석들로 호화롭게 빛나고 있었다. 모든 것이 적절한 장소에 적당하게 배치되어 제각각의 빛깔로 반짝이며 식장 안을 다양한 색감으로 채웠다. 그 중에서도 가장 눈에 들어오는 것은 연한 장밋빛 식탁보 위를 가득 채운 음식들이었다. 하츠는 유혹을 마다하지 않고 음식을 하나씩 음미하였다.

"시, 신랑, 식에 집중해 주십시오."

신랑 입장을 하던 중에 자유롭게 방을 배회하며 음식들을 감상하는 하츠를 보고 당황한 주례가 제지의 말을 던졌으나, 그가 말을 들을 리 없었다.

"아. 계속해, 계속해."

하츠는 음식들 하나하나를 태평하게 맛봐 가며, 손짓으로 축사를 이어 가라고 재촉하기까지 했다. 식장 안에 있던 꿀벌들이 술렁였고 주례는 난감한 상황에 이마를 짚었다. 곧 있으면 신부가 입장할 시간이다. 여왕은 그녀의 결혼식이 이런 식으로 돌아가고 있는 것을 마음에 들어 하지 않을 것이 분명했다.

주례의 속이 타들어 가든지 말든지, 과일 청이 곁들여진 요거트 앞에 멈춰 선 하츠는 손가락으로 요거트를 찍어 입속에 넣고 빨아 먹었다.

"저어…… 결혼식이 끝나기 전까지는 먹으면 안 되는 음식인데……."

다른 이도 아닌 신랑이 식이 끝나기도 전에 자신의 작품을 망가뜨리고 있다는 사실에 급하게 달려온 요리사가 우물쭈물 하츠를 말렸다. 그러나 하츠는 대수롭지 않다는 듯 대답했다.

"뭐 어때? 어차피 다 신랑, 신부를 위한 것들인데. 내가 신랑이잖아."

하츠는 자신이 신랑이라는 사실을 넌지시 자각시키며 덧붙였다.

"그런데 좀 싱거운 것 같아. 과일 청을 더 얹어야겠어."

이번에는 더 앞으로 나아가 도마뱀 구이를 보더니 미간을 찌푸렸다.

"아, 난 레어(rare)는 좀 거북해서……. 더 익혀."

그다음에는 고양이 수염 국수.

"짜. 물을 더 넣어 봐."

그러더니 아예 버진 로드를 벗어나 더 멀리까지 멋대로 걸어가, 식탁 위에 쌓여 있는 접시들을 무너뜨리는가 하면 그 조각들을 밟은 채 다른 음식들도 간 보기 시작했다. 마음에 들지 않는 음식이 담긴 접시와 컵을 던지는 바람에 쩽그랑쩽그랑하고 접시 깨지는 소리가 배경음처럼 그의 발밑에서 연달아 들려왔다.

"신랑, 이제부터 식을 시작할 테니, 저의 물음에 대답하십시오."

하츠가 도무지 말을 듣지 않자 결국 체념한 주례가 서둘러 말을 꺼냈다. 신부 입장이 있기 전에 신랑을 향한 주례를 서둘러 끝내 놔야 했다.

"당신은 마음가짐을 곧고 바르게 하여 이 신성한 의식을······."

"그럼, 물론이지."

신랑은 주례가 말을 다 끝내기도 전에 고개도 들지 않고 담백한 목소리로 대답했다. 상황을 인지하지 못하는 건지, 모르는 척하는 건지, 계속되는 그의 돌발 행동에 병사들이 공격 자세를 갖췄으나 주례는 병사들을 제지했다.

나이가 지긋이 든 주례는 지혜롭게도, 하츠를 자극했다간 이 방의 모든 꿀벌들이 몰살될 것이라는 사실을 너무나 잘 알고 있었다.

식장 밖에서는 하츠가 탈출하지 못하도록 문을 잠근 상태였고, 안에서 무슨 일이 벌어져도 상관하지 않을 것이었다. 이 안의 벌들이 떼죽음을 당한다고 하더라도 밖의 벌들은 지원병을 보내는 대신 식장 안에서 들려오는 비명을 들으며 평소처럼 청소를 하고, 경호를 하고, 식사를 준비할 것이다. 식장 안은 신랑 하나를 얻고자 버림받은 장소였다.

'아마도 오늘, 우리들은 모두 죽고 말겠지.'

주례는 생각했다.

"신랑."

주례가 차분하게 입을 열었다. 모두가 바짝 긴장하고 지켜보는 가운데 그의 목소리가 엄중하게 울려 퍼졌다.

"신랑은 이 결혼식을 계기로 당신의 신부를……."

"그래."

또다시 건성으로 대답한 하츠가 이번에는 스펀지케이크를 맛보고는 요리사에게 크림을 더 발라 오라고 명령했다. 그러고는 식장 안의 살벌한 분위기를 마치 이제야 알아챈 사람처럼, 고개를 들어 주변을 훑어보며 유감이라는 표정을 짓는 것이었다.

"이런, 이런. 이렇게 기분 좋은 날에 표정들이 다 우울해서 어떡해."

그 원인이 저라는 걸 알면서도 시치미를 뚝 떼고 혀를 차며 말하는 것이, 그럼에도 아무도 입도 뻥끗하지 못하는 것이 참으로 우스운 일이었다.

하츠는 뒤늦게나마 분위기를 띄워 보기로 했는지 결혼식 행진곡 연주를 위해 식장 구석에서 대기하고 있던 악단에게 고갯짓을 했다.

"신나는 곡 좀 뽑아 봐."

하츠의 눈치를 살피던 단원 중 하나가 얼떨결에 바이올린으로 활기찬 멜로디를 연주하기 시작했고, 쭈뼛쭈뼛 머뭇거리던 나머지 단원들도 덩달아서 연주를 시작했다. 미끄럼틀처럼 빠르게 흘러가는 피아노 선율에 맞춰 바이올린의 높은 음이 장난스러운 멜로디를 자아냈고, 첼로와 더블 베이스는 중저음의 고풍스러운 음색을 깔아 주었다.

결혼식이라는 무게감 있는 의식에 도무지 어울리지 않는 음악이었으나 어쨌거나 하츠의 입가에는 만족스러운 미소가 걸려 있었다. 물 흐르듯 매끄럽게 흘러가는 상황이 그의 마음에 쏙 들었다.

'이보다 더 완벽할 수는 없지.'

결혼식은 완벽하고 완전하게 엉망이 되었다. 하츠는 만면에 기분 좋은 미소를 띤 채 다른 음식들도 맛보기 위해 여유롭게 움직였다. 결혼식장에 입장한 신랑이라기보다는 제집 정원을 산책하는 신사에 가까운 모습이었다.

결국 보다 못한 병사 하나가 하츠에게 접근했다.

"지금 이, 이게 뭐 하는 짓이냐. 곧 있으면 여왕님께서 입장하실 거다. 어서 제자리에⋯⋯."

"요리사, 샐러드에 거미줄 드레싱 좀 해 와."

"대체 무슨 꿍꿍이인 것이냐!"

병사가 소리를 지르며 꽁무니에 달려 있는 독침을 꺼내 들어 하츠를 겨냥했다. 순식간에 식장 안은 고요해졌다. 모든 꿀벌들이 숨을 죽이고 이 둘을 지켜보았다.

"……쏘게?"

아슬아슬한 침묵 속에서 하츠가 입을 열었다.

"꿀벌은 자기 독침을 이용하고 나면 그 대가로 죽음을 맞이하게 될 터. 겨우 이깟 일로 네 목숨을 버리려는 건가?"

비아냥거리는 하츠의 말에 병사가 독침을 하츠에게 더 바짝 밀착시켰다. 하츠의 목덜미와 병사의 독침 간격이 좁아질수록, 마치 목이 죄여 오는 것처럼 긴장감이 공기를 압박했다.

"여왕 폐하를 위해서라면, 기꺼이."

대답하는 목소리에는 흔들림이 없었다.

하츠의 눈동자는 파동 없는 호수와 같았다. 새까만 눈동자가 눈앞의 상대를 싸늘하게 쳐다보았다. 이윽고 천천히 입술을 연 하츠가 턱을 매만지며 감탄했다.

"충심이 아주 대단하군. 여왕이 애들 교육은 참 잘 시켰어."

고개를 삐딱하게 쳐들고 중얼거리는 그의 태도는 오만방

자했다. 거기까지면 충분했다. 끓어오르는 분노를 참지 못한 병사가 충동적으로 하츠에게 독침을 날렸다. 무언가 터지는 소리가 총알처럼 빠르게 터져 나왔다.

일은 순식간에 일어났다. 하츠는 발밑에 널브러진 병사의 시체를 구두로 밀었다. 손안에는 독침이 들린 채였다. 식장 안 모두의 시선이 하츠에게 닿은 채 긴장감에 팽팽하게 묶여 있었다. 보이지 않는 밧줄은 방 안을 휘감아 조여 왔다. 공간도, 사람도, 시간도, 모든 것이 마비된 것만 같았다.

'쉿, 조용히 해. 움직이지 마.'

아무도 입 밖으로 꺼내지 않았지만 머릿속에선 모두 같은 말을 하고 있었다.

'손끝 하나 움직였다간 저 시체와 같이 뒹굴고 있게 될지도 몰라.'

지독히도 고요한 정적이 흘렀다.

"……요리사."

정적을 깨뜨릴 수 있는 자는 오직 하나였다.

"네? 네, 네."

겁에 질린 불쌍한 요리사가 얼른 튀어나오자 하츠는 눈앞에 놓여 있는 수프를 눈짓하며 이해할 수 없는 명령을 내렸다.

"눈알 수프, 식었어. 데워 와."

불쌍한 요리사는 울상을 지으며 수프를 들고 식장 밖의 병사들에게 사정을 설명한 뒤, 잠겨 있던 문이 열리자 부리나케 주방으로 달려갔다.

하츠는 식탁에 허리를 기댄 채 와인 잔을 들어 올렸다. 그는 방금 전 끔찍한 짓을 저지른 것과 달리 매끄러운 웃음을 지으며 얼어 있던 침묵을 망가뜨렸다.

"……왜 이렇게 늦었어?"

와인 잔을 기울여 포도주를 마시던 그가 지그시 물었다. 한동안의 정적 후, 대답은 멀지 않은 곳에서 들려왔다.

"이런…… 그새 제가 보고 싶었나요?"

얄밉게 대꾸하며 기둥 뒤에서 등장한 것은 아담한 용이었다.

"그럴 리가……. 시간 끄느라 힘들었다고."

하츠가 와인 잔을 내려놓으며 대답했다.

"죄송합니다. 대신 빨리 끝내도록 하죠."

히로가 웃으며 사과했다. 대화의 의미를 알아차린 식장 안의 꿀벌들은 즉시 공격 태세를 취했다.

식장 문이 잠겨 있어 들어오지 못하고 밖에 숨어 대기하던 히로는, 음식을 다시 만들어 오라는 하츠의 계속된 지시 때문에 요리사가 식장 문을 열고 나가는 순간, 그 작은 몸을 이용해 아무도 모르게 안으로 숨어든 것이었다. 이러한 상황을 알 리 없는 밖에서는 또다시 문을 잠갔고, 그것은 앞으로 단 몇 분 만에 일어날 일을 암시하는 종소리처럼 감미롭게 식장 내에 울려 퍼졌다.

하츠의 탈출을 막는다는 명분으로 문이 잠겨 버린 방 안, 꿀벌들이 아무리 상황을 설명하며 문을 열어 달라 소리쳐도 문밖에서는 절대 문을 열어 주지 않을 것이었다. 밖으로부터 완전히 차단된 방 안에는 협력을 약속한 악마와 용이 여유롭게 서 있었다.

굳이 말이 오가지 않아도 앞으로의 상황이 어떻게 흘러갈지는 뻔했다. 어둠이 깔린 운명을 감지한 식장 안, 병사들이 독침을 빼 들자, 하츠와 히로는 의기양양한 미소를 지었다.

"한 곡 뽑아 보시지요."

경직된 악단을 향한 히로의 요구에 겁을 먹은 악단의 손끝에서 짜릿하고 스릴 있는 곡이 비장하게 울려 퍼졌다. 가여운 연주를 배경으로, 전쟁이 시작됐다. 팽팽한 긴장감을 대변하는 악단의 손끝에서, 바이올린의 높은음이 새처럼 청아한 소리로 허공을 찔렀다. 완전히 구속된 새장 안의 상황을 비웃듯 경쾌하게 흘러가는 노래 속에서, 공포로 굳어 버린 병사들은 독침을 빼 들며 죽음의 결의를 다졌다.

독침을 쓰는 순간 수명이 다하는 그들은 하츠와 히로를 공격하는 데에 성공하더라도 결국 죽음을 맞이할 것이다. 이러나저러나 결국은 비극으로 마무리될 자신들의 운명을 엄숙히 받아들이며, 꿀벌들은 차분히 공격 태세를 갖추었다. 반면, 그런 적군의 모습을 바라보는 하츠와 히로의 얼굴에는 이미 자신들의 승리를 확신하는 미소가 떠올라 있었다.

들뜬 아이의 발걸음처럼 바이올린들의 맑고 높은음이 일정한 리듬으로 연주되자, 그 위로 플루트가 달콤한 멜로디를 속살거리기 시작했다. 벽시계를 힐끗 확인한 하츠가 히로에게 고개를 돌렸다.

"신부 입장까지 삼 분 남았네."

어느새 음악은 조금 더 느리게, 마치 한순간에 터져 버릴 무언가를 경계하는 것처럼 조심스럽게 연주되고 있었다. 여전히 부드럽고 다정한 멜로디를 이전보단 느릿하게 속삭이는 플루트 연주는 사냥감을 향해 숨죽여 접근하는 사자의 은밀한 발걸음처럼 신중했다.

"그 정도면 충분합니다."

히로가 별일 아니라는 듯이 웃으며 자신했다.

"제가 하지요."

히로는 궁전에 오기 전 하츠와의 싸움에서 제대로 펼치지 못한 활약을 지금 펼쳐 보이려는 듯, 자신만만한 태도로 앞으로 걸어 나왔다. 그는 천천히 고개를 돌려 여유롭게 몸을 풀더니, 어느 순간 공중으로 몸을 날렸다. 히로의 몸이 붕 뜬 것과 동시에, 곡이 갑작스레 현란하게 바뀌었다. 플루트의 높은음이 빠르게, 빠르게 춤을 추기 시작했다.

현란한 템포와 신나는 리듬에 맞추어 히로의 몸이 공중에서 엄청난 속도로 돌았다. 경쾌하고 빠르게 흘러가는 음악 속에 섞여, 그의 기다란 몸이 마치 리본처럼 돌고 돌며 공중에서 움직였다. 흥겨운 리듬에 속도가 붙자 히로는 더 빠르게 구르며 소용돌이를 일으켰다.

지잉!

본격적인 시작을 알리는 팀파니 소리와 함께 음악 소리가 방을 가득 채울 만큼 커졌고, 히로는 순식간에 돌변했다. 그 이후로 모든 일이 순식간에 벌어졌다. 거대하게 변한 히로를 따라 점점 더 고조되는 멜로디 속에서, 플루트가 흥겨운 리듬을 격하게 연주했다. 산만 한 크기의 몸이 그에 맞춰 춤을 추듯 거대한 몸부림을 쳤다. 그 몸부림은 엄청난 압력을 선사하며, 다가오던 병사들을 순식간에 튕겨 냈다.

이러한 상황을 비웃듯이 점점 더 흥겨워지는 곡의 장단에 맞추어 히로의 입 속에서 새하얀 불이 안개처럼 흘러나왔다. 어마어마한 수의 꿀벌들이 순식간에 죽어 나갔으나, 우윳빛의 거대한 몸은 여전히 무시무시한 양의 불을 내뿜으며 공중을 유영했다.

한편 하츠는 테이블에 앉아서 제 앞의 장관을 감상하는 중이었다. 배경 음악도 있겠다 흥분해서 날뛰는 히로를 보며 하츠는 연신 혀를 끌끌 차고 있었다. 그때 몇몇 병사들이 히로의 눈을 피해 그의 머리 뒤쪽으로 몰래 접근해 오는 것이 하츠의 눈에 들어왔다. 히로가 입으로만 불을 뿜어 대니 영리하게도 사각지대를 노리고 접근한 것이다. 아직 이를 보지 못한 히로는 여전히 불을 이용하여 꿀벌들을 공격하고 있었다.

보다 못한 하츠가 자리에서 일어섰다. 하츠가 공중으로 뛰어오르자 음악의 템포가 훨씬 더 빨라지며 절정으로 치솟았다. 플루트의 연주 속도가 빨라졌고, 바이올린과 비올라의 화음이 격돌했다. 쿵! 절정을 찍는 묵직한 팀파니 소리와 동시에 하츠가 히로의 몸 위에 가볍게 착지했다. 그는 소리 없이 빠르고 날렵하게 움직였고 그의 단검은 붉게 물들었다. 히로의 머리 뒤쪽을 노리고 접근해 오던 병사들의 시체들이 하츠의 발밑에 나뒹굴었다.

"쓸데없이 왜 끼어든 겁니까?"

수십 마리의 벌들을 무자비하게 죽이며 히로가 퉁명스럽게 물었다. 그는 오랜만에 즐겨 보는 파티에 불청객이 끼어든 것이 마음에 들지 않는 모양이었다.

손안에서 현란하게 굴러가는 단검으로 벌들의 심장을 정확히 강타하며 하츠가 어이없다는 듯이 대꾸했다.

"나 참, 지금 내가 너 구해 준 거거든?"

"명색이 용인데, 벌 떼에 죽겠습니까?"

"명색이 용인데, 문서 하나를 못 지켰나?"

하츠의 칼질 한 번에 벌 수십 마리가 피를 흘렸고, 히로의 입김 한 번에 또 수십 마리가 타 죽었다. 잔인하게 학살을 저지르는 와중에도 이들의 대화는 지극히 평온했다.

"그, 그건 시아 양이 저를 속여서……."

"그래서 겨우 인간 하나에 속아서 그 중요한 문서를 넘겨 버렸다?"

"제 친구인 시아 양을 공격할 순 없었단 말입니다! 그녀가 나쁜 의도로 레시피를 가져갔을 리도 없고!"

"지금 우리가 여기서 이러는 이유가 네가 그 레시피를 뺏겨서라는 건 알고 있고?"

히로가 인간에게 레시피를 빼앗기지만 않았어도, 하츠가 궁전에 다시 발을 들일 일은 없었을 것이다. 그뿐 아니라 식당 일에 실패했다는 명분으로 인간의 심장을 빼앗아 해돈을 치료하고 하츠도 자유로워질 수 있었을 것이다. 하츠는 다시 생각해도 짜증이 치솟았다. 용이 한낱 인간한테 질 거라고 그 누가 예상이라도 했겠는가. 벌들을 죽이는 하츠의 움직임이 조금 더 격해졌다.

당황한 히로는 횡설수설 변명했다.

"아, 저는 그게 또 그런 거랑 연결되는 건 줄 몰랐……."

핑계를 대느라 방심하는 사이 바글바글한 벌 떼들이 히로의 몸 아래로 독침들을 날렸다. 히로는 미처 보지 못했지만, 다행스럽게도 하츠가 재빨리 뛰어내려 독침들을 막아 주었다. 추락하는 하츠를 히로가 받아 냈다.

"게다가 네가 내 날개를 태워 놔서 날 수가 없잖아."

하츠가 히로 몸 위에서 저돌적으로 단검을 휘두르며 투덜대자 히로가 불을 내뿜으며 그 정도 어리광은 어림도 없다는 듯 천연덕스럽게 대답했다.

"대신 제가 구해 줬잖습니까. 그리고 그 정도 화상은 며칠 후면 금방 회복될 겁니다."

"미안하단 소린 끝까지 안 하지."

마음에 안 든다는 듯이 중얼거리면서도 하츠는 히로에게 돌진해 오는 벌들을 모조리 베었다.

히로의 새하얀 몸이 공기를 뒤흔들며 인어의 꼬리처럼 수려하게 움직였고, 그 위에서는 턱시도를 입은 악마가 단검과 함께 정중하게 춤추었다. 안개 같은 불꽃이 더해지자, 둘의 조화는 한 폭의 그림처럼 완벽한 예술로 비추어졌고, 단 이 분 만에 식장 안은 붉게 물들었다.

바닥 여기저기에서 시체들이 나뒹굴었고, 어느새 음악 소리는 자취를 감추었다. 화려한 결혼식장 안에서 숨 쉬는 자는 오직 둘뿐이었다.

이제 신부 입장 이십여 초를 남긴 시간이었다.

"잘 들어."

하츠가 서둘러 말했다.

"진짜 탈출은 이제부터 시작이야. 여기서부턴 단 일 초도 망설이면 안 돼. 네 몸이든 머리든, 뭐든……."

그는 히로에게 대답할 시간을 주지 않았다.

"이 궁전은 다이아몬드 모양의 벌집이야. 탈출구는 두 개."

여기서 현명한 선택을 해야 탈출에 성공할 수 있다.

"하나는 아까 우리가 들어왔던 맨 아래층의 문. 남은 하나는……."

잠시 말을 끊은 하츠가 손가락을 들어 올려 위쪽을 가리켰다.

"궁전의 맨 위층 천장에 달려 있는, 저 커다란 창문이야."

탈출구는 두 개. 하나는 맨 아래에, 다른 하나는 맨 위에 위치했다. 내리막길과 오르막길. 하츠가 선택한 탈출구는 무엇일까.

이십여 초가 지나고 드디어 문이 열렸다. 신부 입장 시간이다!

## 하츠의 고해성사

고드름이 돋아난 것처럼 날이 서 있는 분위기의 방 안은 한
기로 인해 오싹했다. 차갑게 반짝이는 거울들에 둘러싸인
여왕이 신부로서의 준비를 막 끝내 가고 있었다. 몇몇 벌들
은 바닥 위에 길게 늘어진 여왕의 웨딩드레스를 가지런히
펴고 있었고, 또 다른 벌들은 여왕의 화장을 고치고 있었다.

시체처럼 핏기라고는 하나도 없는 여왕의 해골 같은 얼굴
에 분을 두드리고, 움푹 파인 다크서클 위 눈동자 주위에 긴
아이라인을 그리고, 새파란 입술 위를 빨갛게 칠하자, 시체
같던 여왕의 얼굴은 방금 막 관 뚜껑을 열고 뛰쳐나온 것처

럼 소름 끼치면서도 매혹적으로 보였다.

여왕의 앙상한 광대뼈 위쪽에 있는 툭 튀어나온 눈이 기분 좋은 듯 살짝 휘었다. 오랜 시간 고대해 왔던 선물을 받은 것처럼, 그녀의 입꼬리는 올라가 있었다. 그녀는 어서 선물 포장을 뜯어 보고 싶어 안달이 난 상태였다.

"되었다."

꿀벌 하나가 다가와 여왕의 왕관을 벗기고 면사포를 씌워 주려고 하자 그녀가 단호히 거절했다.

"이번 결혼식에서는 몸이 좀 바쁠 거거든. 움직일 때마다 면사포에 걸려선 안 되지."

그렇게 중얼거리는 여왕의 입가에는 비릿한 미소가 걸려 있었다. 여왕은 예리하게 가늘어진 눈매를 한 채 시계를 힐끗 쳐다보았다. 초바늘이 일정한 속도로 움직이는 것을 보며, 그녀는 마음이 초조한 듯 손가락을 만지작거렸다.

"신부 입장 삼 분 전입니다."

옆에서 시종이 나지막한 목소리로 시간을 알리자 여왕은 살짝 두 눈을 감았다. 창백한 인상의 그녀가 눈을 감으니 더욱 시체 같은 분위기가 흘렀다. 인내심을 기르려는 듯 여왕은 꼼짝 않고 서서 남은 시간을 기다렸다.

그렇게 삼 분이 지났다. 속으로 시간을 가늠하고 있었던 걸까. 문이 환한 빛을 내뿜으며 열리는 것과 동시에 감겨 있던 여왕의 눈이 활짝 뜨였다.

또각. 또각. 또각.

뾰족한 구두 굽이 대리석에 부딪히는 소리가 공허하게 울려 퍼졌다.

"이런, 이런. 그 짧은 순간을 못 참고 근사한 선물을 준비해 두었구나."

여왕이 즐겁게 중얼거렸다. 살짝 콧노래까지 흥얼거리며 감탄사를 연발하는 여왕의 모습은 진심으로 행복하는 것처럼 보였다. 웨딩드레스를 늘어뜨리고 우아하게 걷는 여왕의 입가에는 흡족한 미소가 초승달처럼 걸려 있었다. 그녀는 정말로 기뻤다. 선물은 그녀가 기대했던 것 딱 그대로였다.

"이렇게 레드 카펫까지 다 깔아 놓고."

바닥에 뒹구는 시체들이 마치 꽃잎처럼 그녀가 밟고 가는 길을 장식했다. 불에 다 타 버린 천장에서 피어난 연기가 안개와 같이 은은히 허공을 맴돌아 신비한 분위기가 감돌았다. 여왕의 새하얀 드레스 자락이 바닥을 쓸고 지나가며 붉게 물들었다.

여왕의 눈에 의자에 앉아 등을 기대고 있는 소년의 뒷모습이 들어왔다. 비록 뒷모습이었으나 그녀는 하츠의 정장이 조금도 흐트러지지 않았음을 확인할 수 있었다. 여왕은 그가 앉은 쪽으로 속도를 높여 걸어갔다. 의자 위로 보이는 하츠의 머리칼을 움켜쥐고 싶어 안달이 날 지경이었다.

그러나 하츠는 여왕이 다가가 손을 뻗는 순간 자리에서 일어났다. 하츠는 발밑의 시체를 구두로 밀어내며 여왕을 바라보았다. 그의 표정은 딱딱하게 굳어 있었다.

여왕은 그의 표정이 오히려 마음에 들었다. 그녀의 웃음소리가 식장 안에 낭랑하게 울려 퍼졌다.

"내가 늦게 와서 뿔이 난 건가? 이젠 곁에서 떠나지 않을 테니 걱정 말아라."

곁에서 떠나지 않을 거란 발언에 하츠가 무표정하게 여왕을 쳐다보자, 그제야 그녀는 고개를 들어 위를 쳐다보았다. 식장의 천장이 불에 다 타 뻥 뚫린 것이 눈에 들어왔다.

"네가 끌고 왔던 그 애완동물의 짓인가 보구나."

여왕은 가소롭다는 듯이 뚫려 버린 천장을 보며 웃었다.

"아아, 안타깝게도 하츠, 너의 이번 계획은 너무도 뻔하구나. 내가 예상했던 것 그대로야."

모든 것이 여왕의 생각대로 이루어지고 있었다.

"내 궁전의 출구는 오직 두 개. 하나는 맨 아래층에 있는 문, 다른 하나는 꼭대기 천장에 있는 창문이다."

여왕이 여유롭게 추측했다.

"너의 애완동물은 식장의 천장을 태우고 궁전 맨 위층으로 향하고 있나 보구나. 용이 위로 올라가는 동안 너는 여기서, 아래에 있는 벌들이 용을 쫓아가지 못하도록 막고 있는 것이고. 그렇게 해서 용은 한정된 수의 벌들만을 상대하며 천장으로 향할 수 있겠지."

여왕이 웃으며 하츠를 내려다보았다.

"가엾게도 너는 날개를 다쳐 제대로 날지를 못하니, 용이 천장의 창문을 열면 그 위에서 네게 밧줄이라도 던져 널 끌어 올릴 테고. 그럼 너희 둘은 열린 창문 밖으로 사이좋게 탈출할 것이다. 뭐, 대충 그런 시나리오겠구나."

여왕은 하츠의 눈동자를 유심히 들여다보았다.

"그럼 나는 출구를 향해 올라가고 있는 용을 쫓아가는 역할인 건가? 호호호호호."

여왕은 우습다는 듯이 소리 내어 웃었다.

"문제를 하나 내 볼까? 너의 계산대로, 내가 지금 용을 쫓아간다면 어떻게 될까?"

꼿꼿하게 선 하츠는 아무 말도 하지 않았고, 여왕은 하츠의 귀에 대고 속삭였다.

"용은 순식간에 잡히겠지."

너무도 뻔한 사실이었다. 제아무리 용이라 할지라도 결국은 먹이 사슬에서 위쪽에 위치할 뿐, 그를 정복할 수 있는 자는 분명히 존재했다. 그중 하나가 이 나라의 여왕이었다.

"안타깝게도 네 애완동물은 탈출에 실패할 거야. 하지만 너는?"

사실 여왕은 용 따위는 안중에도 없었다.

"내가 용을 쫓아가는 동안 너는 무얼 하고 있을까? 너는 그 틈을 놓치지 않고, 맨 아래층에 있는 출구로 달려가겠지?"

여왕이 허공을 응시하며 말했다. 제 계획을 들켜 버린 하츠의 표정이 너무나도 궁금했으나, 그의 얼굴을 보는 것은 결정타를 날릴 잠시 후를 위해 미뤄 두기로 했다.

"그렇다면, 대본을 살짝 바꿔 볼까?"

여왕이 고개를 삐딱하게 돌렸다.

"용이 탈출구인 맨 꼭대기 천장으로 가고 있다고? 그래, 그런 하찮은 도마뱀 따위, 까짓것 빠져나가도 괜찮다."

결론을 내린 여왕이 다정하게 속삭였다.

"난 용을 쫓아가지 않을 거야. 대신 너랑 있을 거야. 말했잖아, 이젠 곁에서 떠나지 않겠다고."

말을 마친 여왕이 고개를 돌려 하츠를 쳐다보았다. 그리고 기쁘게도 하츠의 눈동자가 흔들리는 것을 볼 수 있었다.

고드름처럼 서늘하고 뾰족한 침묵이 둘 사이의 보이지 않는 끈을 당겨 팽팽한 긴장감을 조성했다. 오만하게 고개를 쳐든 여왕의 눈빛은 다정했다. 잠깐이었지만 표정이 흔들린 하츠를 여왕이 귀여워 죽겠다는 듯이 바라보자 하츠가 굳어 있던 표정을 풀었다.

그는 옆 테이블에 놓여 있던 와인을 한 모금 들이켠 후, 난감하다는 듯이 머뭇대다 말을 꺼냈다.

"글쎄요, 뭐라고 해야 할까."

탁.

와인 잔을 테이블 위에 다시 내려놓으며 그가 미소를 지어 보였다.

"여왕님이 말씀하신 시나리오엔 사실 틀린 부분이 많습니다."

여왕이 한쪽 눈썹을 치켜올리며 그를 바라보았다.

"물론 꽤 기발하고 재미있는 대본이었습니다. 많이 고민하신 게 느껴졌지요. 하지만 여왕님 스스로 말씀하셨다시피……."

꼿꼿하게 서 있는 여왕을 힐끗 쳐다본 하츠가 아쉽다는 듯이 말을 이었다.

"스토리가 좀 뻔하잖아."

어디 한번 계속해 보라는 듯한 여왕의 순수한 표정을 감상하며 하츠가 이야기했다.

"우선 여왕님께서 제 애완동물이라 칭하신 용은 천장으로 향하고 있지 않아요. 그는 지금 다른 곳에 있습니다."

여왕의 실수를 친절하게 짚어 주며, 하츠는 다음 말을 이어 갔다. 하츠의 표정은 미묘하게 바뀌어 있었다.

"여왕님께서 용을 쫓아가는 동안, 내가 다른 출구로 슬그머니 빠져나갈 거라고요? 오, 하지만 여왕님, 좀 서운하네요. 나는 내 애완동물을 두고 혼자만 탈출할 정도로 비열한 주인이 아니랍니다. 적어도 내가 떨군 물건은 주워 갈 줄 알아요."

"웃기는구나. 한 걸음 한 걸음 나아가는 족족 더러운 요물을 흘리고 다니는 주제에."

여왕이 코웃음 쳤지만, 하츠는 이를 무시하고 주머니에 손을 넣으며 말을 이었다.

"문제를 하나 내 볼까……."

조금 전 여왕이 하츠에게 했던 말을 그대로 따라 하며 하츠가 고개를 비스듬히 들어 여왕을 마주 보았다.

"그렇다면 이 방을 탈출한 용은 과연 어디에서 무엇을 하고 있는 걸까?"

그가 싱긋 웃으며 곧바로 정답을 속삭였다.

"답은 간단해. 저 위에서 이 궁전을 불태울 준비를 하고 있겠지."

하츠가 조용히 웃어 보였다. 히로의 새하얀 불이 여왕의 새하얀 궁전을 집어삼키는 광경은 꽤나 장관일 것이다. 여왕은 말을 마친 하츠를 지그시 내려다보았다. 마주 보는 둘 사이에서 얼음 같은 정적이 흘렀다.

여왕이 별안간 큰 소리로 콧방귀를 뀌었다.

"……하! 정말 귀여운 거짓말이로구나."

그녀는 도도하게 보이는 눈매를 초승달 모양으로 접으며 웃었다.

"이번에도 그런 뻔한 거짓말로 나를 속일 수 있을 것 같으냐? 불장난이라도 친다고 하면 내가 깜짝 놀라서 달려 나갈 줄 알고?"

그녀가 오만하게 고개를 치켜들었다.

"애초에 말이 되지 않는 거짓말이다. 네가 아무리 무모하다고 해도 결국은 일개 레스토랑 직원일 뿐. 감히 여왕의 궁전을 불태우면 큰 화를 당하게 될 거라는 걸 모르진 않겠지. 커다란 위험을 감수하면서까지 그런 짓거리를 할 정도로 멍청하지도 않을 테고."

하츠를 내려다보는 여왕의 눈에는 조소가 실려 있었다.

"설령 용이 정말로 이 궁전을 불태운다고 하더라도, 여전히 궁전 안에 남아 있는 너는 어떡할 것이냐. 날개를 다쳐서 날아갈 수도 없는 마당에 무슨 수로 이 궁전에서 탈출하려는 거지? 설마 여기서 같이 통구이가 되겠다는 속셈은 아니겠지."

여왕은 여유롭게 하츠를 조롱하며 가늘고 긴 손으로 그가 한 모금 마시고 내려놓은 잔을 집어 들어, 남아 있던 와인을 자신의 입 속에 죄다 털어 넣었다.

"말했잖아, 난 너랑 있을 거라고."

입술에 묻은 와인을 닦지도 않은 채 여왕이 중얼거렸다.

그런 뒤 그녀는 곧바로 하츠에게 입을 맞췄다.

"불이다!"

그때 밖에서 다급한 고함이 들려왔다. 하츠가 쪽 하고 소리를 내며 여왕의 입술을 떼어 냈다.

"여왕님."

하츠는 두 손을 들어 올려, 고개를 숙이느라 기울어진 여왕의 왕관을 바로잡아 주었다. 그리고 당황한 여왕과 눈을 맞추며 말했다.

"좋은 시나리오에는 항상 반전이 있는 법입니다."

한쪽 입꼬리가 올라간 채로 그가 나직하게 속삭였다. 손끝으로는 여왕의 날개를 쓰다듬고 있었다.

"불이야, 불! 으아아!"

다급한 비명들과 요란한 소음들이 방 안 가득 들려오기 시작했다.

하츠는 여왕의 눈앞에서 눈웃음을 지었다. 여왕은 얼굴을 살짝 찌푸렸다. 점점 커지는 소음들이 그녀의 귓가에 귀찮게 파고들었다. 여왕은 짜증이 나기 시작했다. 분명 그녀의 손바닥 안에서 모든 것이 잘 풀려 가고 있었는데 갑작스러운 매듭이 눈앞에 덜컥 나타난 것 같았다.

'하아.'

그녀는 깊은 한숨을 내쉬었다. 궁전 안에 불이 났다는데 안 가 볼 수도 없는 노릇이었다. 하루에도 수백, 수천 마리씩 늘어나는 그녀의 벌 떼들을 감당할 수 있는 크기의 이 궁전이 손상되면 피해는 분명히 엄청날 것이다.

여왕은 파리한 얼굴로 다시 하츠를 보았다. 날개를 다쳤으니 도망가지는 못할게 분명했다.

"금방 다녀올게. 얌전히 기다려."

그녀는 태연하게 인사를 한 뒤 방 밖으로 또각또각 걸어 나갔다. 한 발 한 발 내딛을수록 요란한 소음들이 그녀의 귀를 더 날카롭게 찔러 댔다.

여왕은 마침내 문을 열고 밖으로 걸어가 아래를 내려다보았다. 예상했던 풍경을 마주한 그녀는 골치가 아프다는 듯 눈을 질끈 감았다가 떴다. 궁전의 맨 아래층은 온통 불꽃으로 뒤덮여 활활 타오르고 있었고, 벌들은 불이 위층까지 번지는 것을 막기 위해 요란하게 움직이며 불을 끄려고 노력하고 있었다.

여왕은 거대한 날개를 움직여 순식간에 궁전의 맨 아래층에 다다랐다. 불길이 아직 닿지 않은 공간에 발을 들인 여왕은 가까이에서 느껴지는 불길의 열기에 울컥 짜증이 솟았다.

"이게 무슨 일이냐!"

화가 난 여왕이 미치광이처럼 소리를 질렀다. 아등바등 불을 끄기에 바빴던 벌들은 그녀의 고함을 듣자마자 어쩔 줄을 몰라 했다.

가엾은 요리사가 오들오들 떨며 앞으로 나서 자초지종을 설명했다.

"그것이…… 예비 신랑이 제게 눈알 수프를 데워 오라고 요구해서, 수프를 들고 주방에 들어가 가스레인지에 불을 켰는데, 가스레인지에 기름이 쏟아져 있었습니다. 그래서 그만……."

더 이상은 차마 말을 할 수가 없었던 요리사는 안절부절 여왕의 눈치를 살폈다.

여왕은 제 앞에서 경련이라도 일어난 듯 두려움에 온몸을 떨고 있는 요리사 따위는 안중에도 없었다. 요리사의 말을 들은 여왕은 그를 제대로 쳐다보지도 않고 곧바로 날개를 움직여 위층으로 날아갔다.

하츠는 분명 용이 불을 지를 것이라 속삭였다. 그러나 실제로 불은 가스레인지에 엎질러져 있던 기름 때문에 발생한 것이었다. 상황이 무언가 이상하게 돌아가고 있다는 것을 눈치챈 여왕은 불 속도 마다하지 않고 전속력으로 날아갔다. 여왕벌의 몸에는 웬만해서는 불이 잘 붙지 않기 때문에 그녀는 다른 벌들보다는 비교적 자유롭게 불 속에서 움직일 수 있었다.

다시 결혼식장 앞에 도착한 여왕은 요란하게 문을 열었다. 그 순간 허리에 밧줄을 묶은 채 위쪽으로 올라갈 준비를 막 마친 하츠를 발견했다. 여왕의 눈동자가 미세하게 흔들렸다. 그녀는 머릿속에서 상황을 완전히 파악했다. 안타깝게도 한발 늦게.

날개가 타 버려 날지 못하는 하츠는 여왕이 방문을 열고 나가자마자, 이미 궁전 천장을 통해 밖으로 빠져나가 있던 용이 위에서 던져 준 밧줄을 잡아 허리에 옭아맨 것이었다.

용이 위에서 밧줄을 끌어당기자 하츠가 공중으로 올라가기 시작했다. 여왕은 날개를 움직여 하츠를 향해 날아갔다. 아니, 정확하게는 날아가려고 했다. 그러나 이상하게도 날개는 움직이지 않았다. 무언가 이상함을 눈치챈 여왕이 고개를 돌려 자신의 날개를 쳐다보았다. 그리고 기겁했다. 불에 잘 타지 않는 여왕벌의 날개에 불이 붙어 활활 타오르고 있었던 것이다.

여왕은 그 자리에서 굳어 버렸다. 아까 전, 방 안에서 자신의 날개를 쓰다듬던 하츠의 손길이 기억났다. 어쩐지, 평소에는 하지 않던 행동을 하더라니……. 기름이었다. 정장 주머니 안에 기름을 숨겨 놓고 있었던 하츠가 여왕에게 다가가 그녀의 날개를 쓰다듬는 척, 기름을 묻힌 것이었다. 그렇다면 주방의 가스레인지에 기름을 쏟아부은 자 역시……

"하츠!"

생각이 거기까지 미치자 터져 나오는 상실감과 분노를 주체하지 못한 여왕이 거칠게 하츠를 불렀다.

제아무리 용이니 악마니 하더라도, 무턱대고 궁전을 탈출했다간 여왕벌의 무시무시한 속도에 금방 따라잡힐 것이 분명했다. 하츠가 이것을 모를 리가 없었다. 그렇기에 용을 먼저 보내고 자신은 남아서 여왕벌의 날개에 불을 붙이는 방법으로 그녀의 발목을 잡은 것이었다.

그뿐만이 아니었다. 왕궁을 불태웠다간 무거운 처벌을 받게 될 것이 분명했기에 이 못된 악마는 좀 더 치사하고 비겁

한 방법을 쓴 것이다. 그는 남몰래 주방 가스레인지에 기름을 부은 뒤 주방장으로 하여금 불이 시작되게 했다. 하츠가 불을 질렀다는 증거가 없으므로 이 일이 단순한 주방 사고로 넘어가 처벌을 면할 수 있게 만들어 놓은 것이다.

모든 것이 완벽하게 맞아떨어졌다. 날개가 타 버린 여왕벌은 얼굴을 일그러뜨린 채 날개만 퍼덕거리며 그 자리에 서서 하츠를 바라볼 수밖에 없었다.

하츠는 히로가 위쪽에서 내려 준 밧줄을 잡고 공중으로 유유히 탈출하며, 허리를 굽히고 한쪽 발목과 팔을 뒤로 뺀 채 정중히 인사했다.

"부디 넓은 아량과 자비를 베풀어 사신으로서의 제가 부족함을 이해하시고, 나아가 해돈 님의 죄를 용서하시기를……."

그는 자신이 이 궁전에 온 목적을 잊지 않은 채 끝까지 임무를 완수하며 미소를 지었다.

"그리고 온 평화와 안식이 당신과 함께하기를…… 나의 여왕님."

정중하게 인사를 마친 악마는 허리를 펴고, 허공을 울리는 웃음소리와 함께 공중으로 사라졌다. 터져 버린 분노를

참지 못한 여왕의 비명은 메아리가 되어 이미 사라진 웃음
소리를 쫓아갔다.

"하츠으!"

## 수프의 방

복숭앗빛으로 발갛게 물든 하늘 아래, 새하얀 곡선의 꼬리가 넘실거리며 잔잔한 파동을 일으켰다. 지평선 아래로 잠들 준비를 하는 마지막 햇살이 어두운 초록색 숲을 비추었다.

히로는 숲을 빼곡히 채운 울창한 나무들 아래로 서서히 내려가 멈추었다. 하츠는 히로의 몸을 타고 미끄러져 내렸다. 숲 바로 앞에는 벽돌로 된 다리 아래, 초록빛 호수가 일렁이고 있었고, 그 너머에는 레스토랑이 하늘과 같은 복숭앗빛으로 탐스럽게 익어 있었다.

"그만 가 봐."

하츠가 돌아보지도 않고 말했다. 그러나 이대로 그냥 갈 히로가 아니었다. 그는 움직이지 않고 끈질기게 버티며 풀밭 쪽으로 불쑥 얼굴을 들이밀었다. 날카롭게 번뜩이는 황금색 눈동자가 하츠의 뒤통수를 똑바로 노려보았다.

"가 보라니요? 진짜? 저한테 뭐 하실 말씀 없습니까?"

"없는데?"

하츠가 단번에 대답했다. 울컥한 히로가 소리쳤다.

"아무리 악마라지만 이렇게 정이 없을 수가 있습니까? 정말 그냥 이대로 가라고요?"

히로가 이를 악물고 소리치자 비로소 하츠가 어이없다는 듯이 뒤를 돌아보았다. 히로는 자신을 빤히 바라보는 시선에 큼큼 헛기침을 하다가 어렵게 입을 열었다.

"큼……. 그, 있잖습니까, 저를 요리 재료로 쓰지 않겠다든가 뭐, 그런……."

히로는 말끝을 흐리며 어색한 헛기침으로 침묵을 채웠다. 하츠의 굳어 있던 입가가 "아." 소리와 함께 느슨하게 풀렸다.

"글쎄 그런 말은 못 하겠군. 거짓말을 원하는 게 아니라면 말이야."

제 알 바 아니라는 듯 건조하게 대꾸한 하츠는 경악한 히로의 얼굴을 시큰둥하게 힐끗보고는 벽돌 다리로 향했다. 다급하게 작은 용의 모습으로 돌아온 히로가 하츠를 좇아 벽돌 다리를 건너며 소리쳤다.

"자, 자, 자, 잠깐! 말이 다르지 않습니까? 제가 여왕의 궁전으로 태워다 줄 땐 분명히 튀김 요리를 취소하겠다고 말씀하셨잖아요!"

히로의 외침은 하츠가 다리를 다 건너 레스토랑 안에 들어가서 에메랄드색 계단들을 올라가 궁전 안에 있는 호화로운 문 앞에 다다를 때까지도 멈추지 않았다. 문 앞에서 히로는 걸음을 멈추고, 문을 열고 들어가는 하츠의 뒷모습을 노려볼 수밖에 없었다. 그 문 안으로 들어갈 수 있는 자는 극히 제한되어 있기 때문이었다.


하츠는 문틈으로 흘러들어 간 빛을 따라 안으로 들어갔다. 땀에 젖은 검은 머리칼 아래, 그의 눈동자는 어느새 눈에 띄게 차갑게 식어 있었다.

정장을 입고 구두를 딱딱거리며 걸어 들어오는 하츠를 내려다보며, 해돈이 말을 꺼냈다.

"……이번에는 멀쩡한 걸 보니, 여왕이 기분이 좋았나 보군."

걸음을 멈추고 화려한 가죽 소파에 털썩 소리를 내며 앉은 하츠는 바로 앞에 놓여 있는 와인으로 목을 축였다. 와인잔을 내려놓은 하츠가 고개를 들어 해돈을 쳐다보았다. 고작 며칠 만에 보는 것이었는데도 불구하고 그사이 해돈의 육체에선 수백 년의 시간이 지난 것 같은 변화가 느껴졌다. 앉아 있는 왕좌를 삼켜 버릴 듯 주름져 녹아내리고 있는 해돈의 몸은 식은땀에 푸욱 젖어, 마치 젖은 솜 같아 보였다.

해돈이 힘겹게 말을 이었다.

"인간이 네가 시킨 식당 일을 해냈다는 사실을 처음 들었을 땐 도무지 믿기지 않았다. 다른 사람도 아니고 네가 그렇게 작고 약한 인간 계집 하나를 꺾지 못할 거라곤……."

"내가 인간에게 시켰던 일은 혼자 힘으론 해내기 불가능한 거였어. 뒤에서 누가 도와준 거야."

하츠가 해돈의 조롱을 단칼에 자르며 날카롭게 말했다. 오래전에 폐쇄되어 숨겨져 있던 엘리베이터를 누군가가 인간에게 알려준 것에 잔뜩 화가 났다.

"레스토랑에 온 지 며칠밖에 안 됐는데 벌써 동료를 만들었을 줄은……. 그것도 아주 희생정신이 강한 친구를……."

인간이 식당 일에 실패해야 해돈이 그것을 빌미로 그녀의 심장을 먹을 수 있을 것이고, 그렇게 되어야 해돈이 건강을 회복하고 하츠는 악마로부터 풀려날 것이다. 그 사실을 알면서도 인간을 도와줬다는 건, 발각되었을 경우 어떤 처벌을 받을 각오까지도 했다는 것이다.

하츠는 와인을 다시 채운 잔을 여유롭게 흔들었다. 그의 입꼬리가 올라갔다.

"걱정 마. 반역자는 반드시 잡아낼 테니까."

천천히 흔들리는 잔에서 거품이 일었다. 와인 잔을 그대로 입에 갖다 대는 하츠를 가만히 바라보던 해돈이 엄중하게 말했다.

"만약 이번에도 인간이 네가 시킨 일을 해낸다면, 그에 대한 책임으로 또다시 여왕의 궁전에 갔다 와야 한다는 것을 잊지 마라."

하츠가 여유롭게 웃었다.

"물론이지. 같은 실수를 두 번 이상 반복하진 않아."

그는 정말로 자신 있었다. 인간의 그 충성스러운 동료만 잡아낸다면 그녀는 혼자서 아무것도 할 수 없을 것이다. 빈 와인 잔을 내려놓으며 하츠가 자리에서 일어섰다.

"심장은 조만간 들고 올 테니 기대하라고."

그가 제일 먼저 할 일은 인간의 그 깜찍한 조력자 친구를 찾아내는 것이었다.

오늘도 해 질 녘이 되어서 일어난 시아는, 쥬드의 방 베란다에 걸어 놨던 옷이 다 마른 것을 확인한 후 옷을 욕실에 가지고 들어가 샤워를 했다. 따뜻한 물이 온몸을 안아 주는 것을 느끼며, 시아는 곰곰이 생각에 빠졌다.

레스토랑에 온 지도 어느덧 일주일 정도의 시간이 흘렀지만 해돈의 치료 약을 찾는 데에는 별다른 진전이 없었다. 정원사의 말로는 약초들을 잘 건조시키면 며칠 뒤에 쪼그라들 것이고, 그렇게 되면 그것들을 끓여서 효능을 확인할 수 있을 거라고 했지만 아무리 애타게 기다려도 약초들은 쪼그라들기는커녕 반듯이 누워 있을 뿐이었다.

시아는 한숨을 쉬며 샤워기를 끄고 수건으로 젖은 몸을 닦았다. 그리고 옷을 입으며, 만약 오늘도 약초들에 별다른 변화가 없으면 춘자를 찾아가 봐야겠다고 마음먹었다. 옷을 다 입은 시아는 수건으로 머리를 감싸며 욕실에서 나왔다.

젖은 머리칼을 수건으로 탈탈 털고 무심결에 바닥을 바라본 시아는 그대로 굳어 버렸다. 시아의 눈이 동그랗게 커졌다. 믿을 수가 없었다. 몇 초간의 정적 후, 커졌던 두 눈동자가 환희의 빛으로 서서히 물들었다.

"어, 어…… 와아아아아!"

시아는 몸 안에서 넘쳐 나는 기쁨을 감당하지 못하고 환호성을 지르며 한걸음에 약초들 앞에 섰다. 바짝 쪼그라든 약초들은 기적처럼 태아가 배 속에서 몸을 웅크리고 있는 것 같은 모습을 하고 있었다.

환희에 차서 입을 다물지 못한 채 시아는 서둘러 쥬드의 방으로 달려갔다. 그리고 방 한가운데에서 대자로 누워 잠꼬대를 하고 있는 쥬드를 요란하게 깨웠다.

"음냐……. 사과 파이, 레몬 파이, 치킨 파이……. 파인애플 파이, 라즈베리 파이, 또……."

"쥬드! 약초가 드디어 반응을 보였어! 일어나! 빨리!"

다짜고짜 소리를 지르며 흔들어 대는 시아 때문에 일어나자마자 몸이 앞뒤로 흔들리는 봉변을 겪은 쥬드는 잠에서 덜 깬 표정으로 시아를 흘겨보았다. 그러거나 말거나, 시아는 너무나 흥분한 상태였다.

"정원사가 약초가 쪼그라들 때까지 계속 건조시켜야 한다고 했었잖아! 그런데 드디어 쪼그라들었다고!"

그녀가 웃으며 소리를 질렀다. 그러나 쥬드는 아직 잠이 덜 깼는지 늘어지게 하품만 할 뿐이었다. 그리고 풀린 눈을 끔벅이며 여유롭게 하는 말이 고작 이거였다.

"귀 아파, 시아."

인내심이 바닥난 시아는 눈동자를 반 바퀴 굴리며 쥬드의 손목을 잡고 질질 끌고 밖으로 데려갔다. 그리고 약초 앞에 멈춰 서서 보란 듯이 팔을 꼬고 그를 쳐다보았다. 시아가 잡고 있던 손을 놓자마자 기지개를 켠 쥬드가 가늘게 뜬 눈으로 무심결에 약초들을 쳐다보았다.

"어……?"

쥬드의 눈동자가 흔들렸다.

"시아!"

마침내 그가 소리를 질렀고 그것을 신호로 둘은 서로 마주 보고 호들갑을 떨었다.

"세상에, 어떻게 된 거야?"

"몰라, 일어나 보니까 이렇게 돼 있었어."

"그럼 이제 각각 냄비에 넣고 끓이면 되나?"

"그래! 그리고 인간의 심장과 공통 성분을 가지고 있는 약초를 가려내면 돼!"

"와아아아!"

둘은 한동안 야단법석을 떨었다. 쥬드는 약초들 주변을 왔다 갔다 하며 오두방정을 떨었다.

"이제 어떡할까? 냄비는 구해 놨어? 끓이는 건 또 어디서……."

"쥬드! 그런 건 걱정할 필요 없어. 냄비는 여기에도 많은데, 뭘. 야콥이 약 만들 때 쓰는 냄비들 좀 빌려서……."

별거 아니라는 듯이 가볍게 대답하던 시아의 목소리는 뒤에서 소름 끼치게 들려오는 웃음소리에 금세 사그라들고 말았다.

"끄윽 끄윽."

뒤를 돌아보자, 여러 개의 탑을 이루며 높게 쌓여 있는 낡은 서적들 사이에서 자지러지도록 웃고 있는 야콥의 실루엣이 보였다.

"왜 웃으시는 거죠?"

시아가 물었다. 동시에 야콥의 웃음이 멈췄고, 시아는 어둠 속에 쌓여 있는 서적들 사이에 있는 야콥과 눈이 마주쳤다. 야콥은 언제 웃고 있었냐는 듯이 눈알을 험상궂게 부라리며 표정을 바꿨다.

"왜 웃느냐고?"

굵직한 목소리가 거칠게 으르렁거렸다. 서적들 사이로 야콥의 몸이 구렁이처럼 움직이는 것이 어렴풋이 보였다.

"좋아, 이유를 알려 주지. 아마 듣고 나면 깜짝 놀랄걸? 대답해 줘도 믿지 않을 거야. 끄윽 끄윽."

마침내 야콥이 서적 더미에서 나와 모습을 드러냈을 때, 야콥의 눈동자는 평소보다 훨씬 더 사나워져 있었다. 야콥의 두꺼운 입술이 열렸다.

"그건 바로……."

말을 멈춘 야콥이 눈동자를 양옆으로 이리저리 움직이다 냅다 소리를 질렀다.

"너희들이 너무나도 한심하고 멍청한, 심지어 비둘기보다도 훨씬 더 바보 같은 생물들이라서야!"

야콥의 소시지 같은 입술에서 분수처럼 침이 팡팡 튀어나왔다. 시아와 쥬드가 황당하다는 듯이 서로를 마주 보았다. 그러나 야콥은 말을 멈추지 않았다. 점점 더 흥분하며 그들을 향한 독설을 속사포처럼 콸콸콸 퍼부어 댔다.

"내 냄비를 빌려 쓰겠다고? 하! 뭘 믿고 그렇게 자신만만한 거냐! 내가 너한테 내 물건을 선뜻 빌려줄 거라고 생각하는 건가? 뻔뻔한 건지, 멍청한 건지! 정말 기가 막히는군!"

야콥이 거칠게 소리 지르며 콧김을 기관차처럼 내뿜었다.

"도대체 무슨 근거로, 그 빌어먹을 약초들 중 하나가 해돈을 치료할 수 있는 약일 거라고 믿는 거지? 응? 무턱대고 좋아하는 꼴이란! 쯧쯧쯧."

야콥은 거대한 머리통을 시아의 얼굴 가까이 들이밀었다. 야콥의 끔찍한 얼굴을 더 가까운 거리에서 보게 된 시아는 자신의 눈보다 몇 배는 더 큰 야콥의 야성적인 눈동자를 감당하기 버거워 두 눈을 감아 버렸다.

야콥의 두꺼운 입술에서 나온 투박한 속삭임들이 시아의 자그마한 얼굴 위로 거침없이 쏟아졌다.

"너의 소중한 시간과 체력을 투자해서 연구한 약초들이 결국은 네가 찾는 답이 아니라는 걸 알게 되면…… 그땐 어쩔 거지? 응? 그 사실을 알았을 땐 새로운 약들을 알아보기에 이미 너무 늦었을 텐데?"

말 한 마디 한 마디가 인정사정없이 떨어져 시아의 귓속으로 파고들었다. 시아는 불현듯 불안한 마음이 들었다. 여태껏 정원사가 준 약초에 기대를 걸면서도, 한편으론 '만약 이것으로도 해돈의 병을 고칠 수 없다면 어쩌지?'라는 불안감이 가슴 깊은 곳에 묻혀 있었다. 긍정적으로 생각하고 바쁘게 일하며, 애써 그럴 리 없다고 걱정을 외면해 왔지만 야콥의 말은 깊게 묻혀 있던 시아의 불안감을 허무할 정도로 단번에 파헤쳐 냈다.

야콥은 할 말을 잃은 듯한 시아의 표정을 보며 퉁명스럽게 말을 이었다.

"그래, 넌 정말 아무것도 모르는 멍청한 비둘기야. 암, 그렇고말고."

정신을 놓아 버린 것처럼 똑같은 말을 몇 번이고 되풀이하며 빠르게 중얼거린 야콥은 다시 고개를 획 돌려 시아를 노려보았다.

"겨우 그깟 풀들을 위해서 내 냄비를 내줄 생각은 추호도 없으니 그렇게 알아라. 그리고 다시는 그 쓸모없는 풀들을 내 눈앞에 보이지 마!"

야콥의 목소리는 경사진 산을 그리듯 높낮이가 오르락내리락했다. 그 모습이 어찌나 무섭던지, 시아와 쥬드는 감히 그녀를 설득할 생각도 못 하고 서둘러 약초들을 품 안에 챙겨 지하실을 뛰쳐나와야 했다.

침울한 표정으로 삐걱이는 지하실 계단들을 올라 노을이 걸쳐진 레스토랑 밖으로 나온 시아는 쥬드를 향해 울상을 지어 보였다.

"어떡하지, 쥬드? 약초들을 끓여야 하는데."

주홍빛 하늘이 시아의 어두운 얼굴을 물들였고, 바람은 벚꽃 꽃잎들을 흩뿌렸다. 쥬드가 걱정 말라는 듯 미소 지으며 시아를 바라보았다.

"걱정할 필요 없어, 시아. 잊었어?"

만개한 벚꽃 꽃잎들은 바람을 타고 날아가 복잡하게 얽히고설킨 에메랄드색 계단들 위에 연분홍색을 덧칠했고, 그 색은 번지고 번져, 시아와 쥬드의 주변을 둘러싼 요리실들을 찬란하게 물들였다.

"여긴 레스토랑이야. 그깟 냄비쯤은 어디서든 구할 수 있다고."

"쥬드, 넌 천재야!"

시아가 외쳤다.

둘은 다닥다닥 붙어 있는 요리실들 사이 좁은 골목을 걷기 시작했다. 우쭐해진 쥬드는 괜스레 멋을 부리며 어깨를 으쓱였다.

"크흠. 뭘, 이 정도로……."

어슬렁어슬렁 요리실들을 훑어보던 쥬드가 걸음을 멈췄다.

"흠……. 아무래도 여기 수프의 방이 냄비가 제일 많을 것 같은데? 들어가 볼까?"

빌릴 냄비만 있다면 거절할 이유가 있을까. 시아는 냉큼 고개를 끄덕이며 쥬드가 멈춰 선 요리실 앞으로 다가갔다.


수프의 방, 정겨운 색감의 외벽 위에는 시아가 한 번도 보지 못했던 괴상한 벌레들과 고기, 눈알 등의 요리 재료들이 밧줄에 줄줄이 묶여 달려 있었다. 지붕 위 작은 파이프 형태의 굴뚝에선 몽글몽글한 연기가 피어오르고 고소한 수프 냄새가 진동을 했다.

시아에게 이런 광경은 더 이상 놀라운 것이 아니었기에 별다른 망설임 없이 문을 열었다. 주방 특유의 환하고 따뜻한 조명 아래, 푸근한 수프 냄새가 시아와 쥬드에게 풍겨 왔다. 요리실은 보글보글 끓는 냄비들로 가득 차 발 디딜 틈조차 없을 정도였다. 바닥, 식탁, 서랍, 창가 등 요리실 안에 있는 공간이란 공간은 모두 냄비들이 차지하고 있었다. 냄비들이 없는 유일한 공간은 천장뿐이었다.

"허허허! 이게 누구야?"

요리사가 천장에 달린 외줄 위에 배를 대고 아찔하게 누워 고개를 돌려 그들을 내려다보았다. 그는 작은 키와 상반되는 길쭉한 요리사 모자를 눌러쓰고, 풍선처럼 둥글고 불룩한 배 위에 흰 앞치마를 둘러매고 있었다.

동글동글한 자두처럼 작고 뚱뚱한 그의 몸 양옆으로는 짤막한 팔다리가 쏙쏙 튀어나와 있었는데 그는 높은 천장에 사방으로 퍼져 있는 줄 위에서 자유자재로 움직이고 있었다. 마치 거미, 아니 게 같기도 했지만 그러기엔 유연했고, 원숭이에 가까운 몸짓이었다.

놀란 시아는 싱글벙글 웃고 있는 요리사를 눈을 동그랗게 뜨고 쳐다보았다. 줄 타는 요리사라니, 이런 곳에서 곡예사를 만날 줄은 꿈에도 몰랐다.

"흐응, 가만있어 보자. 이거, 이거…… 내 요리실에 유명 인사가 온 것 같은데?"

요리사는 굵고 우렁찬 목소리로 말하며 줄을 붙잡고 시아의 코앞까지 순식간에 내려왔다. 가느다란 줄에 뚱뚱한 몸을 싣고 있던 요리사가 눈 깜짝할 사이에 제 코앞에 얼굴을 들이밀자, 시아는 깜짝 놀라 옆에 선 쥬드를 툭툭 치며 속삭였다.

"있잖아, 쥬드. 우리 방 잘못 찾아온 것 같아."

하지만 오랜 기간 레스토랑에서 약 배달을 하며 지내 온 쥬드에게 이런 일쯤은 익숙한 것이었다. 시아가 뜻밖의 곡예사를 보며 놀라는 동안 요리실 안 냄비들 중 비어 있는 것을 찾고 있던 쥬드가 태연하게 고개를 돌려 입을 열었다.

"안녕하세요, 아저씨. 전에는 줄이 아저씨 몸무게를 감당하지 못하고 끊어지는 바람에 다쳐서 야콥한테 치료해 달라고 하더니, 이젠 멀쩡한가 보네요?"

쥬드의 말에 요리사는 보름달 같은 얼굴의 절반을 차지하도록 입을 활짝 벌려 미소를 지어 보이며 쾌활하게 대답했다.

"허허허, 쥬드. 그 짓궂은 말투는 언제 고치는 거야, 엉? 누차 말하지만 그땐 줄이 오래되어서 끊어졌던 거지, 내 몸무게 때문이 아니었어. 내가 뚱뚱하긴 해도, 키가 작기 때문에 몸무게는 얼마 안 나가요."

가까이에서 보니 실제로 그의 키는 시아의 절반도 안 될 정도로 엄청나게 작았다. 몸 전체를 동그라미로 보이게 하는 배만 아니었더라도 그의 몸은 유아의 것과 다를 게 없었을 것이다.

"하이구, 참. 아저씨도 별 핑계를 다 대네. 그러지 말고 줄 타는 건 이제 그만하는 게 어때요? 그러다 또 다치면 그땐 야콥이 아주⋯⋯."

"아, 아니라니까 그러네. 게다가 줄을 타지 않으면 끓고 있는 이 많은 냄비들 사이를 빠르게 왔다 갔다 할 수가 없 어. 또 내가 루이의 공연단에서 곡예사 역할도 맡고 있잖아. 공연단에 곡예사 역할을 할 자는 나밖에 없어서 내가 그만 두면 큰일이 날 거라고. 허허허."

요리사는 자랑스럽게 말하며 그의 풍선 같은 배를 말랑말 랑한 손으로 팡팡 두드렸다.

쥬드는 지겹다는 듯 고개를 절레절레 저었지만, 시아는 정신을 차리고 요리사가 한 말을 곱씹어 보았다. 떠들이 아 주머니도 루이의 공연단에서 성악가 역할을 한다더니, 이 요리사도 공연단에서 같이 일을 하는 모양이었다.

"그나저나 무슨 일이냐? 흐음, 야콥한테서 화염 약을 배 달받은 지 얼마 안 됐으니까 배달이 용건은 아닐 테고⋯⋯."

요리사는 고개를 돌려 시아의 얼굴에 자신의 얼굴을 바짝 붙이며 활짝 웃어 보였다.

"우리 유명 인사께서 나한테 볼일이라도 있으신 건가?"

마치 귀여운 손녀딸을 대하는 할아버지 같은 말투에 시아는 어쩔 줄을 몰라 하다가 뒤에 있던 쥬드가 정신 좀 차리라는 듯 툭 치자 그제야 정신을 차리고 말을 꺼냈다.

"어어, 네. 냄비를 몇 개 빌릴 수 있을까 해서요."

"냄비? 뭐, 내 요리실에 냄비가 좀 많기는 하다만 그만큼 많은 수프를 만들어야 하는데."

뜻밖의 부탁이었는지, 눈을 크게 뜨고 줄 위를 아슬아슬하게 오가며 고민하던 요리사가 잠시 후에 줄에 찹쌀떡처럼 붙어 있던 몸을 벌떡 일으켰다.

"아하!"

무슨 좋은 대안이라도 생각해 냈는지 탄성을 내지른 그는 싱글벙글 웃으며 시아를 바라보았다.

"그럼 네가 수프 만드는 걸 좀 도와주면 어떻겠느냐! 허허, 그렇게 긴장하는 표정 짓지 말고. 수프를 요리해 달라는 게 아니야. 암, 그렇고말고. 진정한 요리사는 자신의 요리를 남의 손에 맡기지 않지."

그는 말하는 도중에도 줄을 타고 이 냄비 저 냄비 사이를 오가며, 앞치마 주머니 안에서 재료들을 꺼내 각각의 냄비들 안에 열심히 뿌리며 음식을 만들었다.

"내 말은 내가 맛있는 수프를 만들 수 있도록 영감을 얻게 해 달란 것이다. 그렇게만 해 준다면 난 수프를 빨리 만들 수 있을 거고, 그러면 냄비들이 남게 되겠지. 그 남는 냄비들을 기꺼이 네게 빌려주마. 허허, 어때? 좋은 생각이지?"

그가 여전히 줄에 매달린 채 냄비들을 살피고 불 조절을 하며 말했다.

"영감을 얻게 해 달라니요?"

시아는 아찔하게 줄을 타고 저 멀리까지 간 요리사가 들을 수 있도록 큰 소리로 물었다. 높은 천장에서 요리사의 너털웃음 소리가 들려왔다.

"허허, 별거 아니다! 그저 이 아저씨 눈을 똑바로 마주 보고 서 있기만 하면 되는 거야."

영문 모를 부탁이긴 했으나 확실히 염려될 만한 일은 아닌 것 같았다. 시아가 고개를 돌려 쥬드를 보자, 그는 벌써 시아보다 앞서 나가 있었다.

"뭐야, 완전 쉽잖아! 해요! 당연히 해야지."

시아가 입을 열기도 전에 다짜고짜 약속을 해 버린 쥬드는 그를 향한 시아의 시선에 안심하라는 듯 설명을 덧붙였다.

"의심 안 해도 돼. 내가 아저씨를 오래 봐서 아는데, 이상한 것 시키고 그럴 만한 위인은 아니야."

고스란히 듣고 있던 요리사도 시아가 무안해질 정도로 정겹게 웃었다.

"허허허, 의심할 만도 하지. 여기 와서 험한 일들을 워낙 많이 당했으니……. 그래도 걱정할 필요 없다. 내가 바라는 건 정말 쉬운 일이니까. 허허."

"……좋아요."

시아의 조심스러운 승낙과 동시에, 줄 위에 찰싹 붙어 있던 요리사의 말랑말랑한 몸이 시아 바로 위에 있는 줄에 아찔하게 옮겨 붙었다. 요리사는 시아의 경계심 가득한 눈을 인자하게 마주 보며 천천히 말을 꺼냈다.

"흐응, 어디 보자. 눈동자를 보아하니……."

외줄 위에서 턱을 괴고 시아의 눈을 천천히 살펴보는 요리사의 눈빛은 어느새 진지해져 있었다.

"너는 의심으로 가득하구나. 차가워. 이상하다. 인간의 눈동자는 본디 요괴의 것보다 따뜻하다 들었는데……."

요리사는 앞치마 주머니 안에서 꽁꽁 얼어 있는 눈알 몇 개를 꺼내 그들 아래에 놓여 있는 냄비 안에 떨어뜨렸다. 시아는 몸이 잠시 움츠러들었으나 곧 자세를 유지했다.

"……그리고 존재하지 않는 길."

요리사는 시아의 눈동자를 지그시 들여다보며 몽롱하게 중얼거린 뒤 이번에는 앞치마 안주머니에서 검은색 가루를 꺼내 냄비 안 수프에 솔솔 뿌렸다. 눈알이 동동 떠 있던 수프가 검게 물들며 끔찍한 모습이 되었다.

"……풀리지 않는 수수께끼."

이어서 검은 껍질에 둘러싸인 열매 한 개를 주머니에서 꺼낸 요리사가 안간힘을 주어 껍질을 까려 했으나 껍질은 지나치게 단단했다. 결국 요리사는 그 껍질을 까지 못하고 그대로 냄비 안에 열매를 떨어뜨려야 했다.

열매를 껍질째 집어넣은 것이 끝내 못 미더웠는지 요리사는 미련이 남은 눈길로 냄비 안을 바라보다가 쓰고 있던 길쭉한 요리사 모자 안에서 국자를 꺼내 수프를 맛보았다.

"윽. 세상에, 이렇게 끔찍한 요리는 처음이야."

맛이 어지간히 절망스러웠는지 몇 번이고 입 안을 헹궈 내며 얼굴을 찡그린 요리사가 별안간 얼굴을 환하게 밝히며 "아!" 하고 탄성을 질렀다.

"그래, 내가 빼먹은 게 있었구나."

요리사는 넉살 좋게 웃으며 다시 앞치마 주머니를 뒤적이

더니 호리호리한 약병을 하나 꺼냈다.

"어, 그건 제가 어제 배달해 드렸던 화염 약인데요?"

가만히 보고만 있던 쥬드가 아는 체를 하자 요리사는 고개를 끄덕이며 병뚜껑을 열어 냄비 안으로 약을 흘려 넣었다. 용암을 연상시키는 빨간 약물이 부드럽게 흘러 냄비 밑을 감싸자 온도가 높아져 냄비가 달아오르기 시작했다.

"이제 본격적으로 시작해 볼까."

신이 난 요리사가 국자를 들어 냄비 안 수프를 휘저었다. 화륵, 불꽃이 일며 수프가 잔잔한 파장과 함께 더욱 뜨거워졌다. 수프는 보글보글 차분한 소리를 내며 불꽃에 호응하기 시작했고 그 안에 꽁꽁 얼어 있던 눈알들은 온기에 녹아 따뜻하게 늘어졌다.

"따뜻한 연민."

국자를 들어 올려 따뜻해진 눈알들을 건져 낸 요리사가 맛을 보며 고개를 끄덕였다. 그러곤 주머니에서 우유를 꺼내 수프에 부드럽게 부어 주었다. 요리사의 앞치마 주머니는 마법의 주머니임이 틀림없었다. 끊임없이 재료가 나왔으니 말이다.

얌전한 물결을 일으키며 수프에 엉킨 새하얀 우유를 국

자로 잘 저어 주자, 아까 요리사가 뿌렸던 검은 가루로 인해 어둡게만 보이던 수프가 환하게 밝아졌다.

"드러난 길."

새하얀 우유가 섞여 밝고 고운 빛깔을 띤 수프가 보글보글 끓으며 투명한 거품을 일으켰다. 밝아진 빛깔의 수프 한가운데에 콕 박혀 있는 검은 점을 찾는 것은 어려운 일이 아니었다. 요리사가 국자로 수프를 떠 올리자, 아까 넣었던 검은 껍질의 열매가 국자 위에서 흔들렸다.

열매의 두꺼운 껍질은 뜨거운 열기에 녹아 흐물흐물해진 상태였다. 요리사가 껍질을 문지르자 이번에는 껍질이 손쉽게 벗겨졌다. 껍질 속에 감춰져 있던 열매의 속살이 검은 껍질과는 상반되는 새하얀 빛깔을 반짝이며 모습을 드러냈다.

"풀린 수수께끼."

껍질을 깐 열매를 냄비 속에 퐁당 넣은 요리사는 냄비를 뜨겁게 달구고 있던 불을 끄고 국자를 집어 다시 한번 수프를 맛보았다. 수프 맛은 환상적이었다. 요리사가 환하게 웃었다.

"끝내주는구나! 훌륭해!"

요리사는 시아로부터 영감을 받아 만들어 낸 수프가 마음에 들었는지 연거푸 감탄사를 내뱉었다.

"새로운 메뉴를 개발한 게 오랜만이라 그런지 더 뿌듯하구나! 아, 쥬드!"

신이 나서 외줄 위를 폴짝폴짝 뛰어다니던 요리사가 이번에는 쥬드의 바로 위에서 줄을 타고 내려오며 외쳤다.

"너도 한번 도와주지 않으련? 봐서 알겠지만, 그냥 마주 보고 서 있기만 하면 된단다. 어때? 해 줄 수 있지?"

요리사가 기대감으로 반짝이는 눈빛을 쥬드에게 사정없이 쏘아 댔다. 그러나 쥬드는 매몰차게 거절했다.

"아, 내가 왜요! 난 싫어요."

쥬드가 옆으로 고개를 홱 돌리며 새침하게 말했다. 그러나 자신의 일에 깊은 열정이 끓어오른 요리사는 집요하게 달라붙으며 쥬드를 설득했다.

"어허, 섭섭하게 왜 그러느냐, 응? 앞으로 배달하면서 자주 볼 텐데 그렇게 차갑게 굴면 나 상처받는다."

"그럼 내가 배달 안 하면 되죠!"

"아니, 얘기가 왜 또 그렇게 되는 거냐!"

"싫으면 앞으로 약은 지하실까지 직접 와서 가져가세요!"

쥬드가 한 마디도 지지 않고 받아치자, 요리사는 얼굴을 찌푸리며 쥬드를 흘겨보았다. 그러나 쥬드는 오히려 고개를 바짝 쳐들고 눈을 획 치켜뜨며 나름대로 협박을 시도한 요리사의 기를 꺾었다.

그렇다고 메뉴 개발을 포기한다면 그는 요리사 자격을 박탈당해야 하리라. 쥬드는 요리사에겐 꽤나 탐나는 인물이었다. 쥬드는 약 배달부인 만큼 이 넓은 레스토랑에 있는 모든 곳을 가 보고 그 많은 직원들을 만나 본, 거의 유일한 직원이라고 할 수 있었다. 그만큼 보고 들은 것도 많고 아는 요괴들도 많을 것이었다. 그런 쥬드로부터 영감을 얻어 만든 요리는 얼마나 신선하고 매력적일지, 요리사는 궁금해 죽을 지경이었다.

한참을 끙끙대던 요리사는 결국 쥬드에게도 보상을 하나 던져 주기로 마음먹었다. 그는 자신을 이렇게까지 애원하게 만든 쥬드가 못마땅하고 서운한지, 미간을 구긴 채 쥬드의 눈도 마주 보지 않고 어기적어기적 말을 꺼냈다.

"하아, 그래. 쥬드, 정 그렇다면 너한테도 보상을 약속하지. 내일 밤 내가 속한 공연단의 공연이 예정되어 있는데 너도 올 수 있도록 티켓을……."

"어? 정말요?"

공연이란 말에 눈이 번쩍 뜨인 쥬드가 덥석 미끼를 물었다.

"그거 고위 직원들이나 VIP 손님들만 볼 수 있는 거 아니에요?"

쥬드는 좋아서 입을 헤벌쭉 벌리다가 요리사의 아니꼬워하는 시선을 보고는 금세 표정을 굳히며 목을 가다듬었다.

"흠흠. 뭐, 나쁘지 않네요. 좋아요, 해 보도록 하죠. 대신 티켓은 꼭 주셔야 합니다?"

왠지 처음부터 이걸 노리고 뜸을 들였던 게 아닐까 싶을 정도로 쥬드는 눈동자를 빛내며 열광했다. 요리사는 "흥." 하고 요란하게 콧방귀를 뀌고 팔짱을 끼며 퉁명스레 답했다.

"어, 그래! 알았다니까! 크흠! 거, 어린것이 벌써부터 속물근성에 찌들어서는……."

"아, 딴소리하지 말고 빨리해요. 자, 이렇게 서서 눈 마주 보면 되는 거죠?"

쥬드가 자세를 바로잡고 서서 요리사의 눈을 마주 보았다. 그러자 혼잣말로 투덜대던 요리사도 자세를 고쳐 앉으며 쥬드의 눈동자를 엄숙하게 들여다보았다.

"흐응……. 어디 보자."

쥬드의 큼직한 커피색 눈동자를 이리저리 꼼꼼히 살펴보

며 요리사가 중얼거렸다.

"복잡해. 매우 복잡해."

쥬드가 무얼 또 그렇게 고민하냐는 듯 눈을 깜박이며 요리사를 쳐다보자 그가 미간을 찌푸리며 입을 열었다.

"……동경."

"어?"

요리사의 입에서 예상치 못한 단어가 나오자, 쥬드가 저도 모르게 소리를 냈다. 당황한 것은 쥬드뿐이 아니었다. 옆에서 상황을 지켜보던 시아도 무슨 일인지 어리둥절해했다. 그러거나 말거나, 요리사는 앞치마 주머니에서 뼈다귀 몇 개를 달그락거리며 꺼내 아래에 놓여 있는 냄비 안에 떨어뜨렸다. 깊은 웅덩이처럼 냄비 안에 고여 있던 물이 떨어진 뼈다귀를 끌어당겨 냄비 밑바닥에 가두었다.

요리사는 다시 고개를 들어 당혹감에 젖은 쥬드의 눈동자를 들여다보았다. 한참을 심각하게 살피던 요리사가 천천히 입을 열었다.

"감추고 싶은…… 감춰야만 하는…… 비밀?"

그렇게 중얼거린 요리사가 앞치마 주머니 안으로 다시 손을 가져갈 때였다. 커다란 눈동자가 이리저리 흔들리던 쥬드가 더는 못 하겠다는 듯 소리를 질렀다.

"아니, 이 아저씨가……."

그러고는 깜짝 놀라 무슨 일이냐는 듯한 눈빛으로 쳐다보는 요리사를 향해 톡 쏘아붙였다. 쥬드가 한쪽 손을 들어 제눈을 가리키며 요리사를 노려봤다.

"내 눈처럼 착해 빠지게 생긴 눈이 어디 있다고, 비밀? 저그런 거 하나도 없거든요?"

쥬드가 날카롭게 반발하자 기가 죽은 요리사는 저도 모르게 두 손을 공손하게 모으고 우물쭈물 변명했다.

"아니, 꼭 그렇다는 게 아니라 그냥 내 느낌적인……."

"뭐요?"

쥬드가 다시 눈을 휙 치켜뜨며 날카롭게 받아치자 그는 금세 입을 다물었다. 쥬드가 또 소리쳤다.

"아저씨! 상대를, 어? 너무 그냥 막 물건이라도 되는 것처럼 느낌으로만 판단하는 거 아니에요? 네?"

"으아아, 내가 미안하구나!"

평소같지 않은 쥬드의 큰소리에 죄책감이 깊어진 요리사가 사과했다. 그러자 쥬드는 요리사의 눈동자를 힐끗 쳐다보더니 한숨을 쉬며 큰 소리로 마치 들으라는 듯 중얼거렸다.

"뭐, 공연 티켓이라도 받으면…… 마음의 상처가 조금이나마 아물 것 같긴 한데……."

"티켓? 무슨 티켓? 아, 그래! 이걸 말하는 게냐?"

죄책감에 움츠러들어 있던 요리사가 주머니에서 허둥지둥 티켓을 꺼내 쥬드의 손에 쥐여 주었다.

"당연히 주마! 얼마든지 주마! 자, 어서 받아라! 더 필요하면 말해도 좋아!"

요리사는 친구들도 같이 데려가라며 쥬드에게 티켓을 두 장이나 더 쥐여 주었다. 어느새 쥬드의 손에는 세 장의 티켓이 쥐여져 있었고, 쥬드의 얼굴엔 거짓말처럼 환한 미소가 꽃피어 있었다.

"고마워요, 아저씨. 아저씨 최고!"

단순한 요리사는 쥬드가 다시 웃어 주자 안도하며 똑같이 허허허 웃어 주었다. 제삼자인 시아만이 어처구니없다는 듯한 시선으로 쥬드를 쳐다보고 있을 뿐이었다.

"그럼 이제, 시아한테 빌려주겠다고 하신 냄비들은요?"

아무리 들떠 있어도 챙길 건 확실히 챙겨 가는 쥬드였다. 냄비에 대해 까맣게 잊고 있었던 요리사는 헐레벌떡 줄을 타고 요리실 안에 띄엄띄엄 놓여 있던 빈 냄비들을 가져와 모조리 시아와 쥬드에게 내주었다. 그러곤 냄비들로 이루어진 높은 탑을 사이좋게 나눠 든 쥬드와 시아를 애정 어린 눈빛으로 쳐다보며, 냄비가 더 필요하면 얼마든지 가져가도 좋다고 다정하게 말해 주었다.

"고마워요! 내일 밤 공연하실 때 박수 열심히 칠게요!"

"감사합니다. 잘 쓰고 돌려드릴게요."

시아와 쥬드가 진심으로 말했다.

# 리디아의 방

쥬드와 시아는 문밖까지 그들을 배웅해 주는 마음씨 좋은 요리사와 훈훈한 작별 인사를 나눴다.

쾅!

수프의 방 문이 닫힘과 동시에, 열렬히 흔들리던 둘의 손과 올라가 있던 입꼬리가 빠르게 내려갔다. 시아는 곧바로 쥬드를 흘겨봤다.

"왜?"

꼭 그렇게까지 해야 했냐는 시아의 눈빛에 쥬드가 억울하다는 듯이 물었다. 그러고는 시아를 향해 살며시 웃어 보였다. 시아가 들고 있던 냄비들 중 몇 개를 슬쩍 빼앗아 들어 주는 행동 역시 쓸데없이 다정했다.

"내일 공연 같이 보자."

'아, 얘는 정말 사람 다루는 덴 선수라니까.'

티켓 하나를 손에 쥐어 주니, 시아도 더는 뭐라고 하지 못하고 쥬드가 이끌어 가는 사소한 대화에 녹아들며 에메랄드색 계단을 따라 평온하게 걸어갔다.

쥬드와 평온하게 대화를 나누며 시아는 문득 지하실에 도착하려면 아직 멀었나 싶어 아래를 살펴보았다. 그러나 시아는 아직 길을 잘 몰랐기에 어느 정도 온 건지 감이 잡히지 않았다.

"쥬드, 지하실은 아직 멀었어?"

결국 이곳 지리를 잘 알고 있는 쥬드에게 묻자 쥬드가 무슨 소리냐는 듯이 되물었다.

"지하실이라니? 우리가 거길 왜 가?"

냄비들을 들고 당연히 지하실로 돌아가는 줄로만 알았던 시아는 쥬드의 황당한 질문에 그를 말없이 쳐다보았다. 쥬드가 커피색 눈동자로 시아를 민망할 정도로 뚫어져라 바라보았다.

"너 설마 냄비들을 야콥이 있는 지하실에 놓으려고 하는 건 아니지?"

정곡을 찔린 시아는 혼란스러웠다. 자신이 뭔가 실수를 한 것 같은 느낌에 시아가 조심스럽게 물었다.

"왜? 약초들을 말릴 때에도 지하실에서 말렸지만 별일 없었잖아."

그러나 쥬드는 고개를 절레절레 저었다. 그가 미간을 찌푸리며 시아를 내려다봤다.

"약초를 말릴 땐 야콥의 눈에 띄지 않는 구석에서 다 말릴 수 있었지. 그런데 지금 우리가 놓으려는 건 냄비라고. 그 많은 약초들을 냄비 하나에 각각 한 종류씩만 넣고 끓여야 하잖아. 그럼 사용해야 하는 냄비의 수도 엄청 많을 거야. 거의 지하실의 절반을 차지할 텐데, 야콥이 그걸 가만두겠어?"

"그럼 어디로 가야 하는데?"

시아가 묻자 쥬드가 키득거리며 시아의 어깨를 톡톡 두드렸다.

"걱정 마. 내가 또 딱 좋은 장소를 알지. 따라와!"

그가 허세를 부리며 시아를 이끌고 기세등등하게 전진했

다. 쥬드가 자신을 어디로 데려가고 있는 건지 알 턱이 없는 시아는 그저 순순히 그를 따라갈 뿐이었다.

한참 동안 구불구불 펼쳐져 있는 계단들을 거침없이 내려가던 쥬드가 우뚝 그 자리에 멈춰 섰다. 그가 멈춰 선 곳은 꽃잎들이 수놓아져 있는 너덜너덜한 흰색 벽지가 붙어 있는 방문 앞이었다. 문에는 "노크하고 들어오세요!"라고 삐뚤빼뚤한 손 글씨로 적은 낡아 빠진 팻말이 삐딱하게 걸려 있었다. 오랜 시간 관리를 하지 않은 것이 확연히 티가 나는 문이었다. 팻말의 손 글씨로 가늠했을 때, 문을 열고 들어가면 어린아이가 침대 위에 앉아 놀고 있을 것만 같았다.

쥬드가 손을 들어 밀자 큰 저항 없이 밀린 문에서 앓는 소리가 새어 나왔고, 호기심이 생긴 시아는 쥬드를 따라 방 안으로 들어갔다. 새벽의 푸른 조명이 깔린 방 안을 둘러보자 크림색 벽지와 분홍색 커튼, 하얀색 화장대, 그 옆의 나무색 책장과 그 안에 꽂힌 여러 권의 책들, 손 때가 탄 듯 보이는 노트 한 권이 눈에 띄었다. 방 안에는 그 밖에도 정체 모를 약물이 담겨 있는 호리병들과 과학 실험실에서나 볼 법한 기구들이 난잡하게 흩어져 있었고, 구석에는 커다란 은색 솥까지도 놓여 있었다.

요괴 아이의 방이란 이런 것일까. 시아는 방을 훑어보며 이 방의 주인은 누구일까 궁금해했다. 그러나 방의 주인이 누구이든지 간에 이곳은 방치된 지 오래된 게 분명했다. 방 안 가구들은 모두 아기자기했지만 온갖 거미줄과 먼지들이 뒤엉켜 있었다.

"쥬드, 이 방은 누가 썼던 거야?"

대답을 들어 봤자 시아가 아는 인물일 리 없었지만, 이 방의 옛 주인은 레스토랑에서 일하기엔 제법 어린 나이일 것 같아 시아는 호기심이 생겼다. 그리고 이어진 쥬드의 대답에 깜짝 놀라 시아의 몸이 굳어 버렸다.

"리디아."

시아는 조금 전까지만 해도 호기심이 가득했던 눈동자에 경계심을 담고 방 안을 살폈다. 하얀 화장대 아래 빗과 함께 흩어져 있는 붉은 머리카락 몇 가닥이 눈에 들어왔다. 쥬드 가 픽 웃으며 바닥에 냄비들을 내려놓았다.

"걱정 마. 리디아가 레스토랑에서 마녀로 일했을 당시엔 이곳이 그녀의 방이었지만, 이젠 그 누구의 방도 아니야."

야콥이 새로운 마녀로 고용되어 리디아가 해고된 후, 리 디아는 이 방에서 쫓겨난 모양이었다. 쥬드는 이 방에 들어

온 것이 꽤 현명한 선택이었다고 생각했는지 뿌듯한 미소를 지으며 당당하게 말했다.

"여긴 냄비들이 다 들어갈 만큼 공간도 충분하고, 지하실이랑 멀지도 않으니까 언제든지 왔다 갔다 하면서 약초들이 잘 끓고 있는지 관리할 수 있을 거야."

그러나 시아는 꺼림칙한 느낌을 지울 수가 없었다. 리디아를 마지막으로 보았을 때 그 아이는 괴물로 변해 그녀를 위협했고, 시아는 결국 리디아를 묶어 놓고 도망쳤다. 처음이자 마지막 만남이 좋지 않았던 아이의 방에서 약초들을 끓여야 한다니, 마음이 심하게 불편했다.

"쥬드, 그래도 리디아가 쓰던 방이고 리디아는 아직까지 레스토랑을 떠나지 않고 남아 있는데, 이곳을 사용해도 괜찮은 거야?"

시아가 조심스럽게 묻자 쥬드는 망설임 없이 고개를 끄덕였다.

"에이, 괜찮다니까? 사실 리디아가 이 방에서 쫓겨난 뒤로 여긴 창고로 쓰일 거였어. 근데 이 방에 음식이나 물건들을 갖다 놓는 족족, 자신을 해고했다는 분노에 휩싸인 리디아가 몰래 들어와서 다 망가뜨려 버렸대. 그 후론 아무도 여기 안 들어와."

그러나 그 말은 오히려 시아를 더 불안하게 했다.

"그럼 여기에서 약초를 끓이면 리디아가 들어와서 약초들도 다 망가뜨리고……."

그러자 쥬드가 손을 휘휘 저으며 시아를 진정시켰다.

"아, 괜찮다고, 진짜야. 왜냐하면 지금 리디아는……."

쥬드는 말을 끝까지 잇지 않고 우물쭈물하다가 다시 말을 이었다.

"하여간 걱정할 필요 없어. 아무 일도 없을 거야. 나도 다 생각하고 온 거라고."

쥬드가 서글서글한 커피색 눈으로 시아의 눈을 마주 보며 눈웃음을 지었다.

"나 믿지?"

시아는 대답을 하지 못하고 머뭇거리다가 한숨을 쉬었다.

"당연하지."

쥬드는 이곳에서 그녀의 유일한 조력자이자 친구가 아니겠는가. 시아의 대답에 기분이 좋아졌는지 쥬드의 입꼬리가 귀에 걸렸다.

"그럼 여기에서 해도 되는 거야?"

쥬드의 환한 미소에 왠지 모르게 부끄러워진 시아는 일부러 쥬드와 눈을 마주치지 않으려 노력하며 어색한 질문을 던졌다. 그리고 짐짓 태연한 척 냄비들을 정리하며 약초를 끓일 준비를 했다.

이곳은 리디아가 레스토랑의 마녀로 일할 때 썼던 방이었기에 방 안에는 약초를 끓일 물이 나오는 수도꼭지도 있었고, 쥬드가 야콥의 화염 약을 가지고 있어서 준비는 모두 갖추어져 있는 상황이었다. 문제가 있다면 시아 혼자 모든 약초를 냄비에 각각 담아 끓이기에는 지나치게 일이 많다는 것이었다.

혼자서 낑낑대는 시아를 한동안 조용히 웃으면서 바라보던 쥬드가 마침내 웃음을 터뜨리며 시아에게 다가갔다.

"줘 봐, 도와줄게."

둘이 힘을 합치자 방 안은 금세 보글보글 아늑한 소리로 가득 찼다.


시간이 한참 흘러 하늘이 검게 물들고 별과 달이 박혔을 때가 돼서야, 시아와 쥬드는 일을 거의 다 끝마쳤다.

"이 정도면 다 한 것 같은데?"

리디아의 차가웠던 방 안을 보글보글 아늑한 소리로 꽉 채우고 있는 냄비들을 바라보며 쥬드가 뿌듯하다는 듯이 말했다. 시아는 고개를 끄덕이며 방 안을 훑어보았다.

"빠뜨린 약초는 없겠지?"

"어, 내가 개수 세어 봤는데 맞아."

약초들을 종류별로 끓이고 있는 냄비들 속의 물은 끓이고 있는 약초의 종류에 따라 각기 다른 색으로 물들어 있었다.

"이제 그만 갈까? 지금쯤이면 야콥이 내가 심부름도 안 하고 또 튀었다고 난리를 치고 있을 거야."

잊고 있었던 야콥의 존재가 이제 막 떠올랐는지, 쥬드가 울상을 지으며 말했다.

시아는 미안한 마음에 쥬드를 바라보았다. 시아를 도와주 느라 늦은 것이기 때문이다. 미안한 마음이 든 시아가 쥬드를 달랬다.

"미안해, 쥬드. 야콥의 심부름은 내가 도와줄게. 너도 오늘 나 많이 도와주었으니까."

시아의 조심스러운 목소리에 쥬드가 설핏 웃으며 리디아의 방문을 열었다.

"맙소사, 시아. 네가 도와주면 오히려 일이 두 배가 될걸. 넌 여기 길도 잘 모르잖아! 또 저번처럼 천장을 부수고 오게?”

방에서 나오자 검은 밤하늘에 별빛이 총총 빛났다. 시원한 바람이 훅 불어왔다. 시아의 머리칼이 휘날리며 찬 공기가 그녀의 빨개진 얼굴과 맞닿았다.

일전에 시아가 강아지 춘자의 굴에 떨어져 지하실 천장을 부수고 내려온 이후, 쥬드는 시아를 엄청나게 놀려 댔는데, 이 얄미운 쥬드 녀석은 아직까지도 그 일을 들먹이는 것이었다.

“아, 몰라! 그럼 안 도와주면 될 거 아냐!”

민망해진 시아가 소리를 치며 쿵쾅쿵쾅 발걸음을 거칠게 옮겼다.

“어? 시아!”

“뭐! 왜!”

등 뒤에서 들려온 쥬드의 목소리에 시아는 그가 사과를 할 것이라 예상하고 대답했다. 그러나 쥬드의 대답은 예상 밖의 것이었다.

“지하실은 그쪽이 아니라 이쪽이야!”

웃음을 겨우 참고 있는 듯한 목소리에, 시아는 당황한 기색을 드러내지 않으려 애쓰며, 뒤로 돌아 그가 가리키고 있는 쪽으로 다시 걸음을 옮겼다.

"나도 알거든?"

시아가 애써 태연한 척 대꾸하며 빠르게 걸어가자 쥬드가 키득키득 웃으며 그녀를 쫓아왔다. 자신이 저지른 작은 실수가 민망했던 시아는 계속해서 얄밉게 웃고 있는 쥬드와 나란히 걷고 싶지 않았다. 시아는 일부러 걸음을 늦추어 계단을 내려가고 있는 쥬드와 거리를 벌렸다. 쥬드가 뒤를 돌아보며 빨리 오라는 손짓을 했지만 시아는 속도를 높이지 않았다.

한참을 걷다 보니 어느새 쥬드는 시아의 시야에서 사라져 있었다. 시아는 북적북적한 계단 위에서 열심히 주변을 살펴보았다. 지하실은 이대로 계단을 쭈욱 내려가기만 하면 나오기 때문에 길을 잃을 걱정은 하지 않았다. 레스토랑이 워낙 넓어 모든 길을 꿰뚫고 있기란 불가능했지만, 대충 어떤 구조로 이루어져 있는지는 이미 파악한 상태였다.

복잡하게 엉켜 있는 에메랄드색 계단 맨 위에는 해돈을 비롯한 레스토랑의 고위 직원들만을 위한 공간이 존재했다. 시아는 루이가 그녀를 납치해 해돈에게 끌고 갔던 첫날 외에는 그곳에 다시 들어가 본 적이 없었다. 일반 직원들에게는 출입이 쉽게 허용되는 곳이 아니기 때문이었다. 거기서 계단을 더 내려가면 레스토랑 운영을 위한 각종 방들이 사방에 복잡하게 붙어 있다. 요리실이나 창고, 그 밖에도 직원들의 다양한 일터가 존재했고 에그 타임이 적용되는 범위이기도 했다.

거기서 한참을 더 내려가면 손님들을 접대하는 레스토랑이 나온다. 출입이 허용되지 않은 시아는 레스토랑 내부로 들어가 본 적은 없었지만, 커다란 창문 너머 화려한 샹들리에와 은은한 조명 아래 둥근 테이블에서 잔을 부딪치며 거미줄 파스타를 맛보는 손님들을 본 적이 있었다. 레스토랑을 지나칠 때마다 잔잔한 음악 소리를 배경으로 잔들이나 포크, 나이프 따위가 부딪히는 소리가 들려와 대충 어떤 광경일지 짐작이 되기도 했다.

시아는 계속해서 계단을 내려갔다. 레스토랑을 지나쳐 일층에 다다르자 성 외부를 감싸고 펼쳐진 정원이 눈에 들어왔다. 정원을 가로질러 수없이 많은 손님들이 레스토랑을 향해 기품 있게 걸어오고 있었다. 거대한 요괴 손님들 사이에서 한껏 작아진 시아는 다시 아래로 내려가고자 계단이 있는 구석진 곳으로 몸을 돌렸다.

"아아악! 내 돈! 내가 어떻게 모은 건데……."

구석에서 시아는 소리를 지르고 있는 한 요괴를 발견했다. 요괴가 입은 기다란 코트 위 얼굴로 추정되는 부분에는 모자와 멋스러운 콧수염이 달린 새하얀 가면이 자리하고 있었다. 눈은 보이지 않았다. 요괴들의 해괴한 생김새에 익숙해진 시아는 그의 외관을 보고도 놀라지 않았다. 더욱이 그동안 이곳에 머물면서, 술에 취해 난동을 부리는 손님들도 제법 봐 왔기 때문에 지금 눈앞의 요괴의 행태에도 의연하게 반응할 수 있었다.

"이것 놔! 건방진 것들이 어디 감히 손님한테……. 내가 그동안 여기서 사 먹은 게 얼만데!"

보아하니 큰돈을 잃고 레스토랑에서 난리를 피우다가 직원에 의해 밖으로 쫓겨나는 모양이었다. 어르고 달래며 팔을 잡고 끌고 가는 직원을 향해 버럭버럭 소리 지르는 요괴를, 시아는 대수롭지 않게 바라보았다. 워낙 많은 손님들이 오가다 보니 드물지만 이런 일도 종종 일어나곤 했다.

무심코 시선을 아래로 내리던 시아는 그 자리에서 굳어 버렸다. 손님의 발 언저리에서 그를 지그시 지켜보고 있는 어느 은밀한 고양이 때문이었다. 기품 있는 자세로 앉아 있는 그의 오만한 눈동자는 시아에겐 너무나 익숙한 것이었다.

황금색과 보라색의 눈을 바라보며, 시아가 저도 모르게 중얼거렸다.

"루이?"

고양이는 시아의 목소리를 무시하고 수풀 사이로 사라지고 말았다. 고양이로 변한 채 루이는 여기서 뭘 하고 있었던 걸까.

하지만 이번엔 시아는 궁금증을 삼킨 채로 천천히 계단 쪽으로 향했다. 그리고 한탄하는 손님과 최대한 부딪히지 않으려 조심하면서 다시금 계단을 내려가기 시작했다.

계속해서 계단을 내려가자 재료 저장실이 모습을 드러냈다. 반듯하고 깔끔한 나무판자로 이뤄진 넓은 저장실 안에는 온실, 냉장실, 건조실 그리고 사육실 등이 배열되어 있었다. 반짝이는 건물들을 계단 양쪽에서 영롱하게 밝혀 주던 주홍빛 등불들은 어느 순간부터 사라져 버렸고 계속해서 계단을 내려가자 에메랄드색 계단마저 끊겨 버렸다.

이제는 초라하기 짝이 없는 다 썩어 가는 나무 계단이 어둠 속에 쓰러지듯 놓여 있었다. 그리고 그 끝에는 시아도 익히 알고 있는, 끔찍한 신음을 내는 낡은 문이 덩그러니 서 있었다. 시아는 한숨을 내쉬곤 밟을 때마다 삐걱삐걱 앓는 소리를 내는 계단들을 천천히 걸어 내려갔다. 레스토랑의 맨 아래, 끝부분의 경계를 이루고 있는 곳이 야콥의 지하실이다.

시아는 문을 열고 들어가 익숙한 악취 속을 걸으며, 내일은 무엇을 해야 하나 서글픈 고민을 했다. 그것이 고작 몇 시간 후에 펼쳐질 일에 비하면 너무나 달콤한 생각이라는 것은 전혀 모르는 채.


열린 베란다 문 너머로 들어오는 바람을 쐬며 하츠는 의자 위에 늘어져 오랜만의 휴식을 즐기고 있었다. 눈을 감고 몸을 움직이지 않았지만, 자고 있는 것은 아니었다. 서늘한 바람이 들어오는 방 안에는 정적이 흘렀다.

잠시 뒤, 문을 두드리는 소리가 고요하게 들려왔다. 노크 소리를 듣고도 하츠는 아무 말도 하지 않았지만, 문은 알아서 열렸다. 곧이어 루이가 방 안으로 들어왔다.

그가 늘어져 있는 하츠를 바라보며 입을 열었다.

"몇 가지 여쭈어 볼 것이 있습니다."

하츠는 눈을 뜨지 않았다. 마치 루이의 말을 듣지 못한 것처럼 그의 표정에는 변화가 없었다. 그러나 루이가 물러서지 않자, 그의 입이 서서히 움직였다.

"또, 또 일거리."

하츠가 지겹다는 듯이 중얼거렸지만, 루이는 가볍게 무시하고 제 할 말을 했다.

"인간에게 시킬 다음 일은 생각해 놓으셨습니까?"

곱게 펴져 있던 미간이 단박에 일그러졌다. 등받이에 기대고 있던 하츠가 몸을 일으키며 투덜거렸다.

"루이, 나 여왕의 궁전에서 방금 돌아왔어. 나한테도 휴식을 줘야지. 안 그래?"

"글쎄요, 잘 모르겠군요. 인간이 어서 식당 일을 실패하게 만들어야 당신도 비로소 자유를 얻고 평온하게 쉴 수 있는 것 아니겠습니까."

루이가 어림도 없다는 듯 대꾸했다. 하츠는 시리도록 검은 눈동자로 매정하게 서 있는 루이를 똑바로 마주 보았다.

"글쎄."

하츠가 칼날 같은 손끝을 들어 올려 턱을 매만졌다. 까마귀의 깃털이 돋아 있는 손가락이 턱선을 벨 것처럼 아슬아슬하게 훑으며 긴장감을 자아냈다. 하츠가 눈동자를 번뜩이며 소름 돋게 웃었다.

"수년을 손에 피를 묻히며 살아왔는데 평온하게 쉴 수 있을 거라니……. 내가 그렇게까지 미친놈으로 보이나?"

날카롭게 올라가는 말끝은, 금방이라도 툭 떨어져 루이의 가슴팍에 꽂힐 것만 같았다. 루이의 무뚝뚝한 얼굴 위로는 별다른 표정 변화가 없었다. 그는 불필요한 대답으로 하츠의 심기를 긁어 일을 커지게 할 정도로 어리석지 않았다. 그걸 잘 알고 있는 하츠가 부드럽게 인상을 폈다.

"표정 풀어, 싱겁긴. 장난이라고. 인간 일은 말 안 해도 내가 알아서 해."

그가 중얼거리며 다시 등받이에 등을 기댔다. 그의 삶이 달린 문제인데, 대충할 생각은 추호도 없었다. 다만 숨 쉴 틈이 조금 필요했을 뿐이었다. 쓸데없는 잔소리는 사절이었기에 확실히 선을 그은 하츠가 입을 열었다.

"또 말할 거 있으면 얼른 해."

시간 낭비를 끔찍이도 싫어하는 루이는 하츠의 의미 없는 장난이 맘에 들지 않았는지, 손목시계를 보고는 미간을 좁히며 입을 열었다.

"그럼 다음 용건으로 넘어가겠습니다. 얼마 전 인간에게 기밀문서를 유출했던 용 말입니다."

잊고 있었던 존재에 관한 이야기에 하츠의 고개가 위로 들렸다.

"스테이크 요리에 쓰라고 하셨는데, 본인은 하츠가 그 지시를 취소했다고 주장하며 요리에 쓰이길 거부하더군요. 용의 횡포에 요리사들의 피해가 상당합니다."

하츠가 어이없다는 듯이 웃었다.

'하여간 참 시끄러운 놈.'

"어떻게 처리하실 것인가요?"

루이의 물음에 하츠가 가볍게 대답했다.

"내버려 둬."

루이가 의외라는 듯이 눈썹을 치켜올렸다.

"그렇게 요란한 애 상대하는 것도 낭비라면 낭비야. 요리에 쓰일 만한 용은 사육실에도 많잖아."

루이의 표정을 본 하츠가 해명하듯이 말했지만 루이의 표정은 좀처럼 바뀌지 않았다.

"……알겠습니다. 일단 말씀드릴 사항은 여기까지인 것 같군요."

돋보기안경을 추어올린 그가 문 쪽으로 몸을 돌렸다. 드디어 가는 건가 싶어 하츠가 기쁜 내색을 보이자 루이가 형식적인 인사를 하며 문고리를 돌렸다.

"그럼 이만 가 보겠습니다. 아, 그리고 내일 공연이 있을 예정인데, 준비가 끝나는 대로 직원을 통해 티켓을 보내 드리겠습니다."

"나 바쁜 거 알잖아."

'공연이 있을 때마다 매번 티켓을 보내 주는 노력은 가상하다만……'

하츠가 루이의 등에 대고 코웃음을 쳤다.

루이는 문을 열고 나가기 전 고개를 돌려 하츠를 잠시 마주 보았다. 입가에는 미묘한 미소가 반듯하게 자리 잡고 있었다.

"그렇습니까."

그 역시 하츠가 그의 공연에 오길 바랄 이유는 없었다. 그러나 루이가 단장을 맡고 있는 레스토랑 공연단의 공연은 상위 계층 손님들이나 레스토랑 고위 직원들의 유흥을 위하여 진행되는 것이기 때문에 고위층의 권리를 누리는 하츠에게도 매번 티켓을 줄 수밖에 없었던 것이다. 하지만 이번만큼은 상황이 좀 달랐다.

"이번 공연 티켓은 인간에게도 전해졌다고 하는데 불참하시겠다니, 유감이군요."

루이는 질척한 한마디를 흘리고는 문을 닫았다.

문이 닫히기 전 남겨진 한마디를 하츠는 가만히 곱씹어 보았다. 잠시 후, 하츠의 입가가 느슨하게 풀어지며 요사스러운 미소가 그려졌다. 처음으로 보게 될 루이의 공연이 어떨지, 그 기대가 어마어마했다.

# 위기의 공연

리디아가 쓰던 방에서 약초 냄비들을 정리하고 녹초가 되어 지하실로 돌아온 시아는 쥬드의 방에 들어가자마자 잠이 들 었다.

괴로운 꿈에서 깨어났을 때는 여느 때와 마찬가지로 하루 가 지나 해가 저물고 있었다. 시아는 베란다로 나가 밖을 내 다보았다. 레스토랑으로 모여드는 손님들이 눈에 들어왔다. 그러한 광경을 보고 있자니 어젯밤 돈을 잃어버린 것인지 난동을 피우던 취객이 떠올랐다. 그의 옆에 있던 루이도.

그가 왜 거기에 있었는지는 모르지만 어쨌거나 오늘 시아는 루이를 만나 할 이야기가 있었다. 쥬드가 수프의 방에서 받아 온 티켓으로 오늘 공연을 관람할 계획이니, 공연단에서 마술사 겸 단장을 맡고 있다는 루이도 분명 올 것이다.

시아는 서둘러 얇은 외투를 걸치고 방 밖으로 나갔다. 정원사는 연기가 피어날 때까지 약초들을 끓이라고 했다. 연기가 피어오르기까지는 그리 오랜 시간이 걸리지 않을 것 같으니 어서 빨리 확인해야겠다는 생각에 마음을 졸였다.

지하실 구석에서는 야콥이 자신이 입고 있는 진분홍색 드레스 소매 위의 리본을 우적우적 씹으며 잠을 자고 있었다. 지하실의 서늘한 공기가 시아의 몸에 달라붙었다. 시아는 몸을 부르르 떨어 그것을 털어 버리려고 했다.

'어서 갔다 와서 따뜻한 물로 씻고 차의 방에 가서 음식도 먹어야겠어.'

서둘러 지하실을 나온 시아는 벌써부터 북적대는 요괴들 사이를 비집고 노을에 잠긴 구불구불한 계단을 올라가 리디아가 쓰던 방에 다다랐다. 문을 벌컥 열고 들어가자 다행히도 멀쩡히 보존된 약초들이 냄비들 안에서 보글보글 끓고 있었다. 그러나 시아는 밀려오는 실망감을 막을 수 없었다. 한 냄비도 빠짐없이 모두 끓고 있었지만, 연기가 피어오르는 냄비는 하나도 없었기 때문이었다.

보통 물을 끓이기 시작하면 금세 김이 피어오르기 마련인데, 왜 이 약초들은 그렇지 않은 건지……. 시아에겐 시간이 없었다. 한 달이라는 정해진 기간이 조건으로 걸려 있었고, 이미 많은 날들이 지난 상태였다. 게다가 약초들이 다 끓는다고 해도 그중에서 인간의 심장과 공통점을 가진 약초를 연구해서 선별하는 데 많은 시간이 소요될 게 분명했다.

'야콥의 말처럼 이 중에 치료 약이 없는 경우도 대비를 해야 되는데.'

시아는 한숨을 쉬었다. 불안감이 슬금슬금 침범하는 마음을 다잡으며, 시아는 냄비 안 약초들을 한 번씩 훑어보고 방을 나왔다. 현재 그녀가 할 수 있는 건 아무것도 없었다. 그녀는 스스로를 진정시켰다.

'괜찮아. 그리 오래 걸리지 않을 거야. 이따 공연이 끝나고 다시 와 보면 분명 연기가 나고 있을 거야.'

시아는 애써 마음을 다잡으며 다시 왔던 길을 되돌아갔다. 요괴들이 바쁘게 지나가며 그녀를 밀쳤지만 시아는 입술을 꾹 깨물고 균형을 유지하면서 꾸역꾸역 지하실까지 내려갔다.

지하실에서는 야콥이 분홍색 왕반지를 낀 소시지 같은 손으로 팔을 벅벅 긁으며 여전히 자고 있었고, 쥬드는 어느새 일어나서 정성스레 이불을 개키고 있었다. 그 옆에서는 히로가 요란하게 재잘대는 중이었다.

"아니, 시아 양!"

히로가 시아를 보자마자 이야기를 멈추고 반가워 죽겠다는 듯이 소리쳤다. 그의 얼굴은 행복에 겨워 빛이 나고 있었다.

"히로?"

그가 여기 있을 거라곤 예상도 하지 못한 시아의 눈이 접시처럼 크게 뜨였다. 히로를 마지막으로 봤을 때, 그녀는 히로를 속여 그로부터 레스토랑의 기밀 레시피 문서를 빼돌렸었다. 그녀를 원망하고 있을 줄 알았던 히로가 해맑게 그녀를 부르며 기뻐하다니. 시아는 이게 어떻게 된 일인가 싶었다.

시아의 시선이 쥬드에게로 옮겨 가 설명을 요구했다. 시아의 눈빛을 알아챈 쥬드가 입술을 파르르 떨며 말문을 열었다.

"시아!"

쥬드가 동그랗게 커진 눈을 하고는 격앙된 목소리로 시아를 불렀다. 맙소사. 시아는 속으로 중얼거렸다.

'애도 흥분했네. 대체 무슨 일이 있었던 거야?'

다음으로 들려온 쥬드의 말에는 시아 역시 깜짝 놀라지 않을 수 없었다.

"히로가 어제 하츠랑 같이 여왕님의 궁전에 다녀왔대! 그것도 그냥 다녀온 게 아니라, 거기서 무려 탈출을 했대!"

"뭐?"

시아는 저도 모르게 소리를 질렀다. 하츠라면 그녀에게는 지독히 두려우면서도 반드시 필요한, 악독한 악마였다. 그자와 히로가 여왕의 궁전에 갔다 왔다니. 얼마 전 야콥이 들려줬던 하츠의 과거 이야기엔 여왕에 대한 내용도 포함되어 있었다. 시아의 기억이 잘못된 게 아니라면, 여왕은 하츠와는 철저한 원수지간이었다. 해돈은 그걸 알고 하츠가 그의 신경을 거스를 때마다, 하츠더러 여왕의 궁전에 갔다 오라고 명령을 한다고 했다. 하츠를 싫어하는 여왕으로부터 공격을 받아 그가 다쳐서 돌아오길 바라면서.

야콥이 알려 주었던 퍼즐 조각들을 떠올린 시아는, 여왕의 군대와 싸우다 생긴 것이라며 제 등에 난 흉터를 자랑스럽게 보여 주는 히로를 의아한 눈빛으로 바라봤다.

"히로, 하츠가 해돈의 신경을 또 무슨 일로 건드렸길래 여왕의 궁전에 간 거예요?"

시아가 묻자 히로는 모든 이들의 관심이 기뻤는지 우쭐해하며 대답했다.

"그건 나도 모릅니다, 시아 양."

하지만 대답은 영 실망스러운 것이었다.

"그렇지만 확실한 것은, 내가 여왕의 그 무수한 벌들을 다 물리치고 하츠를 구출해 냈다는 거지요."

그가 뽐내듯 "후후후." 하고 웃으며 덧붙였다. 쥬드는 굉장하다며 호들갑을 떨었지만, 시아는 더 깊은 생각에 빠져들었다.

하츠는 시아가 살아남기 위해선 꼭 시아의 편으로 끌어들여야만 하는 자였다. 그에 대한 정보는 가능한 한 많이 알아 두는 게 좋을 것 같았다.

"어쩌다 하츠와 함께 거기에 가게 된 건가요?"

그러자 히로가 씨익 입꼬리를 늘리며 웃었다.

"그건 하츠가 절 요리 재료로 쓰려고 했기 때문이죠."

아리송한 대답에 시아가 혼란을 겪는 동안 히로는 이제

그럴 일은 없다며 신이 나서 재잘거렸다.

"히로, 하츠가 지금 어딨는지 아세요?"

계속해서 히로의 애매모호한 대답을 듣고 있으니, 하츠가 지금쯤 어디서 무얼 하고 있는지 파악하는 것이 낫겠다고 판단한 시아가 물었다. 그러자 히로가 또 한 번 환하게 웃었다.

"시아 양! 그건 아무도 모릅니다. 지하실에 오면서 하츠가 또 사라졌다고 우왕좌왕하는 소리를 들었거든요. 하츠를 찾고 싶거든 조금 뒤에 공연을 관람할 때 찾으면 되지 않을까요? 하츠도 레스토랑에서 중요한 위치에 있으니 분명 공연 티켓을 받았을 겁니다."

그제야 시아는 히로의 손에 들려 있는 티켓을 발견했다. 쥬드가 요리사로부터 받은 티켓은 총 세 장이었는데, 시아에게 주고 남은 한 장을 히로에게 준 것 같았다. 서로에게 대단하다고 감탄하고 있는 쥬드와 히로를 보며 시아는 고개를 저었다.

심각한 표정으로 고민에 빠진 시아를 발견한 쥬드가 진지하게 입을 열었다.

"내 세 명의 여자 친구들을 걸고 말하건대, 하츠 같은 냉혈한이 공연을 보러 올 리 없어. 지금까지도 그래 왔고. 그런 차가운 작자가 고작 카드 마술 따위에 흥미를 갖겠어?"

그를 빤히 쳐다보는 시아의 눈빛을 눈치챈 쥬드가 황급히 뒷말을 덧붙였다.

"아, 아니, 세 명은 아니다. 최근엔 두 명이야."

여전한 시아의 눈빛에 눈동자를 데굴데굴 굴리던 쥬드는 자리에서 벌떡 일어서며 서둘러 화제를 돌렸다.

"어, 벌써 시간 다 됐네! 야, 조금 있으면 공연 시작하겠다. 이제 준비하고 가야지."

"맞아요! 어서 갑시다!"

쥬드는 한껏 차려입은 옷매무새를 정리했고, 공연을 관람할 생각에 들뜬 히로도 냉큼 나갈 준비를 했다.

"……먼저 가 있어. 하츠가 어디에 있는지 알 것 같거든."

그런 둘에게 시아가 가라앉은 목소리로 말했다. 시간을 제대로 활용하지 못하면 곧 죽게 될지도 모르는 마당에, 한가하게 공연 따위가 눈에 들어올 리 없었다. 어차피 공연장에는 루이를 만나 이야기할 것이 있어 가려고 한 것이라 굳이 시간에 맞춰 갈 필요는 없었다.

"하츠? 아니, 무슨 얘기를 하게? 그렇게 무서운 요괴한테."

쥬드가 놀라서 묻자 시아가 주저하다 대답했다.

"물어볼 것도 있고, 그의 대답에 따라서 내가 할 수 있는 일도 달라질 것 같아. 어쨌든 하루빨리 그를 설득해서 내 편으로 만들어 놔야 하기도 하고."

그와의 지난 번 만남은 절망적이었지만 시아는 끊임없이 그와의 만남을 시도할 수밖에 없었다. 그대로 둔다면 그는 일분일초를 모두 시아의 심장을 잡아채려는 데 쓸 테니까.

"……알았어. 길 안 잃고 올 수 있지? 이번 공연은 손님들이 아니라 몇몇 VIP들이랑 레스토랑 고위 관료들을 대상으로 열리는 거라, 레스토랑이 아닌 공연장에서 열려."

전에도 시아가 엉뚱한 방향으로 가려는 것을 목격했던 쥬드가 못 미덥다는 듯이 말했지만 시아는 자신 있게 고개를 끄덕였다. 공연장은 이전에 몇 번 지나친 적이 있었기 때문에 어디 있는지 잘 알고 있었다.

"네 티켓 잃어버리지 말고, 너무 늦지 마. 이상한 것들이랑 부딪히지 않게 조심하고. 널 보면 침을 잔뜩 흘릴 정도로 식욕이 좋은 요괴들도 있으니까 특히 조심해야 해. 계란들은 만나도 상대하지 말고."

쥬드의 걱정스러운 말투에 시아는 순순히 고개를 끄덕이

며 대답했다.

"걱정하지 마. 조심할게."

"하츠, 그 기 빨리는 녀석을 혼자 어디서 찾아서 어떻게 상대하겠다는 건지."

쥬드는 시아의 선택이 끝내 못마땅한지 끝없이 잔소리를 늘어놓았다. 히로 역시 공연을 관람한 후에 하츠를 만나는 것이 어떻겠냐며 만류했지만 시아는 단호히 고개를 저었다.

"괜찮아요, 히로. 저에게 생각이 있어요."

시아의 확고한 의사에 쥬드와 히로는 결국 먼저 공연을 보러 가기 위해 방을 나섰다. 그때 무언가 생각난 시아가 급하게 그들을 따라 나가 소리를 질렀다.

"히로!"

히로가 뒤를 돌아보자 시아가 면목 없다는 듯이 말했다.

"미안해요, 그때 레시피 문서를 함부로 가져가 버려서……."

시아로서는 어쩔 수 없는 상황이었지만 그래도 사과는 해야 했다. 히로는 아무 말도 하지 않았지만 활짝 웃으며 따뜻한 황금색 눈동자로, 마치 자신이 일부러 봐주었던 것이라는 듯 인자하게 시아를 올려다봤다.

안심한 시아는 둘에게 인사하고 다시 쥬드의 방 안으로 들어왔다. 차분하게 문을 닫은 시아가 한숨을 쉬고는 손가락으로 꾸욱 압력을 가해 문을 잠갔다. 조용히 내뱉는 한숨 소리는 숨어 있는 불청객을 겨냥하고 있었다.

"나와, 빨리."

시아가 그를 불렀다.

"호오."

숨기고 있던 모습을 드러낸 하츠가 감탄사를 내뱉었다. 주머니에 손을 찔러 넣고 산책을 즐기듯 여유롭게 걸어오는 자세가 참으로 뻔뻔했다.

"감각이 월등한 용도 알아채지 못했는데 어떻게 인간이……."

시아 앞에 다다른 하츠가 웃으며 그녀를 내려다봤다.

"눈치가 빠른 건가?"

그가 허리를 숙여 시아와 눈을 맞추었다.

"어떻게 알았어, 응?"

질문을 재촉하는 것을 보니 정말로 궁금한 모양이었다. 하기야, 그동안 온갖 나쁜 짓을 하고 다니면서도 그 많은 눈을 다 피해 다녔는데 이렇게 쉽게 들통나다니. 하츠에게는

꽤나 큰 충격이었다. 그것도 인간한테. 그러나 시아는 대답
하지 않기로 했다. 하츠의 비위를 맞춰 준다고 해서 그가 그
녀에게 호의를 베풀 일은 없을 거라는 걸 너무나 잘 알고 있
었기 때문이었다.

시아는 퉁명스럽게 물었다.

"여긴 왜 온 건데?"

하츠는 고개를 젓고는 서늘한 목소리로 중얼거리듯 말
했다.

"아직 내 질문에 대답 안 했잖아."

시아는 결국 입을 열 수밖에 없었다. 대답해 주기 전까진
시아를 아예 상대도 하지 않으려 하니, 그녀로선 달리 선택
권이 없었다. 하고 싶은 질문은 하츠보단 시아 쪽이 훨씬 많
았기 때문이다.

"네가 사라져서 직원들이 널 찾고 있다는 히로의 말을 듣
고 눈치챘어. 전에도 그런 적이 있었는데, 그때 네가 날 몰
래 찾아왔잖아. 이번에도 마찬가지일까 싶어서 혹시 몰라
불러 본 건데, 진짜로······."

"진짜로 나왔어?"

시아의 말을 대신 끝내며 하츠가 섬뜩하게 웃어 보였다.

'저 미소를 어떻게 하면 지울 수 있을까.'

시아가 고민하는데 베란다 너머에서 하츠를 찾는 목소리들이 들려왔다.

"대체 감시가 얼마나 철저하길래 잠깐 사라진 것 가지고 저 난리를 치는 거야?"

시아가 커튼을 치며 물었다. 하츠한테 물어볼 것들이 여전히 남아 있었기 때문에, 직원들이 베란다 너머로 그를 발견하고 올까 봐 걱정이 되었다.

"우리 루이가 좀 빡빡하긴 하지."

하츠가 명쾌히 대꾸했다.

"루이는 하는 일이 참 많은가 보네. 너 감시도 하고, 나 막 이상한 데로 끌고 다니고, 거기다 공연단 단장까지."

루이라는 이름에 울컥한 시아가 저도 모르게 비아냥거렸다. 그런 시아의 반응이 꽤나 재밌는지, 하츠가 좀 더 집요하게 파고들었다.

"아까 들어 보니까 오늘 루이의 공연을 관람한다며. 나는 원래 갈 생각 없었는데…… 생각이 바뀌었어."

그가 아득한 검은 눈동자로 시아를 바라보며 속삭였다.

"같이 갈까?"

예상치 못한 제안에 시아는 망설였다.

"왜?"

무언가 이상했다.

"설마 네가 카드 마술 따위를 구경하고 싶어서 거기에 가겠다는 건 아닐 테고. 무슨 꿍꿍이야?"

뭔가 중요한 걸 놓친 것만 같았다.

"서운해라. 왜, 난 마술 같은 거 좋아하면 안 돼?"

어디서 나온 건진 몰라도 어느새 그의 손엔 단검이 들려 있었다. 묘기를 부리듯 한쪽 손을 이용해 단검을 원 모양으로 빙빙 돌리며, 그가 시아를 나른하게 바라봤다.

"나는 '냉혈한'이니까?"

목 뒤가 서늘해졌다.

놀란 시아는 그저 하츠의 손가락에서 일정한 원을 그리며 돌아가는 칼날을 바라보았다.

"쥬드가 너한테 냉혈한이라고 했던 건 진심이 아니야."

시아는 친구를 보호하기 위해 그렇게 말했다. 하지만 정작 하츠는 시큰둥한 눈치였다. 시아는 결국 화제를 돌렸다.

"그래서 여긴 왜 온 건데?"

일정한 속도로 회전하던 단검이 순식간에 시아의 턱 밑에 닿으며 그녀의 고개를 들어 올렸다.

"이야기는 공연부터 관람한 다음 나누는 게 어때?"

그의 눈길이 쥬드의 방 벽에 걸려 있는 낡은 시계를 훑었다.

"루이의 카드 마술을 놓치면 아쉽잖아?"

그러나 시아는 그의 말을 순순히 따라 줄 생각이 전혀 없었다. 시아는 하츠를 노려보며 한 발 뒤로 물러나, 그녀의 턱 밑에 닿아 있는 단검으로부터 재빨리 벗어났다.

"너 여태까진 공연을 관람한 적이 한 번도 없었다며. 이제 와서 공연을 보자고 하는 이유가 뭐야? 그리고 여기 와서 전부 엿듣고 있었던 이유는 또 뭐고."

하츠가 단검을 거두며 시아를 내려다봤다. 공허할 정도로 텅 비어 있는 눈동자를 계속해서 마주하기 너무도 거북했지만 시아는 하츠의 시선을 피하지 않으려 안간힘을 썼다.

"내가 말 안 해도 공연이 끝나면 다 알게 될 거야."

툭툭 던지는 무심한 말들은 무언가 엄청난 것을 경고하는 것 같았다. '공연이 끝나면, 공연이 끝나면 다 알게 될거야.' 최면을 걸듯 어르는 목소리에서 왠지 모를 위화감이 느껴졌다. 공연이 끝나면······.

"다 알게 될 테니까, 그러니까 빨리 가자."

'그러니까 대체 무엇을……'

"기대되잖아."

'함정이라도 파 놓은 걸까?'

"무슨 생각 해?"

느닷없는 질문에 시아는 고개를 들었다. 그는 웃고 있었다. 시아는 온몸이 순식간에 서늘해지는 것을 느꼈다.

"……나 안 갈래."

불안감이 엄습해 목소리가 파르르 떨렸다. 그러나 그 뜻은 확고했다. 시아는 재차 고개를 저으며 주춤주춤 뒤로 물러났다.

"공연, 너 혼자 가."

제 목숨 줄을 노리는 남자가 갑작스레 찾아와 공연 따위나 같이 보러 가자는데, 수상하게 여기지 않을 수가 없었다. 공연장에 무언가 위험한 걸 묻어 놓기라도 한 것이 분명했다.

"정말? 괜찮겠어? 공연장에 안 가도?"

좀처럼 의중을 파악할 수 없는 질문에 시아는 혼란에 빠졌다. 시시각각 목숨 줄이 조여 오는 마당에 그녀가 단순히 마술 따위를 구경하고 싶어 공연을 관람하려 한 것이 아니라는 건 하츠도 알고 있을 게 분명했다. 루이에게 할 말이 있어 관람을 결정한 것이었지만 루이는 다음에 만나도 된다.

"괜찮아. 괜찮으니까 나 좀 내버려 둬."

시아가 부탁했지만 하츠는 시아가 그의 말을 제대로 알아듣지 못했다는 듯 고개를 설레설레 저었다.

"아니, 그것 말고."

그가 친절하게 짚어 주었다.

"네 친구들, 지금 공연장에 있잖아. "

'이쯤 되면 알아채야지.'라고 하는 듯 조목조목 짚어 주는 차분한 목소리에 시아의 심장은 순식간에 저 아래로 쿵 떨어졌다. 몸이 떨려 왔다. 하마터면 그가 보는 앞에서 다리에 힘이 풀려 주저앉을 뻔했다.

"너 쥬드랑 히로한테 뭘 하려고……."

하츠가 눈부시게 웃었다.

"그래서, 공연장에 안 간다고?"

"하아."

시아는 절망적인 한숨을 내쉬었다. 이미 답이 정해진 질문이 그녀를 괴롭게 만들었다.

"가야지. 가자, 공연장."

그러나 어쩌겠는가, 달리 선택권도 없는데. 친구들을 위험 속에 내버려 둘 순 없었다.

# 루이의 속임수

하는 수 없이 하츠와 함께 오게 된 공연장의 모습은 시아의 상상을 완전히 뛰어넘었다. 천장은 하늘에 닿을 듯 어마어마하게 높아서 그 끝이 보이지 않았다. 천장까지 산처럼 줄기차게 뻗어 있는 벽 위에는 색깔이 각기 다른 보석들과 희한한 장식품들, 다양한 그림 액자 등이 가득 차 있어 조금의 틈도 보이지 않을 정도였다. 그 사이에 간간이 붙어 있는 촛불들이 어두운 공연장 안을 비추는 유일한 조명이었다.

빨간 의자로 가득 차 있는 넓은 공연장은 특이하게도 무대가 객석에 둘러싸여 움푹 파여 있었다. 공연은 아직 시작되지 않았기 때문에, 객석을 꽉 채운 관객들이 작게 떠드는 소리만 웅성웅성 들려왔다.

독특하면서도 화려한 공연장의 모습에 시아가 잠시 정신을 빼앗긴 사이, 객석을 안내하는 직원과 몇 마디 대화를 나눈 하츠가 허리를 살며시 숙여 시아에게 속삭였다.

"나는 고위 직원이라 VIP석으로 가야 된다네. 너랑 자리가 좀 멀어."

반가운 소리였다. 시아는 공연장 내부로부터 천천히 시선을 옮겨 하츠를 바라보았다. 은은한 조명이 하츠의 얼굴을 물들이고 있었다.

"잘됐네. 어서 네 자리로 가 봐."

시아가 딱딱하게 대꾸했다. 허리를 꼿꼿하게 편 하츠는 미묘한 미소를 머금은 채, 시아에게 시선을 두며 그녀에게서 멀어졌다.

뱀처럼 오싹하게 지나가는 하츠를 돌아보지도 않으며, 시아는 티켓을 꺼내 자신의 자리를 확인했다. 쥬드와 히로의 자리는 그녀의 옆자리이므로, 자리를 찾으면 그들도 만나게 될 것이었다. 하츠가 무슨 위협을 가하기 전에 쥬드와 히로를 데리고 공연장을 최대한 빨리 빠져나올 생각이었다.

시아는 티켓에 적혀 있는 자리 번호를 찾아 서둘러 걸음을 옮겼다. 곧이어 기대감으로 인해 상기된 쥬드와 히로를 발견할 수 있었다.

"쥬드! 히로!"

시아는 그들을 부르며 재빨리 자리로 뛰어갔다. 최대한 서둘러야 했다. 하츠는 이곳에 시아와 그녀의 친구들을 겨냥한 함정을 숨겨 놓은 게 분명했다.

'서둘러야 해.'

"어? 시아! 왔구나!"

시아가 쥬드와 히로 가까이로 가자 쥬드가 밝게 외쳤다. 히로는 도도하게 손만 흔들었다. 그러나 시아는 해맑게 인사를 나눌 여유가 없었다.

"지금 이럴 때가 아니야. 어서 여길 빠져나가야 해. 빨리!"

다짜고짜 나가자고 재촉하는 시아를 보며 쥬드와 히로는 황당하단 표정을 지었다. 답답한 마음에 시아가 이곳에서 나가야 하는 이유를 설명하기 위해 입을 떼자마자, 때마침 안내 방송이 공연장 안을 울리며 시아의 목소리를 삼켰다.

"이제 곧 공연이 시작될 예정입니다. 지금부터 공연이 끝날 때까지는 공연장 출입이 불가하며……."

규칙에 대해 담담하게 늘어놓는 목소리가 시아를 부드럽게 짓눌렀다. 출입이 불가하다는 말에 시아가 주위를 둘러보았다. 공연장의 기다랗고 뾰족한 문은 이미 닫히고 난 뒤였다. 아무것도 모르는 쥬드와 히로는 들떠서 호들갑을 떨었고, 시아는 절망했다.

위층으로 고개를 돌리자 훨씬 더 고급스럽고 안락한 객석 의자에 앉은 하츠가 눈에 들어왔다. 그는 시아는 조금도 신경 쓰지 않고 무대에 시선을 고정한 채 공연이 시작되기를 기다리고 있었다. 하츠의 무심한 눈빛에서 느껴지는 여유로부터 시아는 한 가지 사실을 알 수 있었다.

'빠져나갈 길은 없어.'

이 화려한 감옥 속에 하츠와 나란히 걸어 들어온 순간부터 그녀는 그가 마련한 함정을 대면할 수밖에 없었던 것이다.

공연장 안은 쥐 죽은 듯 조용해졌다. 어두운 조명 아래 신비로운 분위기 속에서, 누군가가 차분한 구두 굽 소리를 내며 무대로 걸어 나왔다.

탁. 탁. 탁. 타닥.

타닥. 탁. 탁. 탁.

탁. 탁. 탁. 타다탁.

일정하게 울리던 구두 굽 소리가 어느새 자연스럽게 리듬을 타기 시작했다. 조명이 어두운 탓에 구두를 신은 요괴의 모습은 실루엣으로밖에 보이지 않았지만 리듬은 점점 더 현란해지기 시작했다.

어느새 점점 속도를 높이며 화려한 리듬을 선보이던 구두 굽 소리가 멈추었다. 소리와 동시에 시간도 정지된 것처럼 공연장 안의 모든 것이 멈추었다. 갑작스러운 침묵 속에서 긴장감이 조성되었다. 어둠 속의 정적이 시아를 더 불안하게 만들었다.

그때 한 줄기 빛이 무대를 향해 내려왔다. 불이 켜진 무대 위에서 구두 굽 소리의 주인공이 얼음처럼 차가운 눈빛으로 객석을 내려다보고 있었다. 시아는 루이일 거라고 예상하고 냉정한 눈빛으로 바라보았다. 하지만 무대의 주인공은 그녀가 처음 보는 얼굴이었다.

핏기 없는 창백한 얼굴에 뾰족한 턱, 쥐를 잡아먹은 듯한 붉은 입술. 얼음을 깎아 만든 것 같은 몸에는 기다란 코트가 세련되게 잘 어울렸다. 중년의 요괴는 품위 있고 우아했다.

"공연을 보러 와 주어 진심으로 감사하오. 나는 오늘 밤 여러분께 잊지 못할 밤을 선사할 공연단의 일원, 에드워드 백작이오.”

그는 관객들을 차갑게 바라보며 편안하게 말했다. 그의 목소리에는 굳이 어떠한 노력을 하지 않아도 모두를 압도하는 어마어마한 힘이 있었다. 팽팽한 긴장감이 감도는 분위기에서 그가 이름을 말하자 여기저기에서 홀린 듯이 그의 이름을 부르는 소리가 들려왔다. 시아 역시 그에게 빠져들었다.

‘에드워드 백작⋯⋯.’

“나는 뱀파이어라오.”

그가 나긋나긋 말했다. 그의 목소리가 부드럽게 머릿속을 뚫고 들어왔다.

“뱀파이어의 특기는 최면을 거는 것. 공연 오프닝을 내가 맡은 것도 바로 그 이유 때문이오.”

목소리는 마치 부드러운 파도처럼 다가와 모래알 같은 자잘한 생각들을 적시는 것 같았다. 공들여 지은 모래성이 숨죽여 다가온 물결에 잠겨 무너졌다. 그걸 알아차릴 틈은 조금도 없었다.

“나는 지금부터 당신들에게 최면을 걸 것이오.”

백작이 고상하게 웃었다.

"몇몇은 이미 걸렸을지도……. 레스토랑에서 나의 일은 와인을 만드는 것. 내 와인을 맛본 적이 있다면 이미 나의 최면에 넘어왔겠지."

그의 목소리는 물체를 끌어당기는 지구의 중력보다 더 강력한 힘으로 요괴들의 넋을 끌어들였다. 매력적인 목소리가 고막을 핥고, 미묘한 미소가 상대를 홀렸다. 붉게 번지는 눈동자를 본 순간 관객들은 믿기 어려울 정도로 마음이 차분해졌다.

"그대들에게 꿈결같이 황홀한 밤을 선사하기 위해, 지금부터 우리가 펼쳐 나갈 공연에 더 흠뻑 취할 수 있도록, 아주 약간의 자장가 같은 최면을……."

첼로 소리처럼 부드럽고 낮은 목소리가 진득하게 흘러나오며 심장 박동 속도를 늦추었다. 관객들의 머릿속은 이미 다 녹아 끈적해진 초콜릿 같았다. 목소리는 그 안으로 들어가 초콜릿을 씹어 보기도 하고 빨아 보기도 하고 마음만 먹는다면 그대로 삼킬 수도 있을 것 같이 강렬했다.

순식간에 분위기를 사로잡은 뱀파이어가 코트 속에서 파이프를 꺼내 물었다. 여유롭게 불을 붙이고 한 모금 빨아들이는 그의 모습은 지금까지와 마찬가지로 상당히 우아했다.

이윽고 파이프가 자욱한 연기를 쏟아 냈다. 뱀파이어가 한쪽 눈썹을 치켜올리고 관객들을 보았다.

"지금부터 공연을 시작하겠소."

뱀파이어의 말과 함께 파이프에서 쏟아져 나온 연기는 더욱 자욱해져 무대를 통째로 숨겨 버렸다.

새벽녘의 호수처럼 푸르스레한 느낌의 반주가 신비롭게 흘러나왔다. 그리고 무대 위를 덮고 있던 연기가 서서히 걷히기 시작했다. 아름다운 멜로디가 속삭이듯 연주되었다.

이윽고 연기가 완전히 걷혔다. 가느다란 거미 다리를 가진 발레리나가 허공에서 춤을 추었다. 음악을 온몸으로 지휘하며 우아하게.

시아는 홀린 듯 발레리나를 바라보았다. 아, 알았다. 그녀는 춤을 추는 것이 아니었다. 그녀는 사실은 발레리나의 외형도 아니었다. 발레리나의 다리는 토슈즈를 신기엔 지나치게 가녀렸다. 그녀는 거미줄을 뽑으며 춤을 추고 있었다. 그녀는 허공을 부드럽게 가르며 새하얀 실을 뽑아 가느다란 다리로 섬세하게 다듬었다. 몽롱해서 눈이 감기는 와중에 아름다운 노랫소리가 음악에 섞여 들려왔다.

눈이 쏟아져.

눈송이 하나는 상실.

눈송이 하나는 배신.

눈송이 하나는 망각.

눈이 온 세상을 덮어.

나는 곧 침몰하는 배처럼 눈 속에 잠기는데…….

눈을 떠 보니 모자를 눌러쓰고 코트를 입은 남자가 내 앞에.

온갖 재주 많은 남자가 마술을 부려.

남자가 만들어 낸 창백한 세상에 속이 메스꺼워.

숨이 차올라.

눈이 다 녹는 봄날이 오겠지.

그때까지 남자의 마술이나 구경해야지.

언제 끝날지 모르는 마술을 바라보며 그저 애처롭게.

짝. 짝. 짝.

사실은 알고 있어.

눈이 아니라 새하얀 벚꽃들이라는 것을.

봄은 이미 왔다는 것을.


익숙한 목소리에 시아는 노랫소리가 들려오는 곳을 찾아

고개를 돌려 보았다. 떠들이 부인이 무대 끝에서 샹들리에 같은 아주 화려한 드레스를 입고 노래하는 모습이 보였다. 그녀는 긴장했는지 평소보다 더 하얗게 질린 얼굴로 몸을 떨고 있었다. 시아가 전에 차의 방에서 하츠의 이름을 언급했을 때보다도 더 심하게……

시아는 떠들이 부인의 불안정한 눈동자가 필사적으로 피하고 있는 곳이 있다는 사실을 눈치챘다. 동정심이 시아의 눈꼬리를 끌어 내렸다.

'불쌍한 부인. 자신의 목을 자른 당사자 앞에서 노래하는 것만큼 끔찍한 일이 어디 있을까.'

그러나 최악의 무대 위에서도 떠들이 부인의 노랫소리만큼은 빛이 바래지 않았다. 인간이라면 죽어도 내지 못할 소리. 파이프에서 울려 퍼지는 목소리는 경이롭기 그지없었다. 그런 부인의 옆에서는 다른 요괴들이 악기를 연주하고 있었다. 모두가 훌륭한 연주 실력을 뽐냈지만 특히 가위와 집게 손을 가지고 있는 요괴의 피아노 연주는 가히 치명적일 정도로 매력적이었다.

시아가 떠들이 부인과 연주자들에게 정신이 팔려 있는 동안 거미 발레리나가 가련하게 뽑은 실이 어느새 무대를 듬

성듬성 메꾸고 있었다. 실오라기 같은 거미줄이 걸쳐진 무대 위를, 여인이 스치듯이 지나갔다.

그녀가 무대 밖으로 사라지려는 찰나, 에드워드 백작이 다시 등장했다. 그는 거미 발레리나의 눈을 지그시 마주 보았다. 노래에 맞추어 춤이라도 추려는 걸까. 그는 저음의 목소리로 떠들이 부인이 불렀던 노래의 곡조를 나직하게 흥얼거렸다. 몽롱하면서도 감성적인 목소리는 가사를 알아들을 수 없어도 빠져들 정도로 매혹적이었다.

에드워드 백작의 최면에 걸려든 거미 발레리나는 자신을 나비로 착각하여 애처롭게 날갯짓을 해 댔다. 날 수 있을 턱이 없는 가느다란 팔을 있는 힘껏 휘젓는 모습이 꽤나 우스웠다. 날갯짓을 하며 무대 위를 헤매다 자기가 수놓은 거미줄에 걸려드는 꼴이란…….

관객들의 웃음과 동정이 교차하는 사이, 시아는 고개를 돌려 하츠를 찾았다. 그는 공연에 흥미가 없는지 의자에 깊숙이 앉아 턱을 괴고 있었다. 다시 고개를 돌린 시아는 무대 위를 바라보았다. 거미 발레리나는 거미줄에서 빠져나오기 위해 애처로운 몸부림을 치고 있었다. 시아는 다시 하츠를 바라보았다. 그는 여전히 무대를 바라보고 있었다.

시아가 또다시 무대 쪽으로 시선을 돌리자 이번에는 곡예사가 나와 여인이 만들어 놓은 거미줄을 타고 있었다. 흥분한 쥬드가 시아의 어깨를 두드렸다.

"수프의 방, 아저씨잖아!"

쥬드가 목소리를 낮추어 말하자 시아도 고개를 끄덕였다. 요리실에서도 외줄 타기 실력이 남달랐는데, 무대에서 보니 더 신기하고 반가운 마음이 들었다. 역동적인 몸짓으로 아슬아슬하게 거미줄을 타는 요리사의 행위에 관객들의 감탄사가 여기저기에서 추임새로 섞여 들려왔다.

'하츠도 요리사의 묘기에 집중하고 있을까?'

시아는 고개를 돌려 하츠를 바라보았다. 하츠는 역시나 무심한 눈빛으로 무대 쪽을 바라보고 있었다. 그러나 시아가 계속해서 그를 바라보자 시선이 느껴졌는지, 이번에는 하츠도 고개를 돌려 시아를 쳐다보았다. 둘의 눈이 마주쳤다. 시아는 아무렇지도 않은 척 고개를 돌려 빠르게 눈을 피했다.

무대에서는 요리사가 롤러코스터를 타듯 아슬아슬하게 거미줄을 타고 있었다. 요리사는 맨 꼭대기에 있는 거미줄까지 올라가 한 발로 서서 몸을 회전했다. 요리사의 움직임에 맞춰 음악 소리 역시 살금살금 걸어가듯 조심스러워졌다. 회전을 마친 요리사는 발레리나가 저항하고 있는 쪽으로 엉금엉금 기어갔다. 발레리나의 몸부림 때문에 심히 흔들리고 뒤틀리는 거미줄 위에서 한 발로 서기도 하고, 회전을 하기도 하며 아찔하게 움직였다. 가까스로 발레리나에게 다다른 요리사가 앞치마 주머니에서 꺼낸 것은, 다름 아닌 식칼이었다.

싹둑!

관객들의 박수 소리와 함께 발레리나는 금세 거미줄로부터 풀려났고, 요리사에게 나비처럼 우아하게 인사한 뒤 사뿐한 발걸음으로 사라졌다.

한편 발레리나를 구출한 요리사는 피곤한지 거미줄 위에 걸터앉아 하품을 했다. 그러고는 곧 끊어질 것 같은 줄 위에서 눈을 느리게 깜박였다. 그러다 그만 몸에서 힘을 빼고 말았다. 추락하여 바닥에 부딪힐 듯했다. 그러나 바닥에 부딪힐 줄 알았던 그는 순식간에 사라지고 없었다.

첫 번째 공연의 끝을 알리듯 연주가 끝이 났고, 연주자들과 떠들이 부인이 미소를 지으며 인사했다. 만족한 관객들의 박수갈채가 쏟아지는 동안 시아는 고개를 돌려 하츠를 보았다. 하츠는 이제 완전히 시아만 보고 있었다. 어두운 눈동자가 시아를 지그시 바라보았다. 시아는 하츠의 표정을 읽으려고 노력했지만 언제나 그렇듯 그의 눈은 텅 비어 있을 뿐이었다.

'대체 무슨 꿍꿍이야?'

시아가 눈빛으로 묻자 하츠의 입가에 장난스러운 미소가 그려졌다. 시아를 비웃었다. 시아는 하츠를 노려보다 고개를 돌렸다. 관객들의 박수갈채가 멈추었고, 공연단은 이제 다음 무대를 선보이고 있었다.

무대에 다시 눈길을 던진 순간, 시아는 정신을 차릴 수가 없었다. 하츠를 경계하는 것도 까맣게 잊고 공연에 집중하기 시작했다.

그곳에선 매력적인 진홍색 플라밍고 날개를 가진 여인이 거미줄 위에 늘어져 줄 하나를 뽑았다. 그러고는 무대에서 멋진 군무를 추거나 우스꽝스러운 묘기를 선보이고 있는 공연단원들과 계란들, 몇몇 괴상한 동물들을 낚시하듯 그 줄로 하나둘씩 익살스럽게 끌어 올렸다.

공연은 관객들을 황홀경으로 끌어들이며 달콤하게 무르

익었다. 시아 역시 모든 것을 내려놓고 공연에 흠뻑 빠져 있었다. 마침내 마지막 단원까지 끌어 올려져 텅 빈 무대 위는 광활한 우주처럼 고요했다.

그때, 새까만 적막에 빠져드는 시아를 단번에 건져 내는 익숙한 소리가 들려왔다. 일정한 걸음 소리, 반듯한 실루엣, 차가운 목소리.

"안녕하십니까."

환한 조명 아래로 그가 들어왔다. 평소와 마찬가지로 단정한 정장을 갖춰 입고 기다란 지팡이를 짚은 그가, 돋보기 안경을 추어올리며 관객들을 날카롭게 훑었다. 잿빛 옷차림과 어두운 분위기 속에서 보라색과 황금색 눈동자만이 불을 밝혀 주는 것 같았다.

그가 손을 들어 올려, 중절모를 벗고 고개를 숙이며 정중하게 인사했다.

"공연단 단장, 루이입니다."

언제나 그랬듯이 그는 신사적이었다. 루이가 인사를 하자 공연장의 분위기는 더더욱 팽팽하게 조여들었다. 루이의 마술 쇼가 굉장하다는 것은 관객들 모두가 익히 들어 알고 있는 사실이었다. 루이의 날카로운 시선이 기대감과 흥분으로 뭉친 공기를 여유롭게 훑었다.

"먼저 제 공연을 도와주실 관객을 한 분 뽑도록 하죠."

그의 말은 지원해 달라고 관객에게 부탁하는 것이 아니라 스스로 한 명을 뽑겠다는 것이었다. 차가운 시선이 관객들을 하나하나 스쳤다. 느리게 움직이던 황금색과 보라색 눈동자가 시아에게서 멈추었다. 꿰뚫어 보는 듯한 눈빛에 시아는 눈을 피하지 않고 강하게 맞섰다.

"저분이 좋겠군요."

매끄러운 목소리와 함께 뻗어 나온 손가락은 시아의 위쪽을 가리키고 있었다. 예상하지 못한 방향을 가르킨 손가락을 따라 시아의 고개가 돌아갔다. 그곳에는 콧수염이 달린 하얀 가면을 쓴 요괴가 앉아 있었다. 왠지 모르게 낯이 익은 요괴였다.

지목을 당한 것에 놀랐는지, 새하얀 가면 위의 콧수염이 꿈틀거렸다. 모두의 시선이 그에게로 집중되자 그는 얼떨결에 일어서서 입고 있는 코트의 옷매무새를 정리하고는 무대 위로 걸어 나왔다.

"실례가 되지 않는다면 성함이……."

루이가 정중하게 물었다.

"……위즈워스."

특이한 이름을 가진 손님이 대답했다.

"아, 위즈워스 씨, 협조해 주셔서 감사합니다."

루이가 긴장한 위즈워스에게 전혀 감사한 것 같지 않은 딱딱한 목소리로 인사했다. 그의 얼굴에는 묘한 미소가 걸려 있었다.

"자, 그럼 이에 대한 보답을 해 드려야 하지 않겠습니까."

루이가 위즈워스를 향해 오른손을 내밀었다. 악수를 청하는 것처럼 보였는데 알고 보니 그의 오른손에는 네 장의 트럼프 카드가 뒤집힌 채로 들려 있었다.

시아는 어느새 기대감에 부풀어 루이를 바라보았다. 떠들, 법석 아주머니들로부터 루이가 카드 마술에 탁월하다는 이야기를 들은 적이 있기 때문이었다.

"여기 있는 이 카드들은 모두 각기 다른 무늬를 가지고 있습니다."

루이가 위즈워스를 바라보며 조용히 말했다.

"이 중에서 한 장의 카드를 뽑아 보세요. 당신이 뽑은 카드의 무늬에 따라 제가 당신에게 어떤 보답을 해 드릴지가 정해진답니다."

마술사의 보답이라……. 상당히 매력적이고 호기심을 자극하는 보상이었다. 은은한 조명이 비추는 무대가 관객들의 시선과 집중력을 빨아들였다.

루이는 차분한 목소리로 공연장 안의 모든 압박감과 긴장감을 조곤조곤 풀어냈다.

"다이아몬드는 부."

녹아 버린 초콜릿을 휘젓듯 부드럽고 낮은 목소리가 유혹을 속삭였다.

"하트는 사랑."

최면을 걸듯, 집요하게 그는 가녀린 빛에 은은하게 비추어지는 네 장의 카드들에 제 목소리를 흘리고, 다른 이들의 시선을 받았다.

"클로버는 건강."

루이의 목소리가 끈적하게 얽힌 시선들을 네 장의 카드들로 매끄럽게 안내했다.

"스페이드는 명예."

모두 매력적인 선택지였다. 어느 것 하나 놓치고 싶은 게 없어서 새하얀 가면의 그는 네 장의 카드를 지그시 바라보았다. 카드들은 뒤집혀 있어 무늬를 확인할 수 없었다. 부질

없는 고민 끝에 세 번째 카드를 뽑아 든 위즈워스가 카드의 무늬를 확인했다. 하트.

"사랑을 뽑으셨군요."

루이가 흥미롭다는 듯이 말했다. 실망하는 위즈워스를 보며, 루이는 웃음을 보였다.

"이런……. 반응을 보니 뽑은 카드가 마음에 들지 않으신가 봅니다. 그러나 실망하실 필요 없습니다."

황금색과 보라색 눈동자가 보석처럼 반짝였다.

"괜찮으시다면 입고 계신 코트의 주머니를 확인해 보시겠습니까. 아, 그쪽 말고 오른쪽."

루이의 정중한 목소리에 따라 코트 주머니를 뒤적인 위즈워스는 오른쪽 주머니 안에서 또 다른 카드 한 장을 발견하고 얼른 밖으로 꺼내 들었다. 놀란 위즈워스의 콧수염이 꿈틀거렸다. 각진 코트 주머니 속에서 빠져나온 한 장의 카드 위로 잔잔한 조명이 흘렀다. 조커였다.

"……아주 흥미로운 카드를 가지고 계셨군요."

나직하게 말하는 루이의 목소리가 묘했다. 흥미롭게 흘러가는 상황과 적당한 반전에 매혹된 관객들은 하나같이 숨을 죽이고 조용히 무대를 바라보았다.

"조커. 부, 사랑, 건강, 명예. 원하는 소원이 무엇이든 다 이루어 줄 수 있는 카드. 축하드립니다."

루이가 웃으며 손을 내밀었다. 위즈워스는 가지고 있던 조커 카드를 루이의 손에 얼떨결에 건네주었다. 부채를 접 듯 루이의 손가락이 오므려졌다. 기다란 손가락 사이에 끼 워진 카드에는 광대 한 명이 기분 나쁜 웃음을 짓고 있었다.

"자, 그렇다면 당신의 소원을 맞혀 볼까요."

루이가 하얀 가면을 차분히 바라보았다. 그는 조커를 정 장 주머니 속에 넣고 나머지 네 장의 카드들 위로 유유히 손 가락을 움직였다. 그러고는 넷 중 하나를 뽑아 망설임 없이 뒤집었다. 다이아몬드.

"어때요?"

부를 가져다주는 카드.

"당신이 원하던 카드가…… 맞습니까?"

그제야 시아는 위즈워스를 어디에서 봤었는지 기억해 냈 다. 어젯밤 리디아의 방에서 냄비들을 정리하고 지하실로 내려오는 길에 봤던 요괴였다. 제 돈을 다 날려 버렸다고 떼 를 쓰며 온갖 난동을 부리던, 콧수염이 돋보이는 하얀 가면 을 쓰고 있던 손님. 그리고 그 장면을 조용히 지켜보고 있던 보라색과 황금색 눈을 가진 고양이. 시아는 입이 벌어졌다.

자신이 원하던 카드를 단번에 맞춰 버린 마술사의 재주에 놀란 위즈워스가 감탄하는 표정으로 긍정했다. 루이는 웃었다.


"그럼 이제 소원을 이루어 드려야겠군요."

마술. 그리고 부. 가장 매력적인 소재들이 모아진 공연이 관객들의 기대감을 끌어 올렸다.

탁.

루이는 악기를 다루듯 손가락을 능숙하게 움직여 네 장의 카드들을 하나로 바르게 모았다.

"마술사의 행동은 관객의 심리와 생각으로부터 비롯되지요. 실례가 되지 않는다면 당신이 부를 획득하고자 하는 이유를 알려 주시겠습니까. 꽤 절실하신 것 같은데."

루이가 물었다. 소원이 이루어질지도 모른다는 희망에 흥분한 하얀 가면은 루이가 묻는 대로 자신의 생각을 술술 불었다.

"요즘 말도 아냐. 며칠 전에 게임을 한 판 했는데 재수 없어서 몽땅 날려 버렸어."

말이 좋아 게임이지, 정확히 말하자면 도박을 했다는 것
이었다. 감정이 고조된 듯 그의 말투는 시아가 전에 봤었던
것처럼 상당히 무례했다. 그러나 루이는 개의치 않고 그의
투정을 여유롭게 받아 주었다.

"저런, 그것참 안타깝군요. 그렇다면 저 역시 게임을 통해
돈을 벌어다 드리겠습니다."

'게임? 지금?'

관객들의 호기심이 쏠리는 가운데 루이는 여전히 태연했다.

"그때 게임을 함께 했던 상대가 몇이나 되었습니까?"

"셋."

홀린 듯 대답이 돌아왔다. 루이가 모자를 벗어, 들고 있던
카드 다섯 장을 그 안에 집어넣었다. 그런 다음 모자를 천천
히 흔들다가 앞으로 뻗자, 무수히 많은 카드들이 모자 밖으
로 새 떼처럼 푸드덕 흩날렸다.

무대를 가리며 허공을 꽉 채운 카드들 속에서 루이의 목
소리가 잔잔하게 울려 퍼졌다.

"카드 게임 단 한 판을 세 명의 지원자를 뽑아서 하죠. 제
가 지면 카드에 쓰인 숫자들의 총합만큼 지원자분들께 돈을
드리겠지만, 제가 이긴다면 지원자들의 통장에서 일정한 금

액이 출금되어 위즈워스 씨에게 주어질 것입니다."

허공에 흩날리던 카드들이 바닥에 떨어졌고, 일부는 무대에 쳐져 있던 거미줄에 다닥다닥 붙었다. 그 앞에 점잖게 서 있던 루이가 모자 속으로 손을 넣었다. 멋들어진 마술사는 한쪽 눈썹을 치켜올리며 세 장의 카드를 꺼냈다. 오만한 눈빛은 마치 관객을 깔보는 것 같았다.

"자신 있는 지원자, 세 분만 받겠습니다."

얄밉게도 미소는 또 근사했다. 그래서 시아는 몽롱하게 취해 넋을 놓고 있었다. 정신을 차려 보니 쥬드가 시아의 어깨를 톡톡 두드리고 있었다.

"야, 빨리. 지원자 뽑는다잖아."

시아는 쥬드의 들뜬 커피색 눈동자를 얼결에 바라보다가 시선을 다시 루이에게로 향했다. 루이는 그의 게임에 응해 줄 지원자 세 명을 여유롭게 기다리고 있었다. 제가 나가겠다고 외치는 목소리가 여기저기서 간간이 들려왔지만 그럴 때마다 루이는 그저 싱겁게 미소만 지어 보일 뿐이었다.

"나 할래요!"

그때 쥬드가 자신만만하게 소리치며 객석에서 벌떡 일어나 무대 쪽으로 우당탕 달려갔다.

"제가 관객들을 모조리 홀려 버리겠습니다."

의기양양하게 나서며 쥬드의 뒤를 따라 나간 요괴는 히로였다.

"너도 빨리 나와! 세 명 뽑는다잖아."

시아는 민망할 정도의 큰 소리로 자신을 부르는 두 요괴를 황당한 표정으로 바라보았다.

루이는 제멋대로 무대 위까지 올라온 이 당돌한 지원자들이 마음에 들었는지 미소를 지어 보였다. 관객들의 시선에 시아는 자석처럼 이끌려 무대 위로 올라간 뒤 주춤주춤 쥬드와 히로에게 다가갔다. 공연장 안을 채운 침묵에 숨이 막혀서 죽을 것 같았다.

방금 전까지만 해도 최면에 걸린 듯 공연에 흠뻑 빠져들어 있었는데, 갑작스레 무대 위로 올라온 이 상황이 시아에게는 그저 황당하기만 했다. 마냥 신나 있는 쥬드와 히로 옆에서 눈만 껌벅이는데, 루이는 태연하게 진행을 시작했다.

"아주 용감한 지원자 세 분이 나서 주셨군요."

루이가 칭찬을 했다. 아니, 루이가 칭찬을 할 리는 없었다. 시아에게는 그것이 그저 조소를 담은 말로 느껴졌다. 떨리는 심장을 누르고 관객들을 훑으니 저 위에서 하츠가 자신을 바라보고 있는 것이 보였다. 그는 어쩐지 웃음을 꾹 참고 있는 것 같았다. 시아는 쥬드와 히로 녀석들을 한 대씩 때려 주고 싶었다.

"자, 게임은 간단합니다."

루이가 쥐고 있던 세련된 지팡이를 들어 올려, 거미줄에 붙어 있는 카드들을 가리켰다. 카드들은 앞면이나 뒷면을 보이며 뒤죽박죽 섞여 있었다.

"거미줄에 붙어 있는 카드들 중에는 분명 조커도 몇 장 있습니다."

루이가 지팡이를 점잖게 내렸다.

"그런데 이 조커는, 장난치는 걸 아주 좋아하죠. 특히 속임수를 즐겨 쓰는데, 총 두 가지 속임수가 있습니다."

나긋나긋한 설명 중에 루이가 손가락 두 개를 들어 올렸다.

"하나는 가상 트릭(trick)."

그가 엄지와 중지를 비비니 딱 소리와 함께 그 사이로 카드 한 장이 살며시 솟아올랐다.

"실제로는 없는 것을 환상으로 보이게끔 만드는 것이죠."

루이의 입꼬리가 올라갔다. 그의 눈동자가 예리하게 움직이며 관객들과 눈을 맞추었다.

"또 하나는 실상 트릭."

세련된 지팡이를 쥐고 모자를 쓴 채 돋보기안경 너머로 눈을 맞추는 루이에게서 영락없이 고상한 품위가 드러났다. 그가 악수를 청하는 것처럼 우아하게 손을 펼치니, 그 안에 있던 카드가 감쪽같이 사라져 있었다.

"가상 트릭과는 반대로, 실제로 존재하는 것을 보이지 않게끔 만드는 속임수입니다."

루이가 완전히 빈 손을 들어 올려 보이며 여유롭게 말했다.

"조커는 이 두 가지 속임수를 이용해서 꽁꽁 숨어 버리지요."

찻잔을 쥐듯 손을 내려 양손으로 지팡이를 잡으며 그가 이어서 설명했다.

"게임의 방법은 단순합니다. 이 세 명의 지원자님들께서, 무대 위의 카드들 중 조커를 찾기만 하시면 됩니다."

콩콩콩, 뛰는 심장을 무시하며 시아는 루이의 말에 집중했다.

"세 분 중 한 분이라도 일 분 안에 조커를 찾아내신다면 제가 지는 것이고, 반대로 단 한 분도 조커를 찾아내지 못하신다면 제가 이기는 것입니다. 열심히 조커를 찾으시되, 부디 조심하세요. 게임 도중에 반칙을 시도하면 화가 난 조커가 벌을 내릴지도 모르니까요."

'벌이라……'

시아는 저도 모르게 멀리 앉아 있는 하츠를 바라보았다. 조명이 조금 더 어두워져서 표정은 볼 수 없었다. 시아는 이유는 알 수 없었지만 더욱 불안해졌다.

"자, 그럼, 시작할까요."

낮게 가라앉은 목소리가 심장을 부드럽게 옥죄었다.

시아는 쥬드와 히로를 따라, 카드들이 붙어 있는 거미줄 앞으로 걸어갔다. 쥬드와 히로 그리고 시아는 각자 자신이 서 있는 방향에 있는 카드들을 바라보았다. 어지러울 정도로 불규칙하게 도배되어 있는 수많은 카드들 중에서 조커를 찾는 것은 쉬운 일이 아니었다.

시아는 이 불편한 침묵을 어서 끝내기 위해 열심히 카드들을 훑었다. 하트, 다이아몬드, 클로버, 클로버, 킹. 붉은색과 검은색의 문양들을 가진 카드들을 살피는 중간중간 그림 카드가 나왔지만 조커는 보이지 않았다.

시아는 한 걸음 나아가 다른 방향에 있는 카드들도 훑어보았다. 스페이드, 퀸, 잭, 잭, 조커, 하트……. 시아는 황급히 시선을 돌렸다. 스쳐 지나갔던 붉은색과 검은색의 촘촘한 문양들을 따라 다시 살펴보니 그 사이 삐뚤게 걸려 있는 조커 한 장이 보였다.

시아는 서둘러 손을 뻗었다. 잡았다. 조커가 그녀를 보며 웃고 있었다. 묘하게 기분이 나빠서 카드를 훑어보니 조커의 광채 나는 얼굴 위로 스페이드가 비추어졌다.

'스페이드?'

무언가 이상해서 카드를 움직여 보니 조커와 스페이드가 번갈아 가며 나타났다.

'가상 트릭. 실제로는 없는 것을 환상으로 보이게끔 만드는 것이죠.'

탁.

시아는 카드를 바닥에 던졌다.

'가짜였구나.'

시아는 다시 조커를 찾기 위해 거미줄로 고개를 돌렸다. 거미줄은 다닥다닥 붙어 있는 카드들로 빈틈이 없었다. 가장자리 부분은 카드가 없이 비어 있긴 했지만.

그때 루이가 남은 시간을 알리는 소리를 알렸다. 옆쪽에서는 다급해진 쥬드와 히로가 허둥지둥대는 소리가 들려왔다. 시아는 금세 카드 찾기에 질리고 말았다. 어차피 이 짧은 시간 안에 이토록 많은 카드들 중에서 조커를 찾는 것은 불가능에 가까운 일이라고 생각했다. 게다가 조커는 속임수까지 쓰면서 숨어 있다고 하지 않았나. 아쉬울 것도 없었다. 게임에서 지면 참가자들의 계좌에서 돈이 인출된다고 했지만 어차피 시아는 잃을 것도 없었다.

'쥬드와 히로는 어떤지 모르겠지만 재들은 그냥 아무 생각이 없는 것 같은데, 뭐.'

시아는 카드가 붙어 있지 않은 거미줄 가장자리 쪽으로 걸음을 뗐다. 거미 여인이 짜낸 거미줄은 정교하고 고왔다. 손가락을 갖다 대자 솜사탕처럼 끈적끈적하면서도 어찌나 단단한지, 거미줄은 흐트러지지 않고 그대로 형태를 유지했다. 신기해서 손바닥을 대고 한 번 쓸어 보니 느낌이 묘했다.

스윽 스윽. 스윽. 스…… . 툭. 강아지를 쓰다듬듯 만지는데 허공이 손에 잡혔다. 빼곡하게 채워진 거미줄 사이에 빈 공간이 있었다. 시아는 다시 거미줄을 만져 보았다. 툭. 또다시 시아는 그 허공을 잡아당겼다. 손안에 쥐고 들여다보니 그제야 무언가가 모습을 드러냈다.

'실상 트릭. 가상 트릭과는 반대로, 실제로 존재하는 것을

보이지 않게끔 만드는 속임수입니다.'

진짜 조커다! 보이지 않도록 실상 트릭으로 숨어 버린 조
커를 찾아냈다. 루이가 오 초가 남았음을 선언하는 것이 들
려왔다.

'찾았어요.'

외치려고 입을 여는 순간, 거미줄 너머에서 암흑 같은 그
림자가 뻗어 나와 시아를 덮쳤다. 그러고는 파도처럼 순식
간에 그녀를 거미줄 속으로 끌고 들어갔다. 시아는 소리를
지르려고 하다가 어느새 자신이 우악스러운 손길에서 풀려
났음을 느끼고 눈을 떴다. 시야가 환해졌다.


"좋은 오후입니다."

한가롭게 다리를 꼬고 앉아 차 한잔을 홀짝이며 루이가
인사했다.

당황한 시아는 주변을 둘러보았다. 에메랄드색 광채를 띠
는 타일 위로 조금 전까지 공연장에서 공연을 펼치던 요괴
들 몇몇이 돌아다니고 있었고, 길쭉한 고동색 원목 테이블
에서는 루이가 찻잔을 기울이고 있었다.

"이게 무슨……."

당황한 시아의 눈동자가 갈 곳을 잃고 갈팡질팡했다. 검게 물든 저쪽 통로 끝에 공연장이 보였다. 무대 위에서는 루이가 쥬드와 히로를 보며, 관객들에게 짧은 카드 마술을 선보이고 있었다. 시아는 다시 고개를 돌렸다. 루이가 그녀를 바라보며 차를 홀짝였다.

"다 가짜입니다."

혼란스러워서 벌게진 시아의 얼굴을 여유롭게 구경한 루이가 넌지시 말했다.

"공연을 시작할 때 뱀파이어가 관객들에게 최면을 걸지 않았습니까. 그리고 그 후에는 떠들이 부인이 노래를 불렀죠. 노래 가사를 기억하십니까. 재주 많은 남자가 마술을 부린다는……."

루이가 아직도 모르겠냐는 듯이 시아를 바라보며 주전자를 기울여 차를 따랐다.

"노래 역시 최면이었습니다. 저기 저 무대에서 마술을 부리고 있는 남자는 제가 아닙니다. 처음에 나왔던 뱀파이어, 에드워드 백작이죠. 관객들이 노래를 들은 다음부터는 에드워드 백작을 저로 착각하게 된 건데 이런, 인간도 최면에는 면역이 없나 보군요."

쪼르르. 차분한 소리를 내며 채워진 찻잔을 입술에 갖다 대며 루이가 웃었다.

"제가 묘기 따위를 보일 리가 없지 않습니까."

그는 차를 한 모금 마시고 잔을 내려놓더니 이번에는 지팡이를 들어 올려 시아의 손에 쥐여진 카드를 가리켰다.

"모든 것은 환상에 불과합니다. 그 카드도 조커가 아니에요. 애초에 실상 트릭이란 건 존재하지 않지요. 가상 트릭만이 유일합니다. 당신이 보았다고 생각한 조커마저도, 그저 환상에 불과한 것일 뿐."

시아는 힘없이 카드를 내려다보았다. 조커의 얼굴은 온데간데없고 어여쁜 하트가 그려져 있었다.

"힘을 빼세요. 그저 보고 싶은 대로만 보는 것이 즐겁지 않겠습니까."

시아는 완전히 바보가 되어 버린 기분이었다.

## 에드워드 백작과 루이

"피아노곡이 듣기 좋네요."

시아가 루이의 앞에 앉으며 말했다. 시아는 루이가 건네
주는 찻잔을 받아 향기로운 김에 입술을 가져갔다.

"이것도 최면에 걸린 제가 듣는 환청인가요?"

루이는 차에 설탕 한 스푼을 넣는 시아를 내려다보며 대
답했다.

"아닐 겁니다. 저에게도 들리거든요."

부드럽게 흘러가면서도 뇌리에 콱콱 박히는 기교한 연주
는 어딘가 애틋하게 느껴졌다.

"아까 무대를 보니 한 손은 가위 손, 한 손은 집게 손을 가진 피아니스트가 연주를 하시던데."

시아가 말을 꺼내자 루이가 고개를 끄덕였다.

"맞아요. 붉은 손 잭은 이곳에서 일하기 전에는 사실 해적들의 선장이었는데, 갑판 위에서 피아노를 연주하는 것이 취미였다고 합니다. 결국 레스토랑에 들어오고 나서는 우리 공연단에서 피아노 연주를 맡게 되었지요."

붉은 손 잭, 해적, 선장. 책에서만 읽었던 흥미로운 단어들이 들려오자 시아는 저도 모르게 루이의 말에 집중했다.

"왜 이름이 붉은 손인가요? 그분은 소, 손이……."

"있었죠, 원래는."

적절한 단어를 선택하지 못하는 시아를 대신해 루이가 문장을 끝맺었다.

"그는 해적 중에서도 악질 중의 악질로 이름난 선장이었습니다. 바다 위에서 보이는 것은 닥치는 대로 죽였고, 소문난 보물은 무슨 방법을 써서라도 손에 쥐었죠. 그러다 보니 손에 피를 묻히는 일이 뭐, 한두 번이었겠습니까."

루이가 차를 홀짝였다.

"그의 손은 언제나 피범벅이었습니다. 손을 씻을 틈도 없었죠. 심지어는 그의 피아노 건반들마저도 모두 붉게 물들어 있었답니다. 그래서 가지게 된 이름이 붉은 손 잭."

정장을 차려입고 반듯하게 앉아 건반을 치던 피아니스트의 모습이 머릿속에서 펼쳐졌다. 그토록 절제된 모습을 한 예술가의 점잖은 뒷모습에 이리도 못된 비밀이 은밀하게 숨어 있을 줄 누가 알았을까.

"그의 손에 무슨 일이 일어난 거죠?"

시아가 불어나는 호기심에 참지 못하고 물었다.

"거대한 배를 타고 항해하던 붉은 손 잭은 어느 날, 아름다운 노랫소리를 듣게 됩니다. 그는 매력적인 노래에 홀려, 그 노래를 부르는 자를 찾아다닙니다. 붉은 손 잭은 소문난 보물은 무슨 방법을 써서라도 가진다고 하지 않았습니까. 피아니스트, 잭에게는 그 노래가 보물이었던 겁니다."

보물이란 말에 온갖 금은보화를 상상했던 시아는 이 낭만적인 해적의 가치관에 매력을 느꼈다. 그렇다면 시아 자신에게는 금은보화 그 이상의 가치를 지닌 보물은 존재하지 않았던 걸까. 밀려드는 약간의 부끄러움을 숨기고 시아는 계속해서 루이의 말을 경청했다.

"그런데 희한한 것은, 그 노랫소리가 꼭 낮에만 들려온다는 것이었습니다. 요괴들이 모두 잠에 빠지는 한낮에만 들려오는 그 노래를 쫓아, 잭은 잠도 포기하고 매일같이 선원들과 노래를 부르는 자를 찾아 헤맸지요."

쏩쓸한 차를 삼키며 루이가 말했다.

"그래서 찾았나요?"

시아의 물음에 찻잔이 소리 없이 받침잔 위에 착지했다.

"찾았습니다. 그토록 매혹적인 노래를 부르는 재능 있는 예술가를."

꽝, 하고 부딪히는 피아노 건반 소리가 사건의 전환을 요란히 예고했다. 그리고 가락은 다시 부드럽게 흘러갔다.

"잭은 그 예술가에게 경의를 표하며 말했죠. 그 아름다운 멜로디를 악보에 실을 수 있게 해 달라고, 당신의 노래를 피아노로 연주할 수 있게 해 달라고. 그렇게 허락을 구했죠. 다행히 예술가는 흔쾌히 허락했습니다."

유유히 흘러가는 피아노 소리에 실린 목소리가 귓속으로 매끄럽게 파고들었다.

"단, 그의 손을 잘라라."

꽝, 하고 머릿속을 찌르는 한 마디는 건반을 누르는 쇳덩이의 힘보다 강했다.

"예술가는 잭의 손을 자르는 조건으로 그에게 그 노래를 주겠다고 말했습니다. 잭은 일말의 망설임 없이 곧바로 동의했지요. 그날 후로 손이 잘린 잭은 더 이상 해적들의 선장이 될 수 없었습니다. 그래서 그는 손 대신 집게와 가위를 달고 이곳으로 왔지요. 그러나 그는 행복했습니다. 그토록 사랑하는 노래를 마음껏 연주할 수 있게 되었으니까요. 바로 그 노래가 아까 떠들이 부인이 불렀던 노래입니다. 원곡에서 가사만 조금 바꾼 것이지요."

목소리는 여전히 부드럽게 흘러가고 있었다.

"당신은 이곳에서 무엇까지 잃을 각오가 되어 있습니까? 피아니스트 잭처럼 두 손? 성악가 떠들이 부인처럼 목? 아니면 발레리나 거미 여인처럼 두 발?"

"무, 무슨 말씀이세요. 저는 아무것도 잃지 않을 거예요."

시아가 강하게 부정했으나 루이는 이미 답은 정해져 있다는 듯 미소를 지었다.

"아무것도 잃지 않을 수 있는 자는 오직 시체뿐이죠."

'말도 안 되는 소리.'

시아는 고개를 돌려 다른 곳을 보았다. 저만치에서 루이의 행색을 한 뱀파이어, 에드워드 백작의 카드 마술 공연이 계속되고 있었다. 예쁜 하트가 그려진 카드는 아직도 시아의 손에 쥐어진 채였다.

"결국 아무도 조커를 찾지 못하는 거네요."

처음부터 답이 정해져 있는 쇼였다. 그날 밤 레스토랑 손님 위즈워스가 도박으로 돈을 다 잃었다며 난리를 피웠을 때, 고양이로 변한 루이가 그의 주머니에 슬쩍 조커 카드를 넣어 둔 것이었다.

오늘 밤 무대에서 그를 불러내 주머니에 있던 조커 카드를 보여 주며 소원을 들어주겠다고 한 것도, 그 소원이 돈이라는 것을 알아맞힌 것도 모두 짜여진 것이다. 마치 정말로 게임을 하는 것처럼 설명했지만 진짜 조커는 애초에 참여자들이 찾을 수 없는 데에 있었다. 무대 위에는 조커인 척 위장한 가짜 카드들만 있었다.

"왜 굳이 위즈워스라는 그 손님에게 돈을 주려고 이렇게까지 쇼를 꾸민 거죠?"

최면, 거짓말, 위장. 온갖 속임수를 섞어 정교하게 계획한 쇼지만 결국 결말은 하나. 위즈워스에게 그의 소원인 돈을 주는 것이었다. 왜, 굳이, 이렇게까지?

"그야, 그러는 편이 우리 쪽에도 이득이니까요."

그가 차를 홀짝였다.

"그는 우리 레스토랑의 단골입니다. 게다가 한 번 올 때마다 시키는 메뉴들이 죄다 최상의 것들이니, 그간 우리에게 상당한 수익을 제공해 주신 셈이지요. 그런데 그런 분이 갑자기 도박으로 돈을 죄다 잃었다 하니, 우리 입장에서도 좀 아쉽지 않겠습니까. 그 정도의 수익이 감소하게 되면 우리에겐……."

'아…….'

"그래서 이번 기회에 돈을 좀 베풀어 주자, 이겁니다."

공연의 목적은 처음부터 단순한 유흥이 아니었던 것이다.

"어차피 그런 분은 조금의 돈을 가지고도 또 금세 질 떨어지는 수작으로 갑부가 되곤 하지요. 그러면 다시 이곳에 와서 돈을 펑펑 쓸 게 뻔한데, 저희가 그만한 수익을 위해 이정도 투자도 못 하겠습니까."

루이가 빙긋 미소를 지었다.

"역시, 그저 순수한 재미를 위해 공연을 펼치는 건 성미에 안 맞으시겠죠?"

시아가 묻자 루이가 고개를 끄덕였다.

"아무 이득도 생기지 않는다면 그건 시간 낭비일 뿐이니까요. 그러니까……."

루이가 시아를 지그시 바라보았다.

"지금 당신을 제 앞으로 끌어들인 것도, 시간 낭비가 아니기를 바라고 있답니다."

시아는 루이를 마주 보았다. 그러고 보니 필요 외의 것은 철저히 외면하는 루이가 그녀를 공연 중에 이쪽으로 불러들인 이유는 무엇일까?

조용히 생각하는 시아를 보며, 루이가 답답하다는 듯이 입을 열었다.

"치료 약을 찾느라 바쁘신 와중에, 한가하게 공연이나 보러 오신 이유가 분명 있을 거라고 생각합니다만……."

루이의 눈동자 속에서 시아는 보라색과 황금색으로 듬뿍 물들어 있었다.

"그러니 이쪽에 무슨 용건이 있어서 오신 거라면, 빨리 해결하시라고 부른 겁니다. 공연이 끝나면 저는 곧바로 다음 업무를 보러 갈 예정이니까요. 혹여나 저의 부재로, 용건에 차질이 생겨 또 저를 찾게 되시면 일이 번거로워질 것 같아서요."

이번에는 시아도 루이의 뛰어난 통찰력과 예리함에 혀를 내두를 수밖에 없었다. 시아는 순순히 고개를 끄덕였다.

"맞아요, 사실 저는 당신에게 용건이 하나 있어요. 당신에게 부탁할 것이 있거든요."

시아는 최대한 조심스럽게 입을 열었다.

"이 레스토랑에서 인간 세상에 출입할 수 있는 변신 능력을 가진 요괴는 루이, 당신뿐이라는 말을 들었어요. 그게 정말인가요?"

루이는 시아의 부탁이 무엇인지 예상이 되는지 미묘하게 미소 지었다.

"네, 그런데요."

시아는 시치미를 뚝 떼고 정중하게 대답하는 루이가 못마땅했다. 그렇지만 어쩔 수 없었다.

'그 하나뿐이라잖아.'

시아는 가만히 심호흡을 했다. 그리고 입을 열었다.

"만약 제가……."

속으로는 수도 없이 생각해 왔지만 막상 입 밖으로 꺼내려니 말이 잘 나오지 않았다. 시아는 눈을 질끈 감았다. 사실은 알고 있었다. 여기서 살아 돌아갈 확률보다는 죽을 확률이 더 높다는 것을.

"제가……. 저 대신 인간 세상으로 가서 제 부모님을 만나 주세요. 그리고 이렇게 전해 주세요."

밤새 고민한 말들이었지만, 루이의 차분한 눈빛이 목을 조이는 것 같아 시아는 한 글자 한 글자를 겨우겨우 내뱉었다.

"저는 다른 곳에서 잘 살고 있다고. 영영 돌아오지 못할 것 같지만 그래도 행복하게 살고 있으니 걱정 말아 달라고. 그리고 사랑한다고."

분명 그 말을 전해 들어도 여전히 나를 찾아 헤매시겠지만, 슬퍼하시겠지만, 이렇게 거짓말이라도 전해서 가족들을 조금이나마 덜 힘들게 하는 것이 시아가 할 수 있는 최선이었다.

말을 마친 시아가 무거운 눈꺼풀을 들어 올려 루이를 바라보았다. 무심하게도, 그는 여유롭게 찻잔을 기울이며 시아를 바라보고 있었다.

"……향이 좋군요."

그러고는 한다는 소리가 마시는 차에 대한 감탄뿐이었다.

'왜 대답을 하지 않는 거야.'

시아는 젖은 눈으로 절실하게 루이를 바라보았다.

"용건은 다 해결하신 것 같으니, 이제 어서 공연장으로 돌아가셔야겠습니다."

차분하게 말하는 목소리가 그렇게 냉정할 수가 없었다. 루이는 손을 뻗어 지팡이를 내밀었다. 기다란 지팡이에 손목이 잡혀 의자에서 일어서면서도 시아는 하염없이 루이를 바라보았다. 시아를 협박하여 이곳에 데려온 루이, 해돈 앞에 그녀를 내버려 두고 무정하게 뒤돌아 혼자 가 버린 루이, 하츠가 시킨 위험한 식당 일을 시아에게 전해 준 루이.

모든 일의 시작은 루이였다.

'나한테 이 정도 했으면 그 정도 부탁은 들어줄 수 있잖아.'

"부탁해요. 그러겠다고 대답해 주세요."

시아가 호소했다. 모락모락 김이 나는 차를 차분하게 휘젓던 루이가 시아를 지그시 바라보았다. 보라색과 황금색 눈동자가 지독히도 차분했다. 정적이 흘렀다. 두 눈동자에는 여전히 아무런 동조의 표시도 보이지 않았다.

이윽고 루이가 천천히 입을 열었다.

"……날씨가 좋으면, 산책 겸 가 보도록 하죠."

상당히 모호한 답변이었으나, 시아는 이 냉철한 신사가 할 수 있는 최선의 대답이라는 것을 알았다.

"고마워요."

루이는 아무 말도 하지 않고 자리에서 일어섰다. 이제 자리로 돌아 갈 시간이라는 것을 알려 주는 것 같았다. 시아는 뒤돌아서 카드 마술 쇼가 벌어지는 무대 쪽으로 걸음을 옮겼다. 그러다 멈추곤 고개를 돌려 루이를 보았다.

"아, 그런데 말이에요."

옷매무새를 정돈하던 루이는 떠나는 줄 알았던 시아가 다시 말을 붙이자, 고개를 들고 의문을 품은 눈동자로 시아를 바라보았다.

"저를 이 성으로 데려오신 날, 우리가 타고 이동한 굴을 토끼 굴이라고 말씀하셨죠."

예상치 못한 화제에 루이가 한쪽 눈썹을 치켜올렸다.

"그런데 잘못 알고 있어요. 그건 토끼 굴이 아니거든요."

시아는 정원에서의 일을 떠올리며 저도 모르게 미소 지었다.

"그건 불도그가 판 굴이에요."

루이가 무슨 소리인지 모르겠다는 듯 미간을 찌푸렸다.

"이곳에 불도그는 없습니다만……."

루이의 목소리를 뒤로하고, 시아는 앞을 향해 걸어갔다.

통로는 온통 먹으로 물들인 듯 새까맸고, 환한 빛이 새어 나오는 무대가 그 끝에 반짝이며 있었다. 검은 사방에 노란빛이 한 방울 떨어졌다. 노란빛은 이내 검은 배경 위로 번져 갔다. 사방이 조금씩 밝아지기 시작했다.

눈이 부셔 눈을 찡그리며 떠 보니 어느새 무대 위였다. 앞에서는 관객들이 시아를 바라보고 있었고, 왼쪽에서는 가짜 루이가, 오른쪽에서는 쥬드와 히로가 시아를 빤히 바라보고 있었다. 보이진 않지만 무대 뒤에서는 루이가 이쪽을 주시하고 있을 것이다.

"어디 갔었어. 갑자기 사라져서 놀랐잖아."

쥬드가 속삭였다. 시아가 대답할 틈도 없이 왼쪽에서 매끄러운 중저음이 흘러나왔다.

"놀라실 것까지야. 그저 숙녀분께서 화장실에 가고 싶어 하시는 것 같아 순간 이동 마술로 보내 드렸던 것뿐입니다."

고개를 돌려 보니 루이와 똑같은 모습을 한 에드워드 백작이 부드럽게 웃으며 그녀를 바라보고 있었다. 그 고상한 미소에 시아는 확신했다.

'이 작자는 루이가 아니다.'

루이가 그녀에게 보여 줄 수 있는 미소라곤 비웃음이 전부였기 때문이다.

"시아, 루이 말이 진짜야?"

쥬드는 그새 시아가 화장실로 순간 이동을 했다가 돌아왔다는 것이 믿어지지 않는지 시아에게 물었다. 시아는 입을 열었지만 말을 뱉지는 않았다. 어떻게 대답해 줘야 할지 혼란스러웠다. 사실 우리 옆에 있는 마술사는 루이가 아니라 우리가 착시를 보도록 최면을 건 에드워드 백작이고, 무대 뒤에서 진짜 루이를 만나고 왔다고, 그렇게 말하면…….

"이렇게 공개적인 곳에서 숙녀의 볼일에 대해 진위 여부를 따지는 것은 실례가 되지 않겠습니까."

고민하느라 주저하는 시아를 대신해 루이 아니, 에드워드 백작이 대답했다. 그의 지적에 민망해진 쥬드는 입을 다물 수밖에 없었다. 시아는 어쩔 줄을 몰랐다. 지금 이곳에서 가장 뻔뻔한 자는 다름 아닌 에드워드 백작이 아닌가.

"그렇지 않습니까?"

그가 시아를 향해 웃으며 물었다. 마치 약속된 것처럼 너무나 자연스러운 질문에 시아는 그저 이끌리는 대로 대답할 수밖에 없었다.

"……맞아요, 잠깐 화장실에 갔다 온 것뿐이야."

시아의 대답에 에드워드 백작은 흡족한 미소를 지었다.

"잡담은 이쯤 하고, 이제 이 흥미로운 게임의 결과에 대해 이야기해 볼까요."

관객들이 조금이라도 긴장을 놓을세라, 백작은 이야기의 중점을 다시 게임으로 되돌려 놓았다. 시아, 쥬드, 히로는 나란히 서서 백작을 바라보았다. 과연 세 참여자들 중 한 명이라도 일 분 안에 조커를 찾아낸 자가 있을까.

"자, 세 분 모두 카드 한 장씩을 들고 계시는데요. 각자 가지고 있는 카드를 관객들에게 보여 주시겠습니까."

시아, 쥬드 그리고 히로가 각자의 카드를 들어 올려 보였다. 세 장 모두 조커였다.

시아는 이미 예상했던 결과에 옅은 한숨을 쉬었다. 곧이어 에드워드 백작은 세 장 모두 사실은 조커가 아니라 다른 카드라는 진부한 진실을 관객들에게 알려 주었고, 이미 이를 알고 있었던 시아는 더 이상 공연에 집중하지 않았다.

쥬드는 이건 사기라며 투덜댔고, 히로는 알고 있었지만 일부러 넘어가 준 거라며 대인배 행세를 했다. 관객들은 감탄했다.

게임은 루이, 그러니까 에드워드 백작의 승리로 끝났다.

에드워드 백작이 결과에 대해 언급했던 대로 돈을 받게 된 위즈워스의 새하얀 가면 위에서 벌써부터 그의 콧수염이 신이 나 꿈틀거리고 있는 것이 보였다.

"축하드립니다."

에드워드 백작이 위즈워스에게 진심 어린 듯한 인사를 건넸다.

시아는 그의 감쪽같은 가식에 감탄했다. 결국 게임을 핑계로 위즈워스에게 돈을 주고, 어리석은 위즈워스는 도박을 하든지 불법 매매를 하든지 해서 그 돈을 더더욱 부풀릴 테고, 그럼 또 많은 재산을 레스토랑에 와서 갖다 바칠 테지……. 루이가 예상했던 순환의 방아쇠가 당겨진 셈이었다.

그때 거미줄에 붙어 있던 카드들이 한꺼번에 후두둑 떨어지며 폭풍처럼 무대 밖으로 돌진했다. 관객들을 향해 떨어지는 카드들은 어느 순간부터 반듯한 지폐가 되어 있었다. 초록빛 지폐들이 소나기처럼 떨어지자 이 환상적인 날씨에 감격한 관객들은 열렬히 환호했다. 이 순간 소리를 지르지 않는 것은 시아와 에드워드 백작뿐이었다.

흥분한 관객들이 바쁘게 돈을 줍는 동안, 에드워드 백작은 위즈워스에게 자신의 모자를 선물이라며 건네주었다. 시아는 쥬드나 히로처럼 지폐를 주우러 무대 밖으로 나갈 생각은 전혀 없었다. 시아는 그저 그런 그를 조용히 바라보았다. 떨어지는 지폐들은 그저 환상에 불과할 테니까.

모자 안을 확인하고 기뻐하는 위즈워스를 조용히 바라보던 에드워드 백작이 시아 쪽으로 시선을 돌렸다. 그의 눈이 시아에게 묻고 있는 듯했다.

'왜? 돈을 줍지 않고.'

백작은 시아에게 어서 돈을 주우라는 시늉을 했지만 시아는 움직이지 않았다.

'다 알고 있어요.'

시아가 입을 열려 하자 백작이 웃었다. 그의 기다란 손가락이 입술 위에 착지했다.

'쉿. 조용히 해.'

"이상으로 공연을 마치겠습니다."

어디선가 진짜 루이의 목소리가 울려 퍼졌고, 돈을 줍느라 바쁘던 관객들이 무대 위를 보았을 때는, 쏟아지는 지폐들 사이로 모자를 벗은 마술사가 손가락을 은밀하게 입술에 대고 서 있었다. 그 모습이 흡사 에드워드 백작과 같아서, 관객들은 순간 그가 루이인지 아니면 백작인지 혼란스러워

했다. 그러나 그들이 비밀을 알아내기 전, 마술사와 지폐들은 흔적도 없이 사라졌다.

주변이 온통 암흑처럼 어두워졌다. 시아는 어지러워 잠시 눈을 감았다. 최면에 빠져 보게 되는 환상과 이미 알고 있는 진실 사이에서 머리가 통증을 일으켰다.


얼마나 시간이 흘렀을까. 감고 있던 눈을 떴을 때, 객석은 텅 비어 있었고, 무대 위에서는 쥬드와 히로가 악기들을 연주하며 놀고 있었다. 시아는 두통을 무시하고 시야가 좀 더 뚜렷해질 때까지 눈을 감았다 뜨기를 반복했다.

초원처럼 펼쳐진 객석들이 나타났다, 사라졌다.

깜박.

붉은 객석들이 무대를 둘러싸고 있었다.

깜박.

저 위층까지, 아무도 없는 붉은 객석들이 드높은 벽에 둘러싸여 마치 병사들처럼 일렬로 배치되어 있었다.

깜박.

그리고 위층 객석 위에는 점이 하나 찍혀 있었다.

깜박.

'점?'

깜박.

자세히 보니 그것은…….

깜박.

하츠였다.

시아는 주변을 둘러보았다. 무대 위에는 그녀가 있었고, 그녀의 친구들이 있었으며, 문은 굳게 닫혀 있었다. 위험을 직감한 머릿속이 미친 듯이 아파 왔다.

# 하츠의 경고

뚱땅뚱땅. 감미로운 통기타 소리. 거기에 기괴한 음을 더하는 바이올린 소리. 붉은 손 잭이 자신의 손과 맞바꾸고 얻은 처연한 곡조가 텅 빈 공연장에 소곤소곤 울려 퍼졌다.

'눈이 쏟아져. 눈송이 하나는 상실, 눈송이 하나는 배신, 눈송이 하나는 망각…….'

떠들이 부인이 불렀던 음악이 통기타 연주를 통해 흘러나왔다.

쥬드와 히로가 악기들을 연주하며 노는 동안, 시아는 저 앞에 앉아 있는 하츠를 멍하니 바라보았다.

'정말 괜찮겠어? 공연장에 안 가도.'

공연을 보러 오기 전에 하츠가 속삭였던 말들이 머릿속을 흥건하게 적셨다.

'네 친구들, 지금 공연장에 있잖아.'

하츠가 악마로부터 풀려나기 위해 죽여야만 하는 시아. 그러나 톰에게 한 달간의 안전을 보장받아 결코 해할 수 없는 그녀. 그리고 그녀의 친구들. 시아의 친구들이, 지금, 이곳에. 문이 잠겨 있으리란 건 굳이 확인할 필요도 없었다. 하츠는 시아를 해칠 수는 없어도 쥬드와 히로는 제멋대로 할 수 있었다. 시아를 잡기 위해 그녀의 친구들을 담보로 무슨 짓을 할지…….

머릿속의 공포심이 피부로 빠져나와 땀으로 맺혔다. 시아는 떨리는 다리로 한 걸음을 내디뎠다. 숨이 가빠졌다. 후들거리는 다리를 겨우겨우 움직이며, 한 걸음 한 걸음 하츠에게 다가갔다.

하츠는 단 한 걸음도 움직이지 않았다. 좌석 등받이에 몸을 기댄 채, 후들거리며 힘겹게 다가오는 시아를 포식자를 앞에 둔 듯 여유롭게 구경할 뿐이었다. 무서운 검은 눈동자가 오직 저만을 지켜보는 가운데, 마치 금이 가서 금방이라도 부서질 것 같은 빙판 위를 걷는 것처럼 시아는 한 발 한 발 내딛는 것이 두려웠다. 두려운 마음과는 달리 시아는 결국 하츠 앞에 다다랐다.

하츠는 무대 위에서 악기 연주를 즐기고 있는 쥬드와 히로를 잠시 바라보다 이내 시아에게 시선을 돌렸다. 온기를 조금도 머금고 있지 않은 검은 눈동자를 마주하자 그의 냉기가 손가락 끝까지 전해져 온몸이 조각조각 깨지는 느낌이었다.

"어땠어?"

하츠가 아무런 표정 변화 없이 입만 움직여 물었다. 시아는 대답하기 위해 입을 열었지만 목소리가 목구멍 깊은 곳에 박혀 나오지를 않았다.

시아는 입을 몇 번 달싹이다 가까스로 소리를 냈다.

"정말 별로던데."

너무 끔찍해서 지금 당장 이곳에서 나가고 싶을 정도로.

"기대했던 마술 쇼도 결국은 그저 사기극이었고."

하츠가 고개를 비스듬히 기울이며 한쪽 눈썹을 부드럽게 올렸다.

"사기극이라니?"

'정말 몰라서 묻는 걸까? 설마.'

"마술사는 우리에게 조커를 찾으라고 했지만, 사실 무대 위에 조커는 단 한 장도 없었어. 처음부터 결과가 정해져 있던 게임이었고, 위즈워스에게 돈을 줘 그가 다시 이 레스토랑에서 값비싼 음식들을 사 먹을 수 있게 하기 위한 계략이었을 뿐이잖아."

시아가 확신에 차 설명했다. 하츠는 그런 시아를 가만히 바라보았다. 무표정으로 눈만 깜박였다. 그러다 푸스스 웃었다.

"왜 조커가 없었다고 생각하지? 단지 네가 못 찾은 것뿐일지도 모르는데."

"조커는 없었어."

처음부터 결과를 정해 놓았던 게임에 굳이 변수를 마련해 두었을 리 없었다. 시아는 확신했다. 하지만 웃음을 멈춘 하츠의 눈빛이 한층 더 싸늘해졌다.

"정말 그렇게 생각해?"

그가 속삭였다.

"주머니를 봐."

하츠의 말에 시아가 카디건의 주머니를 살폈다. 날이 서늘한 것 같아 걸치고 나온 카디건이었다. 아까 거미줄에서 뽑았던 하트 카드가 손에 잡혔다.

"그쪽 말고."

부드러운 지적에 시아는 이번에는 반대편 주머니에 손을 넣었다. 무심결에 찔러 넣은 손끝에 딱딱한 감촉이 닿았다. 손끝이 전율했다. 아무것도 없어야 할 주머니 속에 무언가가 만져졌다. 시아가 천천히 꺼낸 것은……

"조커?"

시아가 혼란스러워하며 중얼거렸다.

'조커가 왜 여기에 있지?'

카드를 재차 확인하고 뒤집어도 보았지만 초승달 위에 드러누워 있는 조커는 사라지지 않았다.

"루이가 위즈워스의 코트 주머니에만 조커를 숨겨 두었겠어? 마술사는 공연을 펼치는 동안 미약한 가능성으로 발생할 수도 있는 모든 변수들을 예상하고 준비해 놔야 하는데."

하츠가 이어서 넌지시 말했다.

"위즈워스가 게스트로 나오지 못할 상황을 대비해서 다른 몇몇의 주머니에도 미리 조커를 숨겨 놓았을 게 분명하잖아. 특히 너처럼 흥미를 끄는 대상을 제외할 리가 없지. 나한테는 벌써 일곱 번째 숨겨 놓았는걸. 난 쇼를 보러 오지도 않는데 말이야."

"……."

"무대 위에는 조커가 있었어. 그것도 너와 아주 가까이."

하츠의 검은 눈동자가 시아를 바라보았다. 그것은 평생 아무런 물결도 일지 않는 검은 호수 같았다. 늘어지듯 앉아 시아를 차분하게 바라보는 하츠의 태도는 마치 아무것도 모르면서 나불대는 그녀를 깔보는 것 같았다.

'네 말이 틀린 게 벌써 두 번째야.'

담백할 정도로 텅 비어 있는 눈빛이 그렇게 짚어 주는 것 같았다.

시아는 조커를 들고 있는 손끝에 힘을 주었다. 카드가 손 안에서 조금씩, 조금씩 뭉개져 갔다. 그렇게 뻣뻣한 카드를 손끝으로 망가뜨리며, 시아는 마음을 가다듬었다. 아무래도 상관 없었다. 지금 중요한 건 카드 따위가 아니었다. 진짜 중요한 건 따로 있었다. 겨우 이런 걸로 휘둘려서는 안 된다.

"아까 공연을 보니까, 조커를 찾으면 소원을 들어준다던데."

하츠가 또 카드 얘기를 꺼냈다. 시아는 하츠를 바라보았다. 대체 무슨 말을 하려는 건지 종잡을 수가 없었다.

"그런데 내가 찾아 줬네."

시아의 손안에 든 조커가 조금 축축해졌다.

"나한테 소원을 들어 달라는 거야?"

말이 좋아 소원이지 사실은 강요라는 것을 너무나 잘 알았기에 시아는 떨지 않을 수 없었다. 애초에 하츠가 시아를 데리고 공연장에 왔을 때부터 시아와 그녀의 친구들은 함정 안에 있는 것과 마찬가지였다.

"그래, 소원."

하츠가 부드럽게 웃었다. 그 미소가 시아를 무섭게 했다.

'소원이 뭔데?'

시아는 무서워서 차마 입 밖으로는 묻지 못하고 속으로만 물었다. 손안의 조커가 조금씩 더 끈적해지는 것이 느껴졌다. 하츠의 눈동자가 시아의 눈동자를 옭아맸다.

하츠가 입을 열었다.

"사육실에서 레시피 문서를 빼 올 때 누가 도와줬는지 말해 줘."

시아는 심장이 철렁 내려앉았다. 동시에 반사적으로 쥬드를 향하려는 눈동자를 겨우 멈춰 세웠다. 거대한 가축들에게 먹힐 뻔하고, 넘쳐 나는 계란들에 묻혀 죽을 뻔했던 시아를 엘리베이터로 인도한 구원과도 같은 반딧불이를 보내 주었던 이는…….

"어서."

머릿속에 숨어 있는 이름을 꺼내라며 하츠의 목소리가 귓가에 스며들었다.

'안 돼!'

시아는 정신을 차렸다. 하츠가 시켰던 일을 성공적으로 해낸 덕분에 시아는 심장을 빼앗기지 않을 수 있었다. 시아는 그 사실만으로도 안심했다. 어리석게도. 인간이라면 해내지 못할 게 뻔한 일인데 그걸 해내 버렸으니, 저렇게 똑똑한 하츠가 의심하지 않을 리가 없는데. 고비를 하나 넘겼다는 사실에 취해 뒷일은 생각지 못하고 있었다.

"대답, 안 해 줄 거야?"

집요하게 물어 오는 목소리가 온몸을 옥죄어 왔다. 숨이 턱 막혔다.

'쥬드는 괜찮으려나? 악기 연주 소리가 희미하게 들려오는 것 같기도…….'

고개를 돌려 확인해 보고 싶었다.

'움직이면 안 돼. 그쪽으로 시선 돌리지 마. 보면 안 돼. 들켜.'

"……아무도."

시아는 문장을 완성하지도 않고 가까스로 대답을 내뱉었다. 그러나 믿지 않을 거란 건 너무나 잘 알고 있었다. 하츠의 눈꼬리가 부드럽게 휘었다.

"의리를 지킨다. 뭐 이런 거야? 왜 이렇게 감정적이야. 전에 말했잖아, 여기서 그런 건 필요 없다고."

시아는 침묵했다. 미성의 목소리가 조곤조곤 시아의 약점을 친절하게 들추고 쑤셔 댔다.

'듣지 말자.'

시아는 속으로 되뇌었다.

'듣지 말자. 하츠는 나를 죽이지 못해. 톰의 팔에 서명함으로써 한 달간의 안전을 보장받는 계약을 한 이상, 하츠는 나를 죽일 수 없어. 그래, 그러면 된 거야. 도와준 자가 누구냐고 아무리 물어보고 협박해도 결국 그뿐이야, 그냥 참으면 돼. 참고 끝까지 입 다물고 있으면 그만일 거야. 나를 죽이지는 못하잖아.'

"말 안 해 주면, 쟤들을 죽일 건데."

손가락으로 가리킨 방향을 바라보니 쥬드와 히로가 여전히 악기를 연주하며 놀고 있었다. 그리고 그들을 둘러싼 드높은 벽 위로 드문드문 나 있는 틈새에는, 아무것도 모르는 쥬드와 히로를 향해 화살들이 겨누어져 있었다.

하츠가 상냥하게 설명했다.

"화살이 총보다 유일하게 뛰어난 점은, 소리가 없어 얌전하다는 거지. 공연장에서 총소리가 들렸다간 관객이 끊길 거라고 루이가 질색을 해서 말이야."

"누군지 말해 주면…… 죽일 거야?"

자신이 어떤 목소리를 냈는지 시아는 알아차리지 못했지만 애원이 담긴 것 같기도 하고, 갈등이 담긴 것 같기도 했다. 무슨 말을 어떻게 해야 조금이라도 저들을 살릴 여지가 생길 수 있을까.

"그럴 확률이 높다고 봐야지?"

시아가 무슨 말을 해도, 쥬드는 죽게 될 것이다. 그것은 그저 쉬이 받아들이기엔 너무나 잔인한 '현실'이었다.

"이제부터는 네가 무슨 일을 시켜도 나 혼자 힘으로 할게. 이번 한 번만 봐줘."

"네가 식당 일을 성공할 수 있도록 도와준 건, 해돈의 명을 거스른 거나 마찬가지야. 반역자는 어떤 경우에도 축출해야지."

"하츠, 제발······."

이제 시아는 울고 있었다. 여유롭던 하츠의 눈동자가 시아의 볼에 흐르는 눈물을 보고 굳었다. 내비치는 감정에 동요라도 하는 걸까. 만약 그렇다면 시아는 기꺼이 무릎이라도 꿇고 빌 수 있었다.

"제발, 제발, 어? 이제 나 혼자 다 할게. 이건 너무 잔인하잖아. 딱 한 번만 봐줘."

시아는 울먹이며 사정했다. 하츠가 시아의 젖은 눈동자를 가만히 바라보았다. 서럽게 분출되는 감정이 하츠는 신기했다. 저토록 마음 놓고 눈물을 흘려 본 적이 언제였던가. 하츠의 검은 눈동자는 오랜 세월 동안 저처럼 말갛게 젖어 본 적이 없었다. 그의 눈은 적실 물조차 떨어져 오랜 세월에 걸쳐 메말랐고, 앞으로도 채워질 물은 단 한 방울도 남아 있지 않았다.

"슬퍼? 응?"

하츠는 은근하게 재촉하며 시아에게 물어보았다. "당연하잖아."라고 대답하는 목소리는 충분히 서럽게 느껴졌다. 하츠는 망설였다.

'당연한 건가.'

그는 떨어지는 물방울들을 지켜보며 생각에 잠겼다. 그는 악마에게 휘둘려 소중한 인연들을 제 손으로 죽여야만 했던 과거의 기억에 둘러싸여 있었다.

그가 이와 같은 상황이었다면, 자신의 소중한 이를 제 손으로 죽이지 않아도 된다는 사실을 감사히 여기며 안도했을 것이다. 그들이 자신의 손이 아닌, 다른 이의 손에 죽는다는 사실 하나에. 눈물겹게 갈아 온 칼을 친구들의 가슴팍에 들이댈 때 그들이 짓는 표정을 보지 않아도 되어서, 원망하는 표정과 그의 이름을 부르는 목소리에도 칼을 가슴속에 쑤셔 박고, 그가 죽인 친구들의 시체를 보는 것이 두려워 황급히 고개를 돌려 도망치지 않아도 된다는 그 사실에 감동할 것이다.

"우는 거야?"

'겨우 이 정도로?'

이보다 훨씬 더 많은 인연들을 자신의 손으로 죽여야만 했던 그조차 마음껏 울지 못했다. 눈물이 앞을 가리려고 할 즈음이면 어느새 자신 안에 깃든 악마가 자신의 손으로 또다시 칼을 갈고 있었고, 나날이 반복되는 참혹한 일상에 감정은 점점 무뎌졌다.

그가 소중히 여기던 모든 이들을 죽이고 나면, 잔인한 악마는 어느새 그에게 새로운 인연들을 심어 주었고, 그들과의 관계가 깊어지면 악마는 어김없이 다시 칼을 갈게 만들었다. 그다음에는 칼을 들고, 걸어가서, 찌르고, 찌르고, 찌르고⋯⋯. 야콥의 조언에 따라 해돈의 밑에서 일하면서 그런 재앙은 멈췄지만 이미 그에게 남은 것은 아무것도 없었다. 아무것도.

"제발, 한 번만 봐줘. 제발."

자신의 것을 잃지 않게 해 달라는 애원은 얼마나 부러운 것인지. 인정하기 싫었지만 그는 지금 울고 있는 이 약해 빠진 아이가 지독히도 부러웠다.

"아아, 봐달라고."

기가 차서 헛웃음이 나왔다. 이토록 부러운 모습을 보여 주니 하츠는 그의 안에 깃들어 있는 악마로부터 자유로워지고 싶은 갈망이 더 깊어져만 갔다. 그러려면 해돈이 병에서 회복해 이 악마를 해치울 수 있다는 톰을 불러야만 하고, 해돈이 회복하려면 눈앞에 있는 아이를 더더욱 옥죄어서 그 심장을 해돈에게 갖다 바쳐야 하는데. 이렇게 갈망하게 만들면서, 봐달라고⋯⋯.

시아를 바라보며 하츠는 푸스스 웃었다. 저만치에서 악기를 가지고 놀고 있는 쥬드와 히로를 가만히 가리키는 손가락 끝이 날카로웠다. 시아의 눈동자가 흔들렸다.

"쟤들 중 하나가 도와준 거, 맞나 보네."

추측으로 시작해서 확신으로 끝난 목소리가 너무도 해맑았다.

파르르 떠는 시아를 바라보며 하츠는 미소를 머금고 고개를 절레절레 저었다. 저리도 솔직히 반응하니 눈치채지 않으려야 않을 수가 없었다. 하츠는 여유롭게 이 상황을 감상했다. 높다랗게 솟아오른 공연장 벽 사이사이로 그의 신호가 떨어지기만을 기다리는 화살들이 주렁주렁, 탐스럽게도 매달려 있었다. 그 아래에서 떨고 있는 아이는 참으로 가여웠다. 그 가여움이 그를 더 즐겁게 만들었다.

어떻게 할까. 살릴까, 죽일까. 아니면 반만 죽일까. 아니면……. 그는 진심으로 즐겁게 고민했다. 하마터면 콧노래까지 흥얼거릴 뻔했다. 하츠의 입가에 요사한 미소가 그려졌다. 사실 고민할 필요도 없었다.

"처음 만났을 때 내가 말했지."

하츠가 운을 뗐다.

"자기 집에 불이 났을 때, 빠르게 퍼지는 불길에 쫓겨 급하게 제 몸부터 나오는 자가 있는가 하면……."

들어 본 적 있는 이야기에 시아는 불안한 눈빛으로 하츠를 마주 보았다.

"그 와중에도 바로 나오지 않고 불길 속에 있는 소중한 것을 구하려다 타 죽는 자가 있다고."

하츠는 고개를 삐딱하게 기울이며 시아를 들여다보았다.

"내가 분명 말했을 텐데?"

그가 고개를 숙여 시아와 눈높이를 같게 했다. 바로 앞까지 다가온 검은 눈동자가 시아를 똑바로 바라보며 잔인한 눈웃음을 흘렸다.

"무언가 소중한 것이 생기면 그게 곧 네 약점이 된다고."

그 의미를 파악한 시아의 표정이 허물어졌다.

눈앞의 악마는 그녀를 해칠 수 없다. 그러나 그녀가 가진 것들을 해칠 수는 있다. 그가 해칠 수 있도록 그것들을 만든 것은 그녀 본인이었다. 바보같이. 후회해도 소용없었다. 이제 와서 버리려 해 봤자, 늦었다. 그들은 이미 소중한 친구들이니까. 그렇게 되어 버렸다. 불행하게도.

"불은 나야."

하츠가 다정하게 상기시켜 주었다.

"그리고 저들은 네 스스로가 만들어 놓은 너의 약점이 되겠네."

저만치에 있는 쥬드와 히로를 응시하며 하츠가 즐거이 속삭였다.

"살려 줄게."

시아는 눈을 질끈 감았다.

"네가 여유롭게 타 죽을 수 있도록."

원하는 대답이 들려왔음에도 불구하고 시아는 눈을 뜨지 않았다. 안도할 수가 없었다.

"그러니까 앞으로 내가 시키는 일은 혼자서 하자, 응? 또 이런 식이면 그땐 쟤네 진짜 죽어."

상냥하게 눈을 맞춰 오며 속삭이는 목소리가 이제 그만 얌전히 죽으라며 시아를 달랬다. 마치 그 가해자가 다른 자이기라도 한 것처럼, 걱정된다는 듯 말하는 목소리가 참으로 잔인했다.

"내가 잔인해?"

알면서도 물어 오는 목소리가 미웠다. 시아는 눈물 어린 눈동자로 하츠를 노려보았다.

처음에 야콥에게서 그에 관한 이야기를 들었을 때는 그가 불쌍하면서도 한편으로는 제 죗값을 치른 것이라고 생각했다. 그리고 그를 처음 만나 그의 입에서 흘러나오는 어린 시절 이야기를 들었을 때는 슬픔과 죄책감을 느꼈다. 그토록 구겨진 삶을 살아온 그에게 시아가 확신 없는 희망을 내걸고 도움을 요구해도 되는 걸까. 자신을 죽이지 말고 도와 달라고 요구하는 것이 그에게는 이기적으로 비칠 수도 있겠다고 생각했다.

처음 만났을 때 그는 시아에게 총을 쏘았다. 그리고 다시 만난 지금은 시아의 친구들을 죽이겠단다. 그럼에도 대놓고 분노할 수 없는 이유는, 사실 시아라고 해서 다르게 선택했으리란 자신이 없기 때문이었다. 소중한 인연을 만들고 그 인연을 살해하는 무한한 고리 속의 삶이 얼마나 괴로웠을지 마음속으로는 동정하고 있었던 것이다.

그럼에도 시아는 그가 잔인하다고 대답해야 했다. 그를 이해하고 동정하는 순간, 시아가 그에게 요청해야 할 도움이 이기적인 욕심이 되어 버릴 테니까.

'있잖아, 사실 나도 정의가 뭔지 몰라. 그럼에도 정의를 주장하며 너를 비판했던 것은, 그래야만 너에게 도움을 요청하는 것이 정당해지기 때문이야. 이런 내가 이기적인 것을 알아. 어쩌면 너에게는 내가 더 잔인하게 비칠지도 모르지.'

"너는 잔인해."

정말 정말 미안하지만, 너는 잔인해야만 한다.

"그래."

의외로 순순히 대답하며 마주 보는 얼굴이 무덤덤했다. 변명하지 않고 쉬이 받아들이기까지 느꼈을 어마어마한 고통과 체념을 시아는 일부러 모르는 척했다.

"근데 말이야, 슬슬 궁금해지는데. 자신을 위해 다른 사람을 버리는 거, 그게 잔인한 일이라면 너는 다른 사람 대신 너 스스로를 포기할 수 있겠어?"

담백한 질문이 시아가 숨겨 둔 속마음을 건드렸다. 시아는 고민하다 가장 적당한 답변을 골랐다.

"적어도 다른 사람을 버리지는……."

"아아, 그래. 두고 보면 알겠지."

진부한 대답에 하츠는 다 듣지도 않고 시아의 말을 잘라 버렸다. 그의 눈동자는 따분함에 젖어 있었다.

하츠는 더는 볼일이 없다는 듯 무심하게 시아를 지나쳐 공연장 출구로 향했다. 시아는 그저 하염없이 그의 뒷모습을 바라보았다. 이대로 멀어지는 것이 불안하면서도 동시에 안심되었다.

누가 지켜보고 있었던 걸까. 잠겨 있던 문은 어느새 소리 없이 활짝 열려 있었다. 그 밖으로 나간 하츠가 문을 닫기 위해 잠시 뒤를 돌아본 순간에도 작별 인사는 없었다. 무심한 눈은 마지막까지 시아를 쳐다보지도 않았다. 쾅, 문이 닫히는 소리에 시아는 비로소 안도했다.

"시아!"

여태 눈치껏 모르는 척하고 있었던 건지, 쥬드와 히로가 시아에게로 달려왔다. 대체 무슨 이야기를 한 것이냐, 뭐가 잘못되었냐, 몰아치는 질문들이 귓가에서 윙윙 울렸다. 하나도 들리지 않았다.

시아는 흥분해서 무어라 무어라 묻고 있는 쥬드와 히로를 멍하니 바라보았다. 방금 전까지 마주 보고 있었던 죽어 있는 검은 눈동자와 달리 생기 있게 반짝이는 커피색 눈동자와 황금색 눈동자가 반가우면서도 마음 아팠다.

'또 이런 식이면 그땐 쟤네 진짜 죽어.'

'죽어.'

'죽어.'

하츠의 속삭임이 머릿속의 혼잣말이 되어 메아리쳤다. 마음이 아려 왔다.

"야, 무슨 일이길래 그새 넋이 다 나간 거야? 야! 정신 차려!"

"시아 양, 혹시 저 악마 놈이 시아 양을 괴롭혔습니까? 제가 저 자식 아주 그냥 혼쭐을 내 주겠습니다!"

'나는 이 아이들을 어떻게 해야 되지.'

잔인한 메아리가 머릿속을 아프게 울렸다. 마음이 무거웠다. 실은 이미 답을 알고 있었기에, 마음이 너무나 아파 왔다.

"……별거 아니야. 미안, 나 먼저 갈게."

무너지려는 표정을 고치며 뒤로 돌아서는데, 쥬드가 손목을 잡아 세웠다.

"왜 그래?"

진지한 목소리에, 시아는 사무치는 감정을 숨기고 태연하게 웃으며 쥬드를 바라보았다.

"진짜 별거 아냐. 약초들이 냄비에서 잘 끓고 있나 확인하고 가려고. 넌 먼저 지하실로 돌아가."

"나도 같이 갈래. 어차피 지하실에 가 봤자 야콥 심부름만 더 하게 될 텐데."

"혼자 가는 게 편해. 넌 그럼 다른 데라도 가 봐."

언제나 쥬드가 함께해 주는 것을 달가워하던 시아가 그를 거절하자, 쥬드는 한쪽 눈썹을 치켜올리며 시아의 눈동자를 유심히 바라보았다. 시아는 쥬드의 눈을 피했다.

"……왜 이래, 서운하게?"

계속해서 시아를 바라보던 쥬드가 눈매를 휘며 장난스럽게 말했다. 그러나 시아는 뜻을 굽힐 수 없었다. 더 이상 그를 그녀의 일에 말려들도록 할 순 없었다. 슬프지만 어쩔 수 없었다.

"그런 거 아니야. 이제부턴…… 이제부턴 나 혼자 할 거야."

"너무하네! 이렇게 매정하게 친구를……."

"미안해. 먼저 가."

"아, 심심하단 말이야."

"안 돼."

"같이 갈 거야."

"안 된다고!"

시아의 고함에 쥬드는 움찔해 그녀를 바라보았다. 여태껏 둘의 실랑이를 방관하던 히로 역시 깜짝 놀라 시아를 쳐다보았다. 곤혹스러운 침묵만이 셋 사이를 맴돌았다.

"너…… 혹시 하츠가 무슨……."

쥬드가 말을 끝내기도 전에 시아는 뒤로 돌아섰다. 쥬드와 히로 앞에서 눈물을 보일까 봐, 황급히 뒤돌았다. 울음보가 터질 것 같았다. 감당하기 버거울 정도로 힘겨웠다. 가슴속에서부터 끓어오르는 뜨거운 서러움이 목구멍을 타고 기어이 올라오는 것을 느끼며, 시아는 황급히 출구로 뛰어갔다.

"시아!"

뒤쪽에서 쥬드의 목소리가 들려왔다. 왜 그러냐는 히로의 목소리도 들려왔다.

시아는 문을 닫았다. 문을 닫고 약초들을 보러 냅다 뛰어가면서도 울음을 참았다. 굳이 참을 이유는 없었지만 그냥 참았다. 혹시라도 울지 않아도 될 이유가 남아 있지 않을까 싶어서. 미련하게도 아직 희망을 버리지 못해서.


주홍빛 등불 아래 에메랄드색 울타리들을 따라 늘어진 계단들은 요괴들로 미어터졌다. 풍족한 음식 냄새와 벚꽃들 속에 어우러진 화려한 색채는 시아의 서러운 마음속과는 참으로 동떨어져 있었다.

'내가 밉겠지. 나를 걱정해서 위해 주는 거였는데. 나라도 미울 거야.'

매몰차게 거절하는 자신을 쳐다보던 쥬드와 히로의 당황스러운 눈빛이 머릿속을 찔러 댔다.

'또 이런 식이면 그땐 쟤네 진짜 죽어.'

서늘한 목소리가 쥬드와 히로의 형상에 교차되며 자꾸만 맴돌았다. 그들을 향하던 수십 개의 화살들이 떠올랐다. 그 순간 하츠가 자신의 앞에서 태연하게 총을 쏘았던 모습이 겹쳐져 어찌나 무서웠는지.

시아는 울음을 참으며 요괴들 사이를 비집고 내려갔다. 다리는 여전히 후들거렸다. 그렇지만 그녀는 주저앉지 않았다. 그저 꾸역꾸역 나아갔다. 친구들을 위해서도, 그녀 스스로를 위해서도. 안심할 수 있는 방법은 오직 하나뿐이었다. 치료 약을 찾는 것.

# 밝혀진 리디아의 정체

시아는 리디아가 쓰던 방, 냄비들 안에서 끓고 있을 약초들을 생각하며 더욱 빠르게 걸음을 재촉했다. 일정 시간이 지났으니 각각의 냄비에서 연기가 피어오를 것이었다. 시아는 그것들을 가지고 인간의 심장과 공통된 성분을 가진 약초를 연구해 내라는 정원사의 말을 다시 한번 곱씹었다. 약초들을 냄비 안에 넣고 끓이기 시작한 지도 벌써 며칠이 지난 참이었다.

금세 다다른 리디아의 옛 방 앞에서, 시아는 그 어느 때보다도 간절하게 바랐다.

'제발 내가 안심할 수 있도록, 돌아갈 수 있도록, 미약한 연기 한 줌이라도 보여 주렴.'

절실하게 바라며, 시아는 문손잡이를 잡고 밀었다. 보글보글. 문을 열자 수많은 냄비들이 끓고 있는 소리가 들려왔다. 심장 박동이 빨라졌다. 시아는 조심스레 안을 들여다보았다. 방 안은 어두웠다. 어둠을 가르는 실은 없었다. 시아는 울음을 터뜨렸다.

아무런 변화 없는 약초들을 확인한 이후, 시아는 소중한 하루를 무의미하게 보낼 수밖에 없었다. 약초들이 별다른 반응을 보이지 않으니 다른 방법을 찾아 나서야 했지만 무서운 사실은 다른 방법이 없다는 것이었다. 불어난 불안감을 안고 향할 곳은 지하실뿐이었고, 그곳에서 얻은 것은 야콥의 조롱과 비난뿐이었다.

온 마음이 얼룩졌다. 뭐라도 하고 싶었지만 무얼 해야 할지 몰라 아무것도 할 수 없었다. 시아는 쥬드의 방 안에 들어가 베개에 얼굴을 파묻고 울었다. 붙잡고 있던 유일한 희망이 기대에 응해 주지 않자 꼭꼭 숨겨 두었던 두려움이 그녀를 집어삼켰다.

한참이 지나자 더는 눈물이 나오지 않았지만 시아는 여전히 베개에 머리를 묻고 움직이지 않았다. 그때 커튼 사이로 꽃 내음이 섞인 아련한 바람이 불어왔다. 이 바람이 아련하게 느껴지는 것은 이것이 어쩌면 시아가 떠나온 저곳 어딘가에서 불어오는 바람일지도 모른다는 생각 때문이리라. 어쩌면 부모님의 숨결이 닿았을지도 모르는 바람에 시아는 멍하니 마음을 기대었다.

얼마 후에는 쥬드가 방 안으로 들어왔다. 시아는 그가 문을 열고 들어오는 소리에도 등만 보인 채 누워 있었다. 지금 표정을 보였다간 쥬드가 가만 있을 리 없었다. 그러면 안 된다.

"……시아."

머뭇거리다 나지막하게 그녀를 부르는 말에 시아는 젖어 있는 목소리를 내지 않으려고 무진 애를 써야 했다.

"왜."

"무슨 일이야?"

"……상관하지 마."

그 뒤로도 몇 번 맘에도 없는 말로 대꾸를 하다 보니 시아는 어느새 자신도 모르게 쥬드와 신경전을 하고 있었다. 시아는 목이 멜 것 같았다. 소리를 지른 것도 아닌데 목구멍이 꽉 막혀 아무 소리도 내지 못할 것 같았다. 답답했다. 아니, 너무 힘들었다.

"상관하지 말라고 했잖아! 오지랖 좀 그만 부려."

시아는 울컥하여 저도 모르게 모진 말을 외쳤다.

그녀는 황급히 쥬드의 표정을 살피려다 말았다. 그의 눈치를 봐 봤자 변할 건 없었다. 시아만 더 괴로워질 뿐이다. 시아는 그저 베개에 머리를 묻은 채 눈을 감았다. 쥬드도 더는 아무 말도 하지 않았다. 그것이 시아를 안심하게 하면서도 마음 아프게 했다.

시아는 오지도 않는 잠을 청하려 노력하는 수밖에 없었고, 한참을 뒤척이다 그렇게 까무룩 잠이 들었다. 오늘은 또무슨 꿈을 꿀지, 눈을 뜨면 또 어떤 두려움이 그녀를 기다리고 있을지, 겁쟁이처럼 벌벌 떨면서 어둠 속을 헤맸다.

꿈 속에서도 시아는 여기저기를 뛰어다니며 정신없이 방황했다. 사방은 온통 어두웠고, 숨이 가빠 왔다. 어딜 가려는건지도 모르는 채 헤매면서 시아는 누군가를 절실하게 불렀다. 새까만 어둠 속에서 목이 쉬어라 소리쳤다. 하지만 어둠보다도 무서운 것은 단 한 번의 대답도 들려오지 않는다는 것이었다.

"……시아, 시아야."

그때, 가까이에서 그녀의 이름을 부르는 목소리가 들려왔다. 시아는 자신의 이름을 부르는 목소리가 반가웠다. 그래서 목소리가 들려오는 쪽으로 시선을 향했다. 스르르 뜨인 시야에 익숙한 커피색 눈동자가 들어왔다.

"시아."

어디까지가 꿈인지 몰라 시아는 대답하지 못했다. 그저 멍하니 쥬드를 바라보는데, 그가 시아를 일으켰다. 쥬드는 잠에서 다 깨지 않아 몽롱한 시아의 손목을 살며시 잡고 바깥으로 이끌었다.

영문을 몰라 물으려 입술을 달싹거리던 찰나, 쥬드는 나직하게 그녀의 말을 가로막았다.

"따라와."

쥬드를 따라 밖으로 나오니 아직 이른 새벽이었다. 신선한 새벽 공기가 벚꽃들과 맞물리며 허공을 산책했다. 시아는 쥬드에게 손목을 붙잡힌 채 계단을 올라갔다. 그들은 이제 막 일을 마무리 지으며 모락모락 마지막 연기를 피워 올리는 요리실들을 여럿 지나쳤다.

어딜 가는 건지 물어보려 했으나 시아는 곧 그럴 필요가 없다는 사실을 자각했다. 멀거니 바라보는 시선이 "노크하고 들어오세요!"라고 삐뚤빼뚤하게 적혀 있는 팻말에 머물렀다.

시아는 걸음을 멈추었다. 쥬드가 손목을 잡아당겼으나 발에 힘을 주고 움직이지 않았다.

"소용없어, 쥬드."

분홍색 꽃무늬가 자잘하게 박힌 흰색 문이 다 해져 초라한 모습으로 시아의 시선 속에 누추하게 서 있었다. 쥬드가 문을 열려고 했지만 시아는 들어가고 싶지 않았다. 그를 말리고 싶었다. 이 너머에서 그저 보글보글 끓고만 있을 약초들의 모습을 문이 계속해서 가려 주길 바랐다. 아무런 변화가 없는 것을 확인할 때마다 희망이 짓밟히는 기분이었다. 시아는 그런 기분을 더는 느끼고 싶지 않았다. 그러나 쥬드는 막무가내로 문을 열었고, 어쨌거나 시아는 그 안으로 들어가야만 했다.

쥬드의 손에 이끌려 억지로 들어선 방 안은 새벽의 푸르스레한 빛깔로 물들어 있었다. 시아는 서늘한 공기를 마시며 방 안을 둘러보았다. 공허할 정도로 새파란 빛깔이었지만 시아의 마음이 시리지 않았던 까닭은, 그 시린 빛깔을 덮어 주는 따뜻한 빛들이 함께 반짝이고 있었기 때문이었다.

차가운 파란 빛깔을 파고들며 꼬물꼬물 기어오르는 노랑, 주황, 빨강 등, 파스텔 색감의 연기들이 시아의 마음을 천천히 적셔 주었다. 방 안을 가득 채운 냄비들로부터 피어오르는 각기 다른 색깔의 연기들이 두 사람의 시야를 따뜻하게 밝혀 주고 있었다.

시아는 가슴이 벅차올랐다. 손목에서 느껴지는 온기가 손바닥을 지나 손가락 마디마디까지 파고들었다. 시아는 더 이상 그 온기를 뿌리치려 하지 않았다. 쥬드가 자신과 싸운 뒤로 밤새 약초들의 변화를 기다리며 지켜보고 있었을 거라고 생각하니 목이 메었다.

"시아, 네가 무슨 일을 겪어서 그러는 건지는 모르겠지만……"

긴장했는지 조심스럽게 입을 연 쥬드의 목소리는 미세하게 떨리고 있었다.

"혼자서 다 짊어지려고 하지 마. 네가 지금 가지고 있는 짐은 너 혼자 짊어지기엔 너무 버거운 거야. 다른 이의 도움을 받는 건 당연한 일이라고."

확신이 담긴 목소리가 시아의 속마음을 쓰다듬어 주었다.

"……나는 네가 그걸 죄스럽게 생각하지 말았으면 좋겠어."

시아의 눈시울이 붉어졌다.

"나는 네 친구잖아. 네가 그러면 섭섭하다고."

딱딱하게 굳어 있어야만 하는 마음이 녹아내렸다.

"내가 도와줄게. 물론 네가 치료 약을 찾는 데에 실질적인 도움을 주지는 못할 수도 있어. 하지만 적어도 우리는 함께 할 거야."

사실 시아는 알고 있었다. 쥬드를 밀어내면서도 마음속 깊은 곳에서는 그가 이런 말을 해 주기를 간절히 바라고 있었다는 것을. 그의 안전을 위해서는 그를 멀리해야 한다는 것을 분명 알고 있었지만 마음은 이미 다 녹아 버린 상태였다. 이러면 안 되는데, 안 될 걸 알면서도 아아, 정말 정말 미안하지만, 이기적인 걸 알면서도 결국 시아는…….

"함께하는 사람이 있다는 것만으로도 큰 힘이 될 거야. 그 기회를 너 스스로 막아 버리지 마."

쥬드의 손을 마주 잡았다.

"이제 이 약초들 중에서 인간의 심장과 공통된 성분을 가지고 있는 약초를 골라내기만 하면 되는 거야. 그러면……."

"그러면 치료 약을 찾을 수 있는 거지."

쥬드가 미소를 지으며 시아의 말을 대신 끝냈다.

레스토랑이 잠들 채비를 하는 이른 새벽, 푸르스레하고 청명한 공기 속에서 두 친구는 서로를 마주 보며 용기와 의지를 다졌다.

시아는 마음이 부풀어 올라 방 안을 바라보았다. 방 안을 가득 채운 냄비들로부터 피어나는 파스텔 색감의 연기들이 마치 밤하늘에서 흐려지는 불꽃놀이 같았다.

"……쥬드, 정말 고마워."

아무리 모질게 대하고 거친 말을 해도 쥬드는 먼저 손을 뻗어 주고 시아 안을 따뜻하게 채워 주었다. 시아는 그런 쥬드에게 진심으로 고맙고, 또 미안했다. 그의 따뜻한 호의와 친절에 감격하면서도, 그와 점점 가까워질수록 그를 멀리하지 못하는 자신이 미웠다.

"뭘 또 민망하게 그러냐."

시아의 만감이 교차하는 표정에 쥬드가 키득거리며 대꾸했다. 그러나 시아의 속은 복잡하게 일그러져 갔다.

'너는 내가 무슨 걱정을 하는지 알까? 너는 네가 죽을지도 모른다는 것을 알면서도 나를 도와주는 걸까? 이렇게 단순하게 웃으며, 너는 대체 무슨 생각으로 나를 진실로 대해

주는 걸까?'

"시아?"

계속해서 아무 말도 하지 않고 자신을 바라보기만 하는 시아의 시선에 쥬드가 그녀를 불렀다.

"아, 으응."

시아는 그제야 느릿하게 반응하며 뒤엉킨 감정들과 생각들의 매듭에서 헤어났다.

"야, 정신 차려. 우리에겐 아직 할 일이 남았잖아. 인간의 심장과 공통 성분을 가진 약초를 찾아내야지."

쥬드가 남은 일을 시아에게 상기시켜 주며 그녀의 이마를 톡톡 두드렸다. 정신 차리라고 말하는 목소리에 시아는 정체되어 있던 생각을 잡아 끌어냈다.

"그렇지, 근데 약초들의 성분을 어떻게 알아봐야 할까."

그들은 여태 약초들에서 연기가 피어나기만을 애타게 기다린 탓에 그다음 단계에 대해서는 미처 상세하게 계획을 세우지 못하고 있었다. 시아는 이곳 약초들에 대해 무지했다. 약초를 선물해 준 이후의 일들은 시아의 몫이라며 단호히 말한 정원사에게 또 도움을 요청할 수도 없었다. 야콥도 약초에 대해 해박할 테지만 시아는 그쪽은 아예 말을 말아야지 싶었다.

"아! 내가 왜 그 생각을 못 했지?"

시아가 계속해서 방법을 생각하고 있는데 옆에서 쥬드의 흥분한 목소리가 들려왔다. 시아가 기대에 찬 눈빛으로 쥬드를 바라보았다.

"시아, 도서관에 가는 거야."

"도서관?"

"그래, 이곳엔 도서관이 있거든. 들어 본 바로는 문자가 처음 탄생한 시대의 책들부터 시작해서 이 세상 모든 책들을 다 모아 놨다는데. 약초의 성분에 관한 책들도 분명 많이 있을 거야."

이곳에는 없는 것이 없는 것 같다고 시아는 생각했다. 정말 기괴한 곳이라는 생각이 또 한번 들었다. 레스토랑이 중심인 건물이라고는 하지만 그 밖의 시설들까지도 세심하게 마련되어 있는 곳이 바로 이 성이었다.

"사실 고위 직원들을 위한 여가 시설로 마련된 곳이라 우린 못 들어가지만, 마담 모리블한테 사정을 설명하고 잘만 구슬린다면 출입 허가를 받을 수 있을 거야."

쥬드가 자신만만하게 말했다.

쥬드의 제안에 솔깃해진 시아는 당장이라도 도서관에 가고 싶어졌다. 시아에게 주어진 시간은 이제 얼마 남지 않았다. 도서관에 가서 그 많은 책들을 뒤져 치료 약을 찾아내려면 서둘러야 했다.

"쥬드! 당장 관리실로 가자!"

이번에는 시아가 쥬드의 손목을 잡아끌며 나섰다. 방에서 나오니 어느새 뽀얀 아침이었다. 난간 위에 일정한 간격을 두고 나열되어 있던 주홍빛 등불들도 죄다 불이 꺼져 있었다. 그 모습이 시아를 더 조급하게 만들었다. 요괴들은 낮에 잠을 자니, 이제 곧 마담 모리블도 관리실을 닫을 게 분명했다.

"빨리!"

시아의 재촉과 함께 둘은 하얀 아침 속에서 청량하게 반짝이는 벚꽃들 아래를 지나 관리실을 향해 달렸다.

빠르게 달려 관리실이 있는 하얗고 깔끔한 복도에 다다랐을 때였다. 익숙한 울음소리가 고막을 찔러 왔다.

"리디아는 이 시간에도 여전한가 보네."

끊이지 않는 울음소리에 급하게 걷는 와중에도 시아가 중얼거렸다.

쥬드는 새삼스럽다는 듯이 어깨를 으쓱해 보였고, 둘은

더 이상의 대화는 하지 않은 채 곧바로 관리실의 문을 열었다. 당당하게 들이닥치는 둘의 모습에, 마감 시간과 고막이 찢기는 듯한 요란한 울음소리에 쫓기며 서류 속에서 허덕이던 마담 모리블이 기가 찬다는 표정을 지어 보였다.

"오늘이 나를 아주 잡아먹는 날인가 보군그래!"

시아와 쥬드를 절망스럽게 노려보는 마담 모리블의 모습에 시아는 저절로 미안해졌다.

오늘도 어김없이 찡그린 표정을 앞으로, 웃는 표정을 뒤로 돌린 채 책상 앞에 앉아 바삐 일을 하고 있는 마담 모리블의 몰골은 말이 아니었다. 다크서클은 더욱 짙어져 네모난 안경알 아래까지 내려왔고, 처음에는 분명 깔끔하게 위로 틀어 올렸을 올림머리는 잔머리가 다 내려와 흐트러진 채였다.

"대체 무슨 일로 하아, 이 시간에 온 거냐?"

"웬만하면 돌아갔다가 내일 다시 오지." 하고 덧붙이는 목소리가 시아를 쿡쿡 찔렀지만 그렇다고 해서 물러나기엔 시아도 나름대로 급한 사정이었다.

시아는 밖에서 울리는 리디아의 울음소리가 어느 정도 잠잠해질 때까지 기다렸다가 말을 꺼냈다.

"도서관에 가고 싶어서요. 허가를 받으려고 왔어요."

"쯧쯧, 도서관은 아무나……."

"다른 게 아니라, 치료 약을 찾는 데 꼭 필요해서 그래요. 도서관 책들을 읽으면 해돈을 치료할 약을 알아낼 수 있을 것 같아서요."

더더욱 찡그려지는 마담 모리블의 표정에 불안해진 시아가 다급하게 덧붙였다. 그러나 마담 모리블은 쉽게 설득되지 않았다.

"나 원 참, 겨우 도서관 책들로 치료 약을 찾아낼 수 있었다면 진작에 그렇게 했을 거다. 해돈 님의 병은 그렇게 간단하게 치료 방법을 알아낼 수 없는 희귀한 병이야. 말이 되는 소리를 해야지."

어느새 다시 날카로워지는 리디아의 울음소리에 신경이 더욱 예민해진 마담 모리블이 금방이라도 화를 낼 듯 목소리에 힘을 주며 말했다.

"게다가 도서관은 최상위 고위 직원들의 편의를 위해 개설된 여가 시설이야. 선불리 출입을 허가할 수 있는 곳이 아니란 말이다."

점점 커지는 울음소리를 누르기 위해 목소리를 높여 가며 완강히 거절한 마담 모리블은 지칠 대로 지쳐 보였지만 목소리는 단호했다.

이번에는 쥬드가 목소리를 냈다.

"에이, 저희가 그곳에서 다른 분들에게 방해가 될 만한 행동을 할 리가 없잖아요. 정말 딱 필요한 책들만 찾으면 돼요. 그게 다라고요. 맹세코 무슨 문제를 일으키거나 실수를 저지르는 일은 없을 거예요. 네?"

그간 쥬드의 짓궂은 행실들로 인해, 안타깝게도 그의 말은 조금도 신뢰를 얻지 못했다. 시끄러운 울음소리 때문인지 아니면 시아의 성가신 부탁 때문인지, 마담 모리블은 미간을 짚고 한숨을 내쉬며 신경질적으로 말했다.

"정말 귀찮게도 하는구나. 사정은 알겠다만 이미 말했듯이 도서관은……."

큰 소리로 말하고 있는 와중에도 리디아의 울음소리는 마치 지지 않겠다는 듯 더더욱 몰아쳤다. 폭풍우처럼 점점 더 거세지며 고막을 사정없이 찔러 대는 울음소리에 마담 모리블의 인내심도 마침내 조각이 난 모양이었다.

"아아악! 저 빌어먹을 계집아이 같으니!"

더는 못 참겠다는 듯 소리가 나는 방향을 노려보며 욕을 퍼붓는 모양새를 보니 마담 모리블은 도무지 도서관 이용을 허가해 줄 것 같지 않았다.

'나중에 적절한 시간을 봐서 다시 와 봐야 하는 걸까.'

착잡해진 시아가 조심스럽게 입을 열었다.

"저어, 정 그렇다면 생각을 더 해 보시고, 저희는 나중에 다시 올 테니……."

"아니, 아니! 잠깐만."

마담 모리블의 목소리는 평소보다 훨씬 모나게 뻗쳐 있었다. 시아를 바라보는 날카로운 눈빛이 시아를 더욱 불안하게 만들었다.

"……좋은 생각이 났다."

마담 모리블은 먹잇감을 포착한 맹수 같은 눈동자로 시아를 바라보았다. 시아가 슬슬 불안함을 느낄 때쯤, 마담 모리블의 입에서 흘러나온 말이 시아의 심장을 덜컥 내려앉게 만들었다.

"앞으로 매일매일, 리디아가 하루 종일 울지 않게 잘 달랜다면, 그다음 날엔 도서관을 마음껏 쓰게 해 주지. 대신 리디아가 운 다음 날엔 도서관에 발도 못 딛는 거다."

때마침 난폭한 울음소리가 무섭게 귓가를 때렸다. 대답을 재촉하는 마담 모리블의 목소리는 들리지도 않았다.

괴물로 변하면서까지 시아를 위협했던 아이이다. 그런 아이를 시아가 달랠 수 있을 리 없었다.

"그것 말고 다른 일은……."

"안 된다. 나는 분명 조건을 내걸었어. 따를 수 없다면 도서관은 포기해."

리디아의 울음소리를 쫓아낼 방도를 찾아낸 마담 모리블은 완고했고, 시아와 쥬드의 의지와는 무관하게 이미 결론은 지어진 셈이었다. 쥬드가 기겁을 하며 거부했지만 돌아오는 것은 싫으면 관두라는 매정한 대답뿐이었다.

쥬드와 마담 모리블의 언쟁과 저 밖 어딘가에서 휘몰아치는 리디아의 울음소리가 시아를 통째로 집어삼켰다. 그 요란한 우주 속에서 시아는 가만히 몸을 웅크렸다. 무슨 일이든 마음대로 할 수 있다면 얼마나 좋겠는가. 그렇게 생각하니 마음이 울적해졌다. 그녀가 할 수 있는 거라곤 그저 수용하는 것뿐이니.

"리디아한테 가 볼게요."


거절할 수 없는 제안을 받아들인 후 마담 모리블의 관리실에서 나온 시아는 우울한 고민 속에 발을 움직였다.

'그 아이를 만나면 뭐라고 인사해야 할까? 선물이라도 가져가야 할까? 아, 쥬드를 좋아하니까 쥬드와 같이 가면 되지 않을까? 그런데 쥬드도 그 아이와 하루 종일 같이 있어 주진 못할 텐데 어떡한담.'

"시아."

한참을 고뇌에 빠져 있는데, 옆에서 함께 울적하게 걷던 쥬드가 시아를 불렀다. 고개를 돌려 보니 그가 시아를 바라보고 있었다.

"벌써 해가 떴어."

시아는 그것이 무슨 의미일까 잠시 생각해 보다, 낮과 밤을 반대로 살아가는 이곳에선 해가 떴다는 말이 곧 잘 시간이라는 말과 일치한다는 사실을 기억해 냈다.

"리디아도 이제 곧 잠들걸. 걔라고 설마 하루 종일 자지도 않고 울겠어? 우리도 일단은 푹 자고 저녁에 일어나서 걔한테 가 보자."

쥬드가 시아의 눈치를 조심스럽게 살피며 말했다. 눈동자가 살짝 몽롱한 것이 제법 졸린 모양인 듯했다. 시아는 어쩔 수 없이 고개를 끄덕였다. 사실 시아는 지하실에서 나오기 전에 이미 잠을 잤기 때문에 전혀 졸리지 않았다. 지금 같은 상황에서 잠을 자기에는 불안감도 컸고, 한 가지 피어나는 의문점도 있었다.

"그런데, 쥬드."

"응?"

졸음 섞인 목소리로 우물거리는 쥬드를 보며, 시아는 천천히 입을 열었다.

"저어, 리디아는 해고를 당했는데도 이곳을 떠나지 않고 저렇게 떼쓰고 있잖아. 그래서 마담 모리블도 그렇고, 이곳 직원들 대부분이 리디아 때문에 불편해하는 것 같은데, 왜……."

"왜 쫓아내지 않는 거냐고?"

시아의 의중을 눈치챈 쥬드가 웃으며 시아 대신 질문을 끝내 주었다.

시아는 고개를 끄덕였다. 아무리 리디아가 고집을 부리고 떼를 써도 하츠처럼 강력한 고위 직원이 나서서 힘을 쓰면 그녀가 쫓겨나는 것은 한순간일 게 분명했다. 이곳 요괴들은 왜 그런 방법을 두고서 계속 그 시끄러운 울음소리를 감당하는 것일까.

"그야 무력을 써서 쫓아내기엔 이래저래 곤란하니까 그렇지. 음, 그러니까 리디아가 저리 성가시긴 하지만 그래도 공주 출신이거든."

시아는 제 귀를 의심했다.

"공, 뭐?"

"공주. 걔, 여왕님 딸이야."

"진짜로?"

시아가 큰 소리로 물으며 쥬드에게 납득할 만한 설명을 재촉했다.

"나도 소문만 들어서 잘은 몰라. 들려오는 바에 따르면, 여왕님이 꿀벌이다 보니 하루에도 수십 마리의 벌들을 출산하시는데, 그렇게 낳으신 벌들 중 남자아이들은 죄다 병사나 시종 등으로 쓰고 자식으로 여기지는 않으신대."

쥬드가 어깨를 으쓱이며 말했다.

"왜인지는 모르겠지만, 여왕님이 낳으신 벌들 중 여자아이들은 날개와 침이 없다고 하는데, 그래서인지 오직 여자아이들만 자식으로 여기고 키우신다더라. 그 아이들이 공주로 칭송받는 거고. 리디아도 그중 한 명이었는데, 여왕님의 미움을 사 쫓겨난 건지 몰래 가출을 한 건지는 모르겠지만 궁전에서 나와 여기 일을 하다가 해고된 거야.”

시아는 눈을 휘둥그레 뜨고 쥬드를 바라보았다. 리디아가 말로만 들었던 이 요괴 섬의 여왕과 이리도 밀접한 관계일 줄은 꿈에도 몰랐다.

쥬드는 시아가 놀라건 말건 말을 이어 갔다.

“그런데 아무래도 공주 출신이다 보니 무력으로 외부로 쫓아내기엔 어려운 거지. 비록 지금은 공주가 아니지만, 혹시 모르잖아. 언젠가 자기 딸이라고 여왕님이 나설지도.”

설명을 마친 쥬드가 하품을 하며 시아의 흔들리는 눈동자를 힐끗 바라보았다.

“하으으, 음, 그게 그렇게 놀랄 만한 일인가? 여기 요괴들은 다 아는 사실인데. 그나저나 진짜 피곤하다. 자고 싶어. 빨리 가자, 시아.”

쥬드가 팔을 뻗어 기지개를 켜며 말했지만 역시 시아는 이대로 잠들 수 없었다. 시아는 걸음을 멈추었다.

“쥬드, 먼저 가. 나는 잠이 안 와서 다른 데 좀 들렀다가 갈게.”

“뭐? 어디를?”

쥬드의 목소리는 이미 멀찌감치 떨어져 있었다. 시아는

그 자리에 서 있는 쥬드를 뒤로하고 빠르게 달려, 여러 냄비 안에 보관한 약초들이 있는 곳으로, 그러니까 리디아의 옛 방으로 향했다.

# 리디아의 일기장

"노크하고 들어오세요!"라고 삐뚤빼뚤 적힌 분홍색 팻말을 무시하고 안으로 들어가자, 뿌얀 먼지에 파묻힌 소녀의 방 안이 눈에 들어왔다. 부질없는 짓일지도 모르지만, 시아는 이 소녀를 잘 알아야 울음을 그치게 하든 웃게 하든 그녀에게 다가갈 수 있지 않을까 하는 생각이 들었다.

'그게 어디 있었더라.'

이 방에 처음 왔던 날의 기억을 더듬어 손끝으로 선반을 훑었다. 손에 잡힌 것은 손때가 탄 노트였다. 전에 얼핏 보고 시아가 짐작했던 것처럼 그것은 리디아의 일기장이 맞았다. 시아는 먼지들로 뒤덮여 창백해진 일기장 위로 입김을 불어 먼지를 없앴다. 창문 사이로 들어오는 햇빛에 빛바랜 표지가 황금빛으로 물들었다. 시아는 가만히 첫 페이지를 펼쳤다.

**xxxx년 4월 3일**

오늘은 내 여덟 번째 생일이다. 엄마는 나랑 언니들을 데리고 내가 제일 좋아하는 식당에 갔다. 그곳 분들은 모두 친절했고 우리를 위해 신기한 공연도 보여 주었다. 보라색이랑 황금색 눈을 가진 아저씨가 나한테 "생일을 축하드립니다, 공주님." 하면서 내가 먹고 있던 거미줄 스파게티에서 꽃을 꺼내 주었을 때는 신기하긴 했지만, 아저씨 표정이 너무 무서웠다.

멋쟁이 아저씨, 아줌마들이 계속해서 맛있는 걸 가지고 와서 나와 언니들은 배부르게 먹었다. 근데 엄마가 좋아하는 와인을 안 마시길래 왜 그러냐고 했더니, 와인을 마시면 뱀파이어의 최면에 걸리기 때문이라고 했다. 무슨 소리인지 모르겠다.

다 먹고 나서 나는 레스토랑 밖을 구경하고 싶어서 엄마한테 화장실 간다고 거짓말하고 몰래 나왔다. 평소에는 얼음 같은 궁전에만 있어야 해서 오랜만에 밖에 나오니까 여기저기 구경하고 싶었다.

쭉 내려가다 보니까 여러 가지 꽃들이 많은 정원이 나오기에 구경했다. 그곳에서는 아름다운 나무가 자기 눈을 찢으면서 피를 뚝뚝 흘리고 있었다. 너무 무서웠다. 그리고 불쌍했다. 그 나무는 온몸이 아파 보였다. 왜 자기 손으로 자기를 아프게 하는지 궁금했다. 그래서 나는 나무에게 다가가 말을 걸었다. 나무는 자기를 정원사라고 소개했다. 정원사는 꽃들이 피를 마시기 때문에 정원을 가꾸기 위해서는 자기를 상처 낼 수밖에 없다고 했다. 나는 그 정원사가 너무 불쌍해서 내 피를 받지 않겠느냐고 물어보았다. 그랬더니 정원사는 이곳의 모든 식물들은 이미 자신이기 때문에 그럴 필요 없다고 했다. 그게 무슨 말이냐고 하니까 정원사는 그냥 웃었다. 그 미소가 너무 슬퍼 보여서 나는 정원사를 꼭 안아 주었다.

엄마는 나한테 생일 선물로 예쁜 팔찌를 선물해 주었다. 나만 빼고 언니들은 항상 차고 다니는 팔찌라 가지고 싶었는데, 너무 기뻤다! 보석들을 엄청 많이 가지고 있는 용들이 직접 만들어 준 것이라고 한다.


## xxxx년 4월 5일

오늘도 궁전 도서관에서 하루 종일 책을 읽었다. 약초들과 마법에 대한 새로운 사실들을 많이 배웠다. 올리비아 언니는 그런 게 뭐가 재밌냐고 하는데 나는 오히려 언니가 읽는 책이 더 이해 안 된다. 왕자님이랑 공주님이 나와서 뽀뽀하고 결혼하는 게 뭐가 재밌는 건지 모르겠다. 웩.

나는 언니한테 우리도 공주니까 왕자님을 만나서 결혼할 수 있을 거라고 얘기해 줬다. 그러면 언니가 기뻐할 줄 알았는데 이상하게 언니는 슬퍼하는 것 같았다. 언니는 우리는 그러지 못할 거라고 얘기했다. 왜냐고 물어봤지만 언니는 비밀이라고 했다! 너무해!

창밖을 보니 누군가가 분홍색 크레파스로 도화지에 색칠 공부를 해 놓은 것 같았다. 벚꽃을 보자 엊그제 보았던 정원사가 떠올랐다. 나는 어른이 되면 왕자님이랑 결혼하지 않고, 엄마처럼 멋진 여왕님이 되어서, 정원사가 다치지 않아도 꽃들이 자랄 수 있게 해 줄 거다.


**xxxx년 4월 7일**

엄마가 궁전 밖의 벚꽃 나무를 베어 버려야겠다고 했다. 벚꽃이 너무 많아 다니기 불편하다고. 엄마가 그렇게 잔인해 보인 것은 처음이었다. 어떻게 나무를 벨 수 있지? 피 흘리며 꽃들을 보살피던 정원사 나무가 떠올랐다. 너무 슬퍼서 울었다.

시종들이 나를 달랬지만 나는 그래도 슬펐다. 엄마한테 꽃잎들은 내가 매일매일 길 밖으로 치울 테니 나무는 베지 말아 달라 부탁했다. 엄마는 처음에는 불쾌한듯한 표정이었지만 내가 계속해서 조르자 알았다고 대답해 주었다.

엄마는 오늘 평소보다 더 많은 결혼식을 올리느라 피곤해서 예민했던 것 같다. 그래도 웨딩드레스를 입고 왕관을 쓰고 있는 엄마는 언제 보아도 예쁘다. 벚꽃은 엄마 다음이다.

### xxxx년 4월 8일

빗자루로 궁전 밖에 쌓여 있는 꽃잎들을 길 밖으로 쓸었다. 벚꽃은 예쁘니까 길에 쌓여 있어도 눈밭을 걷는 기분인데 엄마는 왜 싫어하는 걸까? 나는 꽃잎들이 구겨지지 않도록 조심해서 살살 쓸었다. 나무뿌리 아래에 토끼 굴이 있길래 그 주변으로 벚꽃들을 모았다.

벚꽃을 정리하는 동안 심심해서 나무랑 이야기도 나누었다. 나무의 익숙한 목소리에 그가 정원사라는 것을 알 수 있었다. 너무 반가웠다. 나무는 자신의 뿌리 아래에 얽혀 있는 굴이 서로 다른 장소와 장소를 이어 주기 때문에 자신 역시 여러 장소에 퍼져 존재한다고 알려 주었다.

제대로 이해하기는 힘들었지만 그래도 기분이 좋았다. 나무는 자

신이 베이지 않도록 도와주어서 고맙다고 인사했다. 나는 나무한
테 예쁜 꽃을 볼 수 있게 해 주어서 고맙다고 인사했다.

궁 밖에서 궁전을 바라보다 안 건데, 궁전을 휘감고 있는 담쟁이
덩굴도 정말 예뻤다. 혹시 그 담쟁이덩굴도 정원사의 일부일까?


**xxxx년 4월 11일**

오늘은 언니들이랑 숨바꼭질을 했다. 나는 정원사 뒤에 숨었는데,
술래인 그레이스 언니가 내 쪽으로 다가오자 정원사가 가지를 내
려 나를 감춰 주었다. 나중에 내가 거기 숨어 있었단 것을 알게 된
그레이스 언니가 내가 속임수를 부렸다고 우겼지만 첫째 언니 올
리비아가 말려 주었다.

그레이스 언니는 나랑 다른 언니들을 많이 괴롭히지만, 그럴 때마
다 첫째인 올리비아 언니가 나선다. 그래도 결국 가장 힘든 건 막
내인 나다!

만약 내가 엄마처럼 독침과 날개를 가지고 있었다면 막내이긴 해
도 가장 강하니까 그레이스 언니가 까불지 못했을 텐데!


**xxxx년 4월 15일**

오늘은 악몽을 꾸었다.

**xxxx년 4월 16일**

엄마는 그냥 원래대로 행동하면 된다고 했다. 아무 생각도 하지 말라고 했다.

**xxxx년 4월 18일**

오늘은 눈알 수프를 먹었다. 정말 맛있었다. 도마뱀 구이를 먹었다. 정말 맛있었다. 책을 읽었다. 정말 맛있었다. 언니들이랑 놀았다. 정말 맛있었다. 도서관에 가서 책을 읽었다. 정말 맛있었다. 눈알 수프를 먹었다. 정말 맛있었다. 화장실에 들어가서 계속 울었다.

**xxxx년 4월 19일**

더는 못 참겠다. 너무 무섭다. 아무것도 눈에 안 들어온다. 계속 눈물이 나온다. 그냥 내가 꿈을 꾼 거였으면 좋겠다.

**xxxx년 4월 20일**

어쩔 수 없다. 여기에라도 적지 않으면 정말로 미쳐 버릴 것 같다. 엄마가 아무한테도 말하면 안 된다고 했지만, 일기장에는 괜찮지 않을까? 괜찮을 거다. 오, 제발. 괜찮을 거야.

며칠 전이었다. 나는 평소와 같이 언니들이랑 숨바꼭질 놀이를 하고 있었다. 그런데 술래인 올리비아 언니한테 잡히고 싶지 않아서 올리비아 언니가 한 번도 가 보지 않았을 만한 방을 찾아 헤매다가 한 번도 보지 못했던 방 안에 들어가게 됐다. 그 방 안에는 커다란 장롱이 있어서 그 안에 들어가 장롱 문틈으로 누가 들어오나 지켜보고 있었다.

엄마가 들어왔다. 엄마 뒤로는 시종이 들어왔다. 시종은 품 안에 갓난아기를 품고 있었다. 갓난아기의 모습은 엄마에 가려서 볼 수 없었고 찡찡대는 소리만 들을 수 있었다.

나는 장롱 밖으로 나가서 엄마 품에 안기고 싶었지만 엄마 표정이 너무 무서워서, 또 왠지 숨어 있었다고 혼날 것 같아서 그대로 숨어 있었다.

시종이 엄마한테 갓난아기를 보여 주며 여자아이라고 그랬다. 나는 장롱 속에서 깜짝 놀랐다. 그동안 계속 남자아이만 태어나서 병사들과 시종들만 늘어나고 동생은 갖지 못했는데, 드디어 여자아이가 태어나 나보다 어린 공주가, 동생이 생긴다니 설레고 놀랍고 기쁘고 그랬다.

그때 엄마가 "그럼 어서 날개와 독침을 잘라야지."라고 말했다. "내 뒤를 이을 여왕벌이 없도록. 날개와 독침을 잘라야지." 그리고 엄마는 아기의 날개와 독침을 맨손으로 잘라 냈다. 장롱 문틈으로 붉은 피가 솟구치는 것이 보였다. 아기는 시끄럽게 울었다.

엄마는 시종한테 아기를 데리고 나가서 치료하라고 했다. 시종과 아기는 방 밖으로 사라졌다. 엄마는 아기의 잘린 날개와 독침을 선반 위에 올려놓았다. 선반 위에는 다른 것들도 있었다.

첫째, 지젤의 날개와 독침.

둘째, 올리비아의 날개와 독침.

셋째, 그레이스의 날개와 독침.

이어지고 이어져서…….

아홉째, 리디아의 날개와 독침.

거기까지 보았을 때 숨이 차올랐다. 너무 충격적이고 무서워서 기절할 것 같았다. 숨이 안 쉬어질 것 같은데 소리를 내지 않으려고 두 손으로 입을 있는 힘껏 막았다. 온몸이 떨렸다. 너무 무서워서 장롱 안에서 한참을 떨었다. 그리고 장롱 문틈으로 아무도 없다는 것을 확인하자마자 장롱 밖으로 뛰쳐나왔다.

그런데 엄마가 장롱 옆에서 활짝 웃으며 나를 기다리고 있었다.

"다 봤니?"

밝은 목소리에 소름이 끼쳤다. 엄마가 방문을 두드리자 병사들과 시종들이 줄을 맞추어 들어오기 시작했다. 굳은 표정과 굳은 자세로, 계속해서 들어왔다. 엄마와 나는 병사들과 시종들에 둘러싸여 서로를 마주 보았다. 수십 개의 시선이, 수십 개의 눈동자가 나한테 쏟아졌다.

엄마는 활짝 웃으며 밝은 목소리로 물었다.

"리디아, 장롱 안에서 무얼 보았니?"

"엄마, 잘못했어요. 한 번만 용서해 주세요. 일부러 본 게 아니에요."

나는 무서웠다. 눈물이 뚝뚝 떨어졌다. 머리카락과 얼굴이 눈물로 뒤덮였다.

그리고 엄마는, 엄마는 옆에 서 있던 시종 하나를 죽였다. 내 옆에 시체가 쓰러졌다. 어제 내 드레스를 다려서 가지고 왔던 시종이었다.

"리디아, 장롱 안에서 무얼 보았니?"

온몸이 후들거렸다.

"어, 엄마가, 아기를……."

공기를 가르는 소리 뒤에 내 옆에 무언가가 쿵 떨어졌다. 고개를 돌리니 오늘 우리에게 아침상을 내어 주었던 시종이었다. 다리에 힘이 풀려 털썩 주저앉았다. 무릎이 절로 꿇렸다.

"리디아, 장롱 안에서 무얼 보았니?"

조곤조곤 묻는 목소리에 눈앞이 새하얘졌다.

"저의 독침과 날개가, 언니들의 독침과 날개가……."

쿵.

차라리 눈을 감았다.

"장롱 안에서, 무얼 보았니?"

뭐라고 대답해야 하는 걸까.

"펴, 평생 못 본 척 살아갈게요. 아무것도 모르는 것처럼, 그냥 조용히……."

쿵.

"리디아, 무얼 보았니?"

나는 소리 내어 울었다. 고통스러워서 더는 이어 갈 수가 없었다. 쿵, 소리가 들려왔다. 이번에는 앞쪽에서. 그렇게 소리는 수차례 반복되었다.

무언가가 나를 축축하게 적시는 것이 느껴졌다. 놀라서 눈을 뜨자 피로 가득한 바닥이 보였고, 시체들이 보였고, 엄마가 보였고, 떨고 있는 한 명의 병사가 보였다.

"리디아, 무얼 보았니?"

눈물이 나왔다. 목소리를 내는 데 온 힘을 다해야 했다.

"저는, 아무것도 보지 못했습니다."

그날 밤, 그 방에서는 한 명의 병사가 살아남았다. 엄마는 빙그레 웃으며 방을 나가면서 일렀다.

"옳지. 시끄러운 아이는 못써."

**xxxx년 4월 22일**

엄마는 아무 일도 없었던 것처럼 나에게 친절하다. 아무것도 모르는 언니들은 밝기만 하다. 나는 엄마가 부를 때만 나와서 밥을 먹고 온종일 화장실에 들어가서 숨죽여 운다. 누구한테라도 털어놓고 싶은데, 그런데 잘못 말했다간, 그랬다간 그때처럼, 그렇게 될까 봐.

**xxxx년 4월 25일**

도저히 견딜 수 없어서 나무에게 털어놓았다. 다른 요괴들은 안 되더라도, 나무는 괜찮겠지. 나무는 비밀을 지켜 줄 테니까.

그런데 나무는 내 이야기를 듣고도 놀라지 않았다. 나무는 궁전을 감싸고 있는 담쟁이덩굴을 통해 모든 것을 다 들었다고 했다. 담쟁이덩굴도 정원사가 맞았던 것이다.

나무는 나를 걱정했다.

**xxxx년 4월 27일**

어제도, 오늘도 나무를 찾아가 이야기를 나누었다. 이제 나는 밥을 먹거나 잠을 자야 하는 시간이 아니면 언제나 나무와 있다. 솔직한 이야기를 들려줄 수 있는 유일한 친구 옆에 있으면 마음이 치료되는 기분이다. 벚꽃이 지기 시작했지만 괜찮다. 나무는 사라지지 않으니까.

**xxxx년 4월 28일**

아아, 어쩌면 좋을까. 나무가 다 말해 줬다.

**xxxx년 4월 29일**

혼란스럽다. 나무는 내가 도망가게 도와주겠다고 했지만, 그럼 언니들은 어쩌지?

**xxxx년 4월 30일**

이제 곧 있으면 그날이다. 손이 떨려서 글씨가 잘 써지지 않는다. 그렇지만 여기에라도 털어놓고 싶다.

며칠 전에 나무가, 엄마가 나를 악마에게 넘겨야겠다고 이야기하는 것을 담쟁이덩굴로부터 전해 들었다고 말해 주었다. 원래는 첫째인 올리비아 언니부터 넘기고, 그다음 차례가 오면 둘째인 그레이스 언니, 이렇게 해서 아홉 번째인 내 차례는 한참 뒤였지만, 엄마는 내가 엄마의 비밀을 알게 된 것 때문에 나를 빨리 넘기기로 했다고 한다.

악마를 본 적은 없지만 도서관에서 책을 통해 읽은 바로는 너무 무서운 존재였다. 난 죽고 말 것이다. 나는 죽을 거야.

나무는, 올리비아 언니 이전의 지젤이라는 별도 악마한테 바쳐져 사라졌다고 말했다. 나는 지젤이 누구인지는 모르지만, 그날 장롱 속에서 지젤의 날개와 독침을 분명히 보았다.

나는 악마한테 바쳐지고 싶지 않다. 나무는 토끼 굴을 통해 나를 다른 곳으로 보내 주겠다고 했지만, 그럼 여기 남은 이들은? 우리 언니들은?


**xxxx년 5월 1일**

나는 언니들을 두고 갈 수 없다. 더는 못 견딜 것 같았다. 그래서 언니들이랑 방 안에 있을 때, 내가 그날 장롱 안에서 보았던 것들을 털어놓았다. 엄마가 우리들을 차례차례 악마에게 바치려는 것도 다 이야기했다. 내 말을 들은 언니들은 얼굴이 하얗게 질렸다. 그런데 이상했다. 아무도 놀라지 않았다. 나는 알 수 있었다. 아,

다 알고 있었구나.

똑똑 노크 소리가 들려왔고, 내가 방문을 열었을 때는 엄마가 환하게 웃으며 서 있었다. 엄마의 밝은 목소리가 아직도 귀에 선하다.

"결국, 말해 버렸네."

무서워서 언니들 쪽으로 뛰어가는데 손목이 아파 왔다. 바라보니 엄마가 내 생일날에 선물로 주었던 팔찌가 손목을 옥죄고 있었다. 팔찌는 빼려고 온 힘을 다해도 절대 빠지지 않았다. 언니들의 팔찌도 마찬가지였다. 이상한 일이 벌어졌다. 정신이 흐릿해졌다. 무서워서 숨이 거칠어졌다. 금방이라도 쓰러질 것 같았다. 겁에 질렸다. 나무가 생각났다. 나무가 도망가게 도와준다고 했는데. 그런데 나무는…….

그러다가 창문이 눈에 띄었다. 나는 정신을 잃기 전에 재빨리 창밖으로 몸을 던졌다. 창가를 휘감고 있던 담쟁이덩굴이 나를 안았다. 나는 정신을 잃었다.

## 리디아의 일기장 (2)

**xxxx년 5월 2일**

나는 나쁜 놈이다. 언니들을 버리고 나 혼자 도망쳤다. 엄마는 나를 사랑하지 않는 걸까?

**xxxx년 5월 3일**

정원사는 내 탓이 아니라고 했다. 하지만 나는 모르겠다. 더 조심했다면 엄마가 들을 일은 없었을 텐데. 더 빨리 말했다면 모두 도망칠 수 있었을 텐데. 나 때문에 언니들이 악마에게 바쳐지면 어떡하지? 악마가 우리 언니들을 괴롭히면 어떡하지? 죽이지는 않겠지? 아닌데. 우리 엄마는 그러실 분이 아닌데. 엄마는 분명 나를 사랑했다. 언니들은 나랑 달리 모두 말 잘 듣는 딸들이니까 계속 사랑해 줄 거야.

**xxxx년 5월 4일**

나는 아직도 팔찌가 손목을 옥죄는 것을 느낀다. 그럴 때마다 정신을 잃는다. 머릿속에서는 나를 다그치는 엄마의 목소리가 날카롭게 울려 퍼진다. 정신이 돌아올 때면 나는 언제나 울고 있었다. 정원사는 나에게 약초를 먹이며 곧 괜찮아질 거라고 했지만 나는 여전히 무섭다. 언니들이 걱정되고, 정원사도 걱정된다. 정원사는 요즘 정원을 가꾸느라 너무 많은 피를 흘린다.

**xxxx년 5월 5일**

꿈에서 헤어나고 싶지만 나올 수 없는 기분, 의식은 있는데 꼼짝없이 깊은 물 속으로 잠식되는 기분. 그런 기분이 들어 눈꺼풀을 들어 올리는 데에 온 힘을 집중했다. 눈은 잘 뜨이지 않았다. 눈가에 힘을 주고 눈꺼풀을 강제로 들어 올리려고 애쓰고 있는 와중에, 눈을 이미 뜨고 있다는 사실을 자각했다. 그 순간 눈을 덮고 있던 안개가 갑자기 걷힌 것처럼 시야가 또렷해졌다.

잠깐이지만 가죽을 도려낸 것처럼 흉악하고 더러운 손이, 때가 낀 손톱으로 정원사를 할퀴어 대는 모습이 눈에 들어왔다. 그리고 나는 다시 정신을 잃었다. 다시 정신을 차렸을 때는 너무 무서웠다. 그 손, 내 거 같았는데…….

**xxxx년 5월 6일**

내가 미친 것 같다. 하루 종일 온몸이 부들부들 떨린다. 앉아만 있는데도 쓰러질 것처럼 숨이 가쁘다. 일기를 쓰는 것이 정신을 유지하는 데에 미약하게나마 도움이 되어 쓰고 있다.

잠깐만. 내가 지금 뭘 쓰고 있는 거지? 오늘도 정원사가 준 약초를 맹물과 함께 먹었다. 정말 맛있었다. 아, 아닌데. 별로 맛있지는 않았던 것 같은데. 분명 썼다. 그걸 먹기 시작한 이후로 이따금 이상한 것을 본다. 오늘은 호수 위에서 흉측하고 포악한 괴물을 보았는데 너무 무서웠다.

**xxxx년 5월 7일**

나는 괴물이 아니다. 아니다. 나는 괴물이 아니다. 나는 괴물이 아니야. 아니다. 아니다. 아니다. 아니라고. 아니다. 절대 내가 아니다. 나는 괴물이 아니다. 제발, 아니다. 나는 괴물이 아니에요. 제

가 잘못했습니다. 저는 괴물이 아닙니다. 아니에요. 아니다. 내가
아니다. 나는 아니다. 괴물이 아니다. 나는 괴물 아니다. 괴물. 나.
아니다. 아니다. 나는 괴물 아닌데. 아닌데. 아니, 나는 괴물. 아니,
아니다. 나는 괴물이다.

**xxxx년 5월 8일**
나는 괴물이다.

**xxxx년 5월 9일**
죽고 싶다.

**xxxx년 5월 10일**
나는 오늘도 호수를 통해 괴물을 보았다. 마음 아주 깊은 곳에서
그 괴물에게 나를 죽여 달라고 소리치고 있지만 슬프게도 그 괴물
은 나였다. 나는 더 이상 내가 아니다.

**xxxx년 5월 11일**
오늘 내가 괴물로 변한 것을 자각했을 때, 나는 최대한 오랫동안
이성을 유지하려고 필사적으로 애를 썼다. 내 의지와 상관없이 옴

직이려는 팔과 다리를 멈추기 위해 몸에 힘을 주는 대신 머릿속으로 끊임없이 저항했다. 나도 모르게 시선이 거울을 스쳤을 때, 흉악하고 무시무시한 얼굴 위로 눈물이 떨어지는 것이 보였다.

**xxxx년 5월 12일**

나를 잃지 않으려고 온 힘을 다하다가 결국 나를 놓쳐 버리고, 얼마인지 모를 시간이 지나 정신을 차렸을 때는 숨을 가쁘게 쉬고 있었고, 주변은 또다시 망가져 있었고, 정원사는 피를 흘리고 있었다. 그 모습에 또 소름이 끼치고 무서워서 눈물이 새어 나왔다. 온몸은 흠뻑 젖어 있었다. 그것이 땀 때문인지, 눈물 때문인지, 아니면 둘 다 때문인지는 모른다. 그냥 너무 비참해서 목 놓아서 울었다. 계속.

멍청하게도, 엄마가 보고 싶었다.

**xxxx년 5월 13일**

오늘도 나를 놓칠까 겁이 나, 하루 종일 괴로웠다. 그런데 힘들 때마다 엄마 품에 안기고 싶다는 사실이 나를 더 괴롭게 만든다. 엄마는 분명 나를 사랑하는 것 같았다. 그랬으면서, 왜 나를 악마한테 바치려고 했던 걸까? 다시 돌아가면 나를 용서해 주지 않을까?

정원사는 이런 기대를 가지면 안 된다고 했다. 절대 돌아가면 안 된다고. 그걸 알면서도 엄마를 만나면 물어보고 싶은 것들이 너무 많다.

하나, 엄마는 나를 왜 버린 건가요? 엄마를 절대 절대 사랑하지 말 걸 그랬어요. 그랬다면 지금보다 천 배는 더 견딜 만했을 텐데.

둘, 엄마는 나를 사랑하지 않은 건가요? 내가 힘들 때마다 나를 품에 안아 주고, 잠이 안 올 때면 자장가를 불러 주던 모습이, 모두 거짓이었다고 한다면 나는 앞으로 무얼 믿을 수 있을까요.

셋, 다시 나를 사랑할 순 없나요?


## xxxx년 5월 14일

매일매일 종일 울어 눈이 너무 부은 나머지 앞이 잘 보이지 않는다. 어쩌면 잘된 일일지도 모르지. 괴물이 된 내 모습을 보지 못할 테니까. 내가 부숴 놓은 모든 것들을 마주하지 않아도 될 테니까. 내가 다치게 한 정원사의 모습을 보지 않아도 될 테니까. 정원사는 내 덕분에 자해를 하지 않아도 꽃들과 나무들을 가꿀 수 있어 괜찮다고 말했지만 나는 더 이상 정원사를 똑바로 마주 볼 수가 없다.

**xxxx년 5월 15일**

정원사가 주는 약초를 먹기 시작한 것은 잘한 일일까. 그걸 먹기 시작한 이후로 그동안은 상상도 하지 못했던 어마어마한 절망감과 비참함을 느끼게 되었는데. 헷갈리기 시작했다.

진짜 내 모습은 아이 리디아인가, 괴물 리디아인가. 두 번째이면 어쩌지? 그 걱정과 불안감에 매일 온종일 온몸을 떤다. 그것을 확실히 하기 위해서, 나는 약초를 하루에 두 개 먹는 것으로 양을 늘렸다.

**xxxx년 5월 16일**

이제 괴물로 변해도 의식을 유지할 수 있는 시간이 조금 길어진 것 같다.

**xxxx년 5월 17일**

오늘 나는 꿈을 꾸었다. 꿈속에서 엄마가 익숙한 방 안으로 걸어 들어왔다. 웨딩드레스를 입고 왕관을 쓴 엄마는 여전히 아름다웠다. 엄마가 소파에 앉았다. 엄마가 언니들을 둘러보았다. 나는 언니들이 괴물이 되어 가는 것을 보며 사무치는 공포와 설움에 소름이 끼쳤다.

큰 소리로 흐느끼며 괴물이 되지 않으려고 또다시 온 힘을 다했다. 기분이 너무 비참해서 머릿속으로는 필사적으로 싸우면서도 숨이 가빠지도록 큰 소리로 흐느꼈다. 계속 울었다. 언니들이 괴물로 변한 모습이 보였다.

엄마는 웃고 있었고, 명령하고 있었다. 책장을 할퀴어! 카펫을 찢어! 더 세게! 의자를 부러뜨려! 언니들이 미친 듯이 방 안을 망가뜨리는 것을 보며 나는 겁에 질려 울었다.

문득 손목을 조이는 팔찌가 아프게 느껴졌다. 너무 아파서 미친 것처럼 소리를 질렀다. 나와 언니들을 놓아주세요. 살려 주세요. 여기 내가 죽어 가요. 도와주세요. 그렇지만 아무리 크게 소리를 질러도 소리는 나오지 않았다.


### xxxx년 5월 25일

정원사의 약초가 많은 도움이 되었다. 이제는 내 의지에 따라 모든 것을 결정할 수 있게 되었다. 팔찌가 조여 와도, 괴물이 되라는 환청이 들려도, 나는 괜찮다. 다만 가끔 너무 슬프거나 화가 날 때, 감정이 북받칠 때는 괴물이 되고는 한다. 그러나 정원사는 그것도 점점 나아질 거라고 했다.

나는 정원사에게 왜 엄마가 언니들과 나를 차례대로 악마에게 바치려고 하는지, 이 팔찌는 무엇인지, 언니들은 어떻게 되었는지, 여러 가지를 물어보았다. 그러나 정원사는 아무것도 대답해 주지 않았다.

**xxxx년 5월 27일**

정원사는 나를 전처럼 대해 주지 않는다. 정원사는 엄마가 나 때문에 궁전의 담쟁이덩굴을 자르고, 벚꽃 나무를 베어 버렸다고 했다. 그리고 더 이상 나무와 담쟁이덩굴에 둘러싸이지 않도록 궁전을 하늘 높은 곳으로 옮겼다고 말했다. 나는 정원사에게 미안하다고 했다. 그러나 정원사는 내 사과를 받아 주기엔 상처가 너무 깊었다. 정원사는 나를 미워하지 않았지만 그렇다고 전처럼 아껴 주지도 않는다. 나는 그녀와 그녀의 정원을 너무 많이 다치게 했다. 엄마처럼, 정원사도 나를 사랑해 주지 않을까 봐 겁이 난다.

**xxxx년 5월 31일**

요즘 정원사는 나에게 자신이 가지고 있는 약초들의 효능과 그것으로 만들 수 있는 약물에 대해 자세하게 설명해 준다. 나는 워낙 약초들과 마법에 관심이 많기 때문에 정원사의 설명을 듣는 것이 무척 재미있다. 궁전 도서관에서 책으로 배웠을 때보다 더 재미있다.

정원사가 나를 더는 사랑하지 않을 거라고 생각했는데, 내 생각이 틀렸나 보다. 다행이다.

## xxxx년 6월 4일

정원사가 알려 준 대로 약초들을 가지고 실험을 해 보고 약물도 직접 만들어 보았다. 너무 즐거웠다. 정원사는 나보고 똑똑하다고 했다. 복잡하거나 어려운 것도 곧잘 한다고 칭찬해 주면서, 어쩌면 내가 훌륭한 마녀가 될 수 있을지도 모른다고 했다. 마녀가 되는 것에 대해서는 생각해 본 적이 없었지만, 어쨌거나 칭찬을 들어 기분이 좋았다.

## xxxx년 6월 7일

오늘은 약초와 꽃으로 멋진 향수를 만들어서 정원사에게 선물했다. 정원사는 무척 기뻐했다. 언젠가는 정말로 훌륭한 마녀가 되어서 언니들을 구하러 갈 거다.

## xxxx년 6월 12일

정원사는 나쁜 놈이다.

**xxxx년 6월 13일**

정원사는 나를 버렸다.

**xxxx년 6월 15일**

정원사가 나에게 약초에 대해 알려 주었던 것은 나를 마녀로 만들기 위해서였고, 나를 마녀로 만든 것은 나를 어서 레스토랑 직원으로 넘겨 버리기 위해서라는 것을 알았다.

**xxxx년 6월 16일**

내가 가기 싫다고, 함께 지내고 싶다고 울며 매달려도 냉정하게 루이에게 나를 넘기던 정원사의 표정이 아직도 떠오른다. 내가 실험에 성공할 때마다 칭찬하던 표정도, 향수를 선물하자 기뻐하던 표정도 전부 가짜. 모두 가짜다. 나를 사랑하는 줄로 알았던 엄마도, 정원사도.

**xxxx년 6월 20일**

생일에 나를 축복해 주었던 이곳 요괴들이 지금은 전부 나를 싫어한다. 누군가는 나를 버림받은 공주라고 하고, 누군가는 나를 괴물이라고 한다. 나의 생일을 축하하며 꽃을 건네주었던 루이는 내가 제대로 일하지 못할 때마다 무섭게 혼을 낸다.

### xxxx년 6월 25일

나는 벚꽃이 싫다. 벚꽃을 보면 안 좋은 기억이 생각난다. 그런데 오늘 계단을 내려가다가 벚꽃을 빗자루로 쓸며 길을 내는 남자아이를 보았다. 연한 갈색 머리카락에 커피색 눈동자를 가진 그 아이는 마치 예전의 나와 같았다. 이름이 쥬드라고 했다.

시아는 달달 떨리는 손으로 일기장을 덮었다. 정신이 혼미해져 머릿속이 뿌옇지만 얼룩져 번져 있던 잉크가 들려준 이야기는 또렷했다. 세상에서 가장 의지하던 엄마에게 버림받은 여덟 살 여자아이의 설움, 언니들을 두고 도망쳐 버린 것에 대한 죄책감, 괴물로 변하는 자신을 향한 공포, 친구에게서 또다시 버림받은 상처, 수많은 감정들이 얇은 종이에 꾹꾹 눌려 담겨 있었다.

시아는 이 상처 많은 아이의 방 안을 둘러보았다. 혼자서 머리 묶는 연습을 했는지 너덜너덜 늘어진 머리 끈과 머리카락이 흐트러져 있는 화장대, 일기장에서 보았던 언니들의 이름이 낙서로 새겨진 책상, "변하면 안 돼."라고 적혀 있는 메모지.

레스토랑에서 해고된 후에도 방 안에 요괴들이 들어오지 못하게 쫓아냈다고 했는데, 혹시 방 안에 두었던 일기장 때문이었을까.

벚꽃을 쓸고 있던 소년을 향한 짝사랑, 그의 이름이 쥬드라는 것을 알게 되었을 때의 들뜸, 야콥이 자신을 대체하면서 레스토랑에서도 버림을 받아 믿음이라는 감정을 잃어버린 후의 담담함, 언니들을 구하러 가고 싶으면서도 레스토랑에서 쫓겨나면 여왕에게 잡힐까 두려워하는 마음, 매일 울며 레스토랑에서 쫓겨나지 않기 위해 홀로 악착같이 버티는 와중에 느끼는 고독, 인간이 왔다는 소식에 대한 호기심…… 많은 것들이 유일한 말벗인 일기장에 고스란히 적혀 있었다.

그렇다면 이 아이는 지금 어디에 있을까. 시아가 자신의 방 안에 들어와 치료 약을 끓이고, 쥬드와 이야기하고, 일기장을 보는 동안, 어째서 나타나지 않았을까. 일기장에는 시아가 레스토랑에 왔다는 소문을 들은 날의 일이 마지막으로 적혀 있었다. 하지만 시아를 처음 만났던 날에 대해서는 적혀 있지 않았다.

리디아와 시아가 처음 만난 날. 시아가 쥬드와 함께 리디아로부터 도망쳤던 날. 둘은 그들을 쫓아온 리디아를 어떻게 했던가.

시아의 심장이 침몰하는 배처럼 무겁게 가라앉았다. 시아는 리디아의 방에서 나와 어딘가로 헐레벌떡 뛰어갔다. 겨우겨우 그날의 기억을 더듬어 머릿속으로 길을 따라갔다.

잠시 길을 헤맨 끝에 다다른 문은 안개 같은 기억과 일치했다. 시아는 아니기를 바라는 마음으로 문을 열었다. 낯익은 어둠 속에서는 밧줄에 온몸이 묶여 있는 여자아이가 축 늘어져 있었다. 시아는 다리에 힘이 풀려 털썩 그 자리에 주저앉았다. 꼬박, 일주일째였다.

빨간 머리카락이 헝클어져 얼굴과 목덜미에 엉겨 붙어 있었다. 밧줄 안에 가두어진 몸은 흐느낌으로 미세하게 흔들렸다. 시아는 움직일 수 없었다. 감히, 움직일 수가 없었다. 온몸이 떨려서 다가갈 수가 없었다.

처음에는 충격이 다가왔고, 그다음에는 죄책감, 그다음에는 절망과 슬픔과 자기혐오. 감정은 차례차례 다가왔다. 비참한 감정들이 시아의 심장에 한꺼번에 쓸려 왔다.

'쥬드가 분명, 계란들이 굴러가다 리디아를 발견하고 풀어 줄 거라고 했는데……. 그러니까…… 밧줄로 묶어 두고 도망가도 괜찮을 거라고, 그래서 나는, 그런 줄로 알고…….'

"버림받은 공주."

"쓸모없는 마녀."

"괴물."

계란들이 깔깔거리며 놀리고 있었다.

저항도 하지 않고 체념한 듯 늘어진 리디아는 상당히 지쳐 있는 것 같았다. 그 모습이 무서울 정도로 구슬프게 느껴졌다. 시아는 천천히, 몸을 일으켜, 리디아에게 다가갔다. 그리고 떨리는 손으로 어린아이의 몸에 감겨 있던 밧줄을 풀기 시작했다.

갑작스러운 손길에 리디아는 감았던 눈을 떴다. 흘러내린 머리칼 사이로 시아를 발견한 리디아의 눈동자가 순식간에 분노로 물들었다. 끓어오르는 감정을 주체하지 못한 아이의 입에서 고통스러운 괴성이 터져 나왔다.

리디아의 얼굴이 종잇장처럼 일그러지다, 곧 전혀 다른 모습으로 변하기 시작했다. 손목을 조이는 팔찌 부근에서부터 포악한 털이 번지며 서서히 바뀌어 가는 리디아의 모습에, 시아는 서둘러 그녀를 꼭 안았다. 품속에서 발악하는 작은 몸이 거칠게 변해 가는 것이 느껴졌다. 시아는 리디아를 더 세게 끌어안았다.

그사이 시아를 때리던 작은 손은 어느새 날카롭고 시커먼 때가 묻은 손톱으로 변해 그녀를 할퀴었다. 고개를 세차게 저으며 소리 지르던 입은 으르렁거리며 뾰족한 이빨로 시아를 물어뜯으려 애를 썼다. 눈물을 흘리던 붉은 눈동자는 광기로 번뜩였다. 시아는 아이를 더 꼭 끌어안았다.

"미안해. 변하는 너를 보고 도망가려고 해서. 나도 모르게 겁을 먹어 버려서. 너는 괴물이 아닌데. 미안해. 멋대로 너를 착각해서."

시아가 목소리에 힘을 주며 말했다. 그녀는 몸부림치는 리디아를 세게 끌어안고서 한참 동안 사과의 말을 정신없이 되뇌었다. 어느새 리디아는 멈춰 있었다. 품 안의 저항은 잦아들고 흐느낌이 온몸을 적셔 왔다.

"갑자기 왜 이러는 거야?"

그렇게 묻는 아이의 목소리에는 혼란과 의심이 섞여 있었다. 시아는 무어라 대답해야 할지 망설였다.

"너의 일기장을 봤어."

순간 리디아의 어깨가 굳는 것이 느껴졌다. 하지만 그녀는 그렇다고 해서 시아의 품속에서 나오지는 않았다.

"미안해."

시아는 다시 사과할 수밖에 없었다. 그러나 리디아는 크게 상관하지 않는 것 같았다.

"사실 뭐라고 적었는지 기억나지도 않아. 일기를 쓸 때마다 항상 제정신이 아니었거든."

담담한 목소리에 시아는 마음이 아팠다. 일기장을 훔쳐본 것 정도로 화를 내기엔 너무 많은 가시가 박혀 있는 삶이라니……. 열여섯 살 시아가 느끼기에도 충분히 안쓰러운 삶이었다.

리디아는 그저 시아의 품속에서 축 늘어져 있을 뿐이었다. 신뢰와 의지에서 비롯된 것은 아니지만, 그래도 잠시 쉬어 가고자 하는 지친 움직임이었다.

시아는 쉽사리 말을 꺼내지 못했다. 어떤 약속을 하기에는 너무나 상처가 많은 아이였다. 말 한 마디 한 마디에 막중한 책임감과 부담감이 그림자처럼 따라붙었다. 하지만 그냥 지나치기에 시아는 이 아이에게 지은 죄가 있었다.

"리디아, 우리 친구 하자. 떠나는 순간까지 네 편이 되어 줄 거야."

감흥 없는 무표정에 시아는 다급하게 덧붙였다.

"거짓말이 아니야. 약속해."

그러나 달라지는 건 없었다.

"어설픈 동정심으로 함부로 약속하지 마. 믿고 있다가 깨져 버렸을 때의 괴로움은 감당하기엔 너무 벅찼어. 차라리 처음부터 쭉 아무것도, 아무도 믿지 않는 편이 나아."

바람에 흩날리는 벚꽃을 보면 아이는 아직도 마음이 아려 온다. 그리고 그 바람에 실린 추억에, 두고 온 언니들을 걱정한다. 그러다 견디기 버거울 만큼 괴로우면, 비참하게도 저도 모르게 엄마에게 안기고 싶다고 생각한다. 그러면 아이는 이루 말할 수 없이 슬퍼진다. 결국 그렇게 또 하나의 생채기가 마음에 새겨진다.

그렇게, 아이의 마음에는 상처가 너무 많이 남아, 이제는 누군가를 신뢰하고 의지한다는 것이 불안하고 힘겹게 다가왔다. 더는 견딜 자신이 없을 정도로. 개인과 개인, 믿음과 믿음, 그 관계와 감정에 따르는 책임과 결과는 소름 끼치도록 무서운 것이었다.

"내 곁에 있어 준다고, 약속하겠다고, 그렇게 말하지 말아 줘."

그만큼 겪고서도, 겨우 그 정도 말에 흔들리는 자신이 비참하니까. 반복되는 뻔한 결말을 알면서도 얄팍한 가능성에 설레서 허덕이는 과정이 괴로우니까. 더는 겪고 싶지 않을 정도로. 리디아는 지쳤던 것이다.

"정원사의 말도 거짓말은 아니었어. 단지 그 순간엔 진심이었던 마음이 변한 것뿐이야."

"나는 그러지 않을 거야. 그러니까 이제……."

"언니, 상황이 진심을 바꿔."

경험에서 나온 말이 묵직하게 와닿았다.

시아는 조용히 자신의 경험을 회상했다. 해돈의 포박과 하츠의 협박, 쥬드와 히로의 진심. 상황이 진심을 바꾼다. 하츠가 쥬드를 가지고서 자신을 위협하던 순간이 떠올랐다.

'상황이 진심을 바꾼다고?'

시아는 하츠의 경고에 겁에 질려 쥬드를 밀어내고자 노력했었다.

'상황이 진심을 바꾼다고?'

그러나 쥬드는 시아가 한 발 멀어질 때마다 두 발 더 가까이 다가왔다.

'상황이 진심을 바꾼다고……. 그런데 쥬드는 여전히 소

중한 친구로 곁에 남아 있잖아.'

시아는 리디아를 바라보며 확신할 수 있었다.

"너를 처음 본 날, 나는 변하는 너를 보고 겁을 먹었어. 괴물이라고 생각했어. 하지만 오늘, 나는 변하는 너를 안아 주었지. 더는 네가 괴물처럼 보이지 않았거든. 그냥 아파 보였어."

시아가 담담하게 말했다.

"순서가 바뀌었어. 진심이 상황을 바꾸는 거야."

한 마디, 한 마디로 아이의 눈동자에 깃든 두려움을 조금씩, 조금씩 지워 가며 시아는 다짐했다.

"내가 너에게 그런 진심이 되어 줄게."

## 작전 개시

태양이 하늘에 완연하게 떠올랐다. 밝아진 하늘 아래 레스토랑은 한적했다. 뒤죽박죽 솟아 있는 굴뚝들은 더는 연기를 뱉어 내지 않았고, 시원한 밤바람에 실려 오던 음식 냄새와 주방 소리들은 침묵했다. 요괴들로 가득 차 왁자지껄하던 복도, 계단, 레스토랑, 정원, 다리 위, 모든 곳이 텅 비어 고요했다.

그러나 레스토랑에 넓게 깔린 침묵마저 차마 닿지 못한 곳이 있었다. 복잡하게 꼬여 있는 에메랄드색 계단들을 따라 올라가면, 노크를 요구하는 팻말이 걸린 방이 나온다. 그 안에서는 두 소녀가 도란도란 대화를 나누고 있었다.

"언니, 벌써 아침이다."

새벽이 색칠해 놓고 간 방 안의 푸르스레한 빛깔이 뽀얗게 물드는 것을 발견했을 때는 아침이 된 지 한참이 지난 뒤였다. 요괴들의 생활 리듬에 맞추어 낮과 밤을 바꾸어 생활하던 시아는 창밖을 신기하다는 듯이 바라보았다. 밤마다 요괴들로 가득 차 북적이던 레스토랑만 보다가 이처럼 한적하고 고요한 모습을 보니 레스토랑이 낯설게 느껴졌다.

꽃향기가 섞인 산뜻한 봄바람이 머리카락을 간질이는 것을 느끼며 이곳이 이리도 평화로울 수 있구나 생각하는데 품 안으로 무언가가 들어왔다. 고개를 내리니 리디아가 시아의 품에 기대 있었다. 일주일간 밧줄에 묶여 있느라 붉게 부어오른 몸을 그 밧줄을 묶었던 자의 품속에 누이고, 고맙게도 편안히 잠이 들고 있었다. 그 모습이 안쓰럽고 미안하게 다가와 시아는 리디아의 얼굴 위로 흘러내린 머리카락을 떼어 주고 품속에 보듬었다.

합쳐진 두 소녀의 그림자 위가 새하얗게 물들 즈음에는 방문을 노크하지도 않고 들어온 침묵이 그녀들의 옆자리에 조용히 자리를 잡았다. 그렇게 두 소녀는 까무룩 잠이 들었다.

시아가 잠에서 깨어났을 때, 하늘이 햇빛을 벗으며 얼굴을 붉히고 있었다. 복숭앗빛 노을에 젖은 레스토랑에 주홍빛 등불이 하나둘 들어오고, 얌전했던 굴뚝은 연기를 다시 토해 내며 손님을 맞이할 준비를 하고 있었다.

"언니."

기척을 느낀 리디아가 눈을 부스스 뜨며 시아를 불렀다.

"잠시만 기다려. 금방 다시 올게."

시아가 자그맣게 속삭이자 리디아는 순순히 고개를 끄덕였다. 하품을 하는 리디아를 뒤로하고, 시아는 밖으로 나왔다.

앉은 채로 잠이 들어 뻐근한 몸을 펴고서, 시아는 막 잠에서 깨어나 생기가 돌기 시작하는 레스토랑의 계단들을 빠르게 내려갔다. 시아는 손님들을 받기 위해 바쁘게 준비하며 오가는 요괴들을 지나치며, 지하실의 썩은 나무문까지 단숨에 도달했다. 그 애를 오래 기다리게 하고 싶지 않아 서둘렀다.

다행스럽게도 아직 자고 있는 야콥을 뒤로하고, 시아는 쥬드의 방으로 올라갔다. 가방에 배달할 약들을 넣고 있던 쥬드는 시아를 보자마자 눈을 크게 뜨며 펄쩍 뛰었다.

"야, 너 진짜! 어디 있었어? 길도 잘 모르는 게 갑자기 어디를 홀랑 가서는 낮 동안 내내 안 오고! 물론 잠잘 때는 넓어서 좋았지만……. 일어나 보니까 없어서 얼마나 걱정했는지 알아?"

기다렸다는 듯이 다다다다 잔소리를 늘어놓으며 목소리를 높이는 쥬드를 시아는 가만히 노려보았다. 잘못은 네가 해 놓고 뭘 그렇게 보냐는 듯한 쥬드의 눈빛에 시아가 쌀쌀맞게 대꾸했다.

"너 다 알고 있었지?"

"뭘 알아?"

"저번에 네가 리디아 묶어 놓자고 했을 때! 에그 타임에 계란들이 발견하면 풀어 줄 테니 묶어 놔도 될 거라고 했잖아! 사실은 아무도 그 애를 풀어 주지 않을 걸 알았으면서."

"아니, 갑자기 무슨 소리야?"

쥬드가 황당하다는 듯이 팔짱을 끼고 소리쳤으나 시아는 물러서지 않았다. 시아는 분명 기억했다. 시아가 약초들을 끓일 공간을 찾았던 날, 쥬드는 시아를 리디아의 옛 방으로 데려갔었다. 그리고 리디아가 찾아와서 횡포를 부리면 어떡하냐는 시아의 걱정에 이렇게 대답했었지.

'지금 리디아는 어디 가지도 못하는 처지야. 왜냐하면 지금 리디아는…….'

'왜냐하면 지금 리디아는 묶여 있으니까. 아직까지도.'라
는 뒷말을 하지 않았던 그는 시아를 보며 웃었었다. 어떻게
애가 그 지경이 되어 가는 것을 알면서도 그렇게 해맑게 웃
어 보일 수가 있었을까. 실망감이 앞섰다.

"어떻게 그럴 수가 있어, 쥬드!"

시아는 그를 원망하고 있었다. 그렇다고 화를 낼 수도 없
었다. 너무나 실망스러웠다. 그래도 그는 조금 다르다고 생
각했었다. 고통과 희생 그리고 죽음을 가벼이 여기는 요괴
들의 끔찍한 가치관도, 그에게만큼은 예외이리라 생각했다.
쥬드의 눈은 항상 따뜻하고 밝게 빛나고 있었으니까.

"시아."

차분해진 목소리가 시아를 불렀다. 고개를 들어 보니 커
피색 눈동자가 시아를 진지하게 바라보고 있었다.

"그 애는 떼어 내려 하면 계속 쫓아왔어. 어쩔 수 없었잖아."

"알아. 하지만 그렇다고 해서 일주일이 다 되어 가도록 묶
여 있는 걸 알면서도 내버려 두다니. 나는……."

"다시 풀어 주러 갔다가 또 얼마나 성가시게 할 줄 알고."

"……그래도."

'그래도'라는 말이 입가에 끈질기게 달라붙었다. 시아는

리디아가 왜 그렇게까지 애정을 갈구하게 되었는지 그 사연을 알고 있었다. 게다가 쥬드는 리디아가 수많은 상처를 받고 오랜만에 애정을 가져 보는 상대였다. 그것도 여자로서. 그런 애정의 대상인 쥬드가 리디아를 이해하고 한편이 되어 준다면 리디아에게는 그 자체만으로도 큰 도움과 지지가 되지 않을까 하는 생각이 들었다.

"하아, 시아. 그래, 솔직히 내가 너무 심했다는 걸 부정할 수는 없지. 그것도 그렇게 어린애한테."

시아가 어떻게 하면 쥬드를 설득시킬 수 있을까 고민하고 있던 찰나, 예상외로 쥬드가 쉽게 수긍하는 태도를 보였다. 쥬드의 눈매가 아래로 처졌다. 잘못을 인정하며 쥬드가 시아를 시무룩하게 내려다보았다.

"그러니까 그렇게 심각하게 보지 마. 내가 리디아한테 가서 사과할게."

쥬드가 순순히 말했다.

"다시 생각해 보니, 그때는 내가 너무 흥분해서 그랬던 것 같다. 워낙 떼를 쓰니까 무서워서 차마 풀어 주러 갈 용기도 못 냈던 것 같고."

쥬드가 멋쩍게 웃었다. 시아는 자신의 손을 잡고 얼른 리디아에게 가자고 말하는 쥬드를 바라보았다. 쥬드에게 실망감을 느꼈던 것이 무색할 만큼, 자신의 말을 수용하고 빠르게 받아들이는 그의 태도에 안도하면서도 기분이 묘했다. 그리고 이상하게도 그 기분은 쥬드가 리디아를 만나 사과할 때까지도 여전했다.

"리디아, 그…… 나 기억하지? 전에 내가 너를…… 음, 그러니까 묶어…… 놨었잖아."

쥬드가 이토록 누군가를 대하는 것에 있어 어색해하고 어쩔 줄 몰라 하는 것은 처음이었다. 어떤 상황에서 어떤 상대를 만나든지 언제나 능숙하고 능글능글하게 대처해 오던 그가 지금은 난감하다는 듯이 큼직한 커피색 눈동자를 우왕좌왕 굴리고 있었다.

"그게, 나도 그러면 안 된다는 건 알고 있었는데 말이야. 그때 상황이 상황이다 보니……. 아, 그러니까 수정 구슬도 그렇고……."

자기도 자기가 무슨 말을 하는지 모르겠다는 표정으로 논리 없이 이야기를 횡설수설 늘어놓던 쥬드가 시아를 힐끔 쳐다보았다. 시아가 제대로 좀 말하라는 듯 손짓을 하자 쥬드는 울상이 된 채로 괜스레 헛기침만 했다.

그리고 이번에는 비장한 표정으로 다시 입을 여는데, 쥬드가 다시 사과의 말을 꺼내기도 전에 리디아가 그의 품에 와락 안겼다.

"오빠!"

쥬드를 부르는 리디아의 모습은 영락없이 첫사랑에 푹 빠져 버린 소녀의 그것이었다. 온몸이 얼어붙은 쥬드의 두 팔은 갈 곳을 잃고 허공에서 어색하게 멈추어 있었다.

"으응, 그래, 그래."

한동안의 침묵 후 어설프게 리디아의 등을 토닥이는 쥬드의 어쩔 줄 몰라 하는 표정에 시아는 그만 웃음을 터뜨렸다.

어두워진 저녁을 주홍빛 등불들이 따뜻하게 채웠다. 연기를 내뿜는 요리실들 사이로 골목길처럼 나 있는 에메랄드색 계단은 급히 오가는 직원들로 가득 차 있었다. 요리하는 소리 사이로 직원들의 바쁜 목소리들이 섞여 들려왔다. 그보다 더 아래에서는 다리를 건너 레스토랑으로 몰려오는 손님 무리의 거대한 형체가 아득하게 보였다.

어두운 하늘 아래에서도 반짝반짝 빛나며 북적이는 레스토랑은 끝없이 펼쳐진 그림처럼 아름다웠다. 하츠는 베란다 난간에 올린 한쪽 손에 턱을 괴고 이 생동감 넘치는 모습을 감상했다.

'무얼 고를까, 무얼 고를까……. 무엇이 좋을까?'

선택지는 많았으나 신중해야 했다. 인간에게 내줄 다음 일거리를 고르는 하츠의 눈동자가 계속해서 움직였다. 끝없이 펼쳐진 레스토랑에서는 무수한 직원들이 오가며 바삐 움직였으나 아직까지는 이거다 싶은 일거리가 눈에 들어오지 않았다.

인간이 감당하지 못할 정도이면서 제대로 이루어지지 않아도 레스토랑의 운영에는 타격이 크지 않을 만한 일거리. 그리고 지켜보는 재미 역시 적당히 가미해야 한다. 이 조건들을 모두 만족하는 일감을 찾기란 쉽지 않았다.

하츠는 턱을 괸 팔꿈치를 난간에 완전히 기댄 채 반만 뜬 눈으로 계속해서 아래를 훑어보았다. 그러나 수많은 선택지에 그는 점점 질리기 시작했다. 결국 아무것도 결정하지 못한 채 "쯧." 하고 혀를 차며 난간에서 몸을 떼는데, 문밖에서 조심스러운 노크 소리가 들려왔다.

"들어와."

열리는 문 사이로 잿빛 그림자를 드리운 반듯한 신사에게

서 보이는 유일한 빛은 보라색과 황금색 눈동자였다. 돋보기안경 너머의 딱딱한 눈빛이 선명한 색감의 빛을 아프게도 쏘았다. 하츠는 뒤로 돌아 양 팔꿈치를 난간에 기대며 루이를 마주 보았다.

"해돈 님의 말씀을 전하러 왔습니다."

하츠는 오른손을 들어 올려 말해 보라는 손짓을 했다.

"해돈 님께선 건강 상태가 점점 더 빠른 속도로 악화되고 있어 인간의 심장을 먹는 데에 조바심을 내고 계십니다. 이에 따라, 인간이 완수하지 못할 식당 일을 제시하여 심장을 쟁취하는 분부를 맡은 자, 하츠는 맡은 바 일을 빠른 시일 내에 달성하여 심장을 대령하기를 촉구하는 바입니다."

루이가 두꺼운 서적을 읽듯 무미건조하게 읊조린 말은 너무나도 뻔한 것이라 하츠는 그저 하품만 할 뿐이었다.

"지난번에 인간이 식당 일을 완수할 수 있도록 도와주었다던 요괴는 누구인지 찾아낸 겁니까?"

루이의 물음에 하츠는 가만히 미소를 지었다. 폐쇄된 공연장에서 친구들에게 화살을 겨누었을 때 인간의 표정이란…… 누가 도와준 것인지 훤히 보여 주는 그 솔직한 표정을 감상한 것이 아직까지도 하츠에게 흥미로운 기억으로 남아 있었다.

"덕분에."

루이는 하츠가 아이디어를 실현할 수 있도록 공연장을 내주고 쏟아질 화살들을 구비해 주는 등 잡다한 일들을 맡아 해 주었었다.

"반역자는 어떻게 처리하셨습니까?"

루이의 짐작과는 전혀 다른 답변이 들려왔다.

"뭐, 일단은 그냥 뒀어."

순간 루이는 하츠의 정신이 드디어 이상해진 것은 아닌지 잠깐이나마 그 가능성을 고려해 보았다. 그런 루이의 표정을 본 하츠가 웃었다.

"아무 생각 없이 그런 건 아니야. 나중에 더 큰 재미를 보려고 살려 둔 거지."

겁에 질려 버린 인간의 표정과 눈빛과 눈물 몇 방울이 허공에 선연하게 그려졌다. 애처로운 허상에 하츠는 자신할 수 있었다.

'이제는 아무도 그 아이를 도와주지 않을 테지. 그 애가 도움받는 것 자체를 두려워할 테니까.'

결코 그 두려움을 감당하지 못할 것이다. 이제, 절대로 완수하지 못할 일거리를 찾아 주기만 하면 되는데…… 무엇이 좋을까.

다시 생각에 빠지려는 순간 베란다 바깥 저 아래 어딘가에서 고함이 들려왔다.

"너 이 새끼 잘 걸렸다! 내가 또 오면 너부터 끌어내리려고 작정하고 있었지."

천박한 말씨와 시끄러운 목소리에 하츠는 눈살을 찌푸리며 소란이 들려오는 쪽을 내려다보았다. 워낙 멀리까지 계단과 요리실들이 펼쳐져 있는 구조라 자세히는 보이지 않았으나, 저 아래 레스토랑에서 낯익은 형체가 난동을 부리는 것이 눈에 들어왔다.

"참 요란하기도 해라."

하츠가 담백한 목소리로 중얼거리며 총을 꺼내 들었다. 계속해서 귀를 따갑게 하는 성가신 자를 향해 총구를 겨누는 순간, 루이가 또 옆에서 귀찮게 잔소리를 했다.

"쏘면 안 됩니다. 매출에 상당한 타격을 줄 겁니다."

하츠는 웃으면서 총을 빙빙 돌렸다.

"하긴, 루이 당신이 어떻게 다시 끌어들인 손님인데. 죽으면 아깝겠네."

그를 총으로 겨눈 것은 루이를 놀리고자 했던 가벼운 장난이었는지, 하츠는 총을 쉽게 거두었다. 그러고는 여전히 웨이터를 향해 소리를 지르고 있는 위즈워스를 돌아보았다.

루이의 공연 이후 다시금 재산을 불린 위즈워스는 루이의 의도대로 레스토랑에 단골로 돌아와 있었다. 그러나 재력을 회복하자 됨됨이가 더 교만해졌는지, 웨이터에게 떵떵거리는 모습이 여간 꼴사나운 것이 아니었다.

"저 웨이터는 오늘부터 해고인 건가?"

하츠가 장난스럽게 추측하자 루이는 마지못해 고개를 끄덕였다.

"냉담해라."

뻔뻔한 소리를 하며 하츠가 혀를 끌끌 찼다. 루이가 한숨을 쉬었다.

"저 웨이터는 위즈워스가 도박으로 돈을 탕진하고 레스토랑에서 난동을 부리던 날 그를 말리던 자였는데, 그게 위즈워스에게 앙금으로 남았나 보네요. 레스토랑의 이익을 위해서는 상당한 양의 수익을 내어 주는 손님을 잃지 않는 쪽으로 조치를 취해야겠지요."

웨이터를 다시 고용하고 교육을 시키는 것도 번거로운 일임을 아는 루이는 관리인 마담 모리블의 히스테리를 예상하며 위즈워스로부터 고개를 돌렸다.

하츠에게 해돈의 말을 전했으니 이제 방 밖으로 나가려는 그를, 하츠가 넌지시 불러 세웠다. 아래로부터 시선을 떼고 루이를 향해 돌아선 하츠의 입가에는 고상한 미소가 걸려 있었다. 드디어 인간에게 줄 일거리를 찾은 것이다.

만족감과 절망감이 공존하는 밤이었다. 하늘은 물감이 물에 섞이듯 빠르게도 색깔을 바꾸어 갔다. 선명한 빛깔로 채워졌던 어두운 밤의 색깔이 어느덧 조금씩 옅어지고, 주홍빛 등불은 하나둘씩 잠이 들었다. 공기를 타고 번져 나가던 북적이는 소음도 차차 멎어갔다. 새벽이 오자 손님들이 나가고 평화가 걸어와 레스토랑 문을 두드렸다. 그러나 그것이 일찌감치 찾아와 온종일 자리 잡고 있는 곳이 하나 있었다.

"벌써 새벽이네."

시아가 기지개를 켜며 중얼거렸다. 그러자 쥬드와 리디아도 조금씩 침묵에 잠식되어 가는 레스토랑을 내다보았다. 시아는 오늘 하루를 전부 리디아와 함께 있는 데 쏟아부었으며, 쥬드는 야콥의 심부름을 하면서 틈틈이 시아와 리디아가 있는 방으로 와 함께 시간을 보냈다. 리디아는 정말로 행복해했다.

바깥을 바라보던 쥬드가 슬그머니 고개를 돌려 시아를 바라보았다. 둘의 눈이 마주쳤다. 쥬드의 진지한 눈동자에는 여러 가지 의미가 함축되어 있었다. 시아도 그 의미를 모르지 않았다.

시아는 조용히 고개를 끄덕였다. 그리고 머뭇거리며 말했다.

"……리디아, 쥬드랑 나는 이만 가 봐야 할 것 같아."

리디아의 붉은 눈동자에는 아쉬움이 가득했다.

"조금만 더 있다가 가면 안 돼?"

"미안해, 도서관에 가 봐야 해서."

"어? 도서관? 거긴 고위 직원들만 출입할 수 있는 시설인데? 어떻게 들어가게?"

눈을 동그랗게 뜨고 묻는 리디아의 모습에 시아의 눈동자가 흔들렸다. 난감했다. 리디아가 하루 종일 울지 않도록 달래 주는 조건으로, 하루 동안의 도서관 출입을 허가받게 되었다고 하면, 저 애는 배신감을 느낄까. 괜한 죄책감이 들었다. 그런 의도를 가지고 리디아에게 다가가 그녀를 달래 준 것은 아니었다. 시아는 정말로 진심이었다. 진실로 이 아이에게 미안했고, 함께 있어 주고 싶은 마음이 컸다. 그랬기에 굳이 하루 종일 함께할 필요가 없어도 여태 옆에 있어 주었던 것이다.

시아가 대답을 주저하는데, 쥬드가 대신 입을 열었다.

"해돈 님 병의 치료 약을 알아보기 위해 가는 거라, 마담 모리블이 특별히 허락해 줬거든."

그러자 리디아는 고개를 끄덕였다.

"아! 치료 약 알아보는 거구나. 나도 도움이 될 수 있으면 좋을 텐데……."

리디아는 도서관에 함께 가고 싶어 하는 눈치였지만 시아는 아무 말도 할 수가 없었다.

"거기 가서 필요한 거 찾아내고 그리고 언니랑 오빠, 또 나랑 놀아 줄 거지?"

"당연하지! 내일도 올게."

밝게 대답해 주는 것이 리디아에게 해 줄 수 있는 최선이었다. 기뻐하는 리디아를 보며 시아는 쥬드와 함께 일어섰다.

둘은 리디아에게 인사를 하고 방을 나와 도서관 출입 허가를 확인받기 위해 마담 모리블의 관리실로 향했다. 계단을 오르고 내리고, 비틀어진 복도를 걸어 하얀색 벽지 사이사이 일정한 간격으로 배열된 직사각형 문들을 지나쳐 관리실 앞에 다다랐을 때, 예상치 못한 인물이 관리실 문을 열고 나오고 있었다.

"루이?"

하얀색 직사각형의 문을 닫으며 나오던 잿빛 정장의 신사가 자신을 부르는 목소리가 들린 방향으로 고개를 돌렸다. 뜻밖의 만남에 시아는 저도 모르게 긴장했다.

"당신이 왜 여기에……."

"아, 기가 막힌 타이밍이군요. 마침 마담 모리블에게도 당신과 관련된 업무에 관해 이야기하고 나오는 중이었습니다."

시아를 따로 찾아가는 수고를 덜게 되어서인지, 루이는 드물게도 밝은 목소리로 시아를 마주했다. 그러나 태연하게 시아를 대하는 루이의 태도에 시아는 아무 대답도 할 수 없었다. 루이가 말하는 그녀와 관련된 업무는 오직 하나로 귀결되기 때문이었다.

"하츠가 당신에게 줄 새로운 일거리를 정했습니다."

순식간에 대기와 공간이 통째로 휘말려 시아를 가격하듯 탁, 탁, 일정한 박동과 함께 숨통을 탁, 탁 조여 왔다. 거칠게 몰아치는 박동은 시아의 심장에서 울리는 것이었다.

"……쥬드, 먼저 관리실에 들어가 있어."

정신이 혼미해지는 와중에도 시아는 일단 쥬드부터 챙겼다. 지난번 공연장에서 하츠와의 대화 이후, 시아는 다시는 그녀의 문제에 쥬드를 휘말리게 하지 않기로 결심했다. 쥬드는 곁에 있고 싶어 하는 눈치였지만 심상치 않은 분위기를 직감하고는 시아의 어깨를 톡톡 두드리고 관리실에 들어갔다.

"이번에는 무슨 일인가요?"

문이 닫히는 소리를 들으며 시아가 낮게 가라앉은 목소리로 물었다. 차분함을 가장하였지만 속에서는 걷잡을 수 없는 불안감에서 헤어날 수 없는 심장이 몸부림치고 있었다. 시아는 불행을 직감했다.

"웨이터입니다."

자신은 그 불안감에서 헤어날 수 없을 것이라고. 영영.

"……웨이터요."

확인을 위하여 재차 질문하자 루이가 가만히 고개를 끄덕였다. 의외로 친숙한 직명의 일거리에 시아는 기뻐해야 할지, 불안해해야 할지 혼란스러웠다. 지난날 사육실에서 그녀를 잡아먹으려 드는 거대한 가축들과 방 안을 천장까지 가득 채운 계란들 틈을 빠져나와 레시피 문서를 빼 왔던 일보다야 쉽지 않을까 싶었다. 그러나 하츠가 시아에게 호락호락한 일거리를 주지는 않았으리란 걸 시아도 잘 알고 있었다.

"지금 당장이요?"

"아닙니다. 아무런 준비도 갖춰지지 않은 웨이터를 곧장 현장 근무로 내보내는 것은 저희 쪽에서도 원하지 않는 바니까요. 손님들에게 서비스를 제공하고 음식을 서빙하는 데에 문제가 발생하면 레스토랑 운영에도 손실이 있을 테니 말이죠."

루이가 지극히 사무적인 어조와 표정으로 이야기했다.

"당신이 웨이터로서 숙지하고 있어야 할 기본적인 것을 최대한 단기간 내에 교육시킨 다음 현장 근무를 맡기자는 것이 저희 쪽에서 내린 결론입니다. 방금 마담 모리블과 의논한 것도 바로 그 안건에 대한 것이었고요."

사전 교육과 그 뒤의 근무. 그리고 주어진 일에 실패하면 심장을 내주기로 한 해돈과의 계약. 철저히 레스토랑의 이해관계에 맞추어 체계적으로 돌아가는 시스템에 시아는 벌써부터 기가 질렸다.

"아, 교육은 당장 내일부터 시작됩니다. 내일 오후 다섯 시까지 레스토랑 안으로 들어가시면 매니저가 당신을 맞이하실 겁니다. 교육은 약 삼 일 정도 진행될 것이고요. 명심하십시오. 웨이터로서의 직무를 수행하는 것에 실패하는 즉시, 계약대로 당신의 심장을 가져가도록 하겠습니다."

루이는 굴곡 없는 목소리로 살벌한 이야기를 태연하게 읊조렸다.

"질문이 하나 있는데요. 웨이터로 일을 하기 전, 사전 교육 과정에서 하는 실수는, 일에 실패한 것으로 판정하지 않을 거죠?"

시아가 물었다. 그녀 안에서 지금도 생생하게 뛰고 있는 심장을 그대로 고이 보관하기 위해서는 꼼꼼하게 하나하나를 따져 볼 필요가 있었다. 죽음에 이르는 마지노선은 정확하게 그려져야 한다.

"교육을 받는 기간 동안의 실수와 실패들은 계약과 무관합니다. 주어진 일에 대한 성공 여부는, 교육이 끝난 뒤 웨이터로서 근무하기 시작한 시점부터 살펴볼 것입니다."

명확해진 기준에 시아는 고개를 끄덕였다. 그리고 지난번

에 엘리베이터를 숨겨 버리고 십 분이라는 시간제한을 두었
던 것을 회상하며, 이번에는 하츠가 또 어떤 함정과 위기들
을 심어 놓았을까 생각해 보았다. 그러나 더 커다란 불안감
과 공포감만이 그녀를 집어삼킬 뿐이었다.

"더 이상 질문할 것이 없으면 이만 가 보겠습니다."

인사와 함께 루이는 무심하게 방에서 나갔다. 그리고 곧
바로 문이 다시 열렸다.

"시아!"

관리실에서 나온 쥬드가 문을 닫으며 목소리를 높였다.

"도서관 출입 허가증 받아 왔어! 너랑 나 해서 두 장! 마담
모리블이 덕분에 어제 하루 종일 리디아 울음소리 안 듣고
평화롭게 일할 수 있었다고, 오랜만에 착한 얼굴을 앞으로
돌려서 칭찬하더라."

최고위층 직원들만 이용할 수 있는 공간에 가 볼 수 있게
되었다며 들뜬 쥬드가 시아에게 도서관 출입 허가증 하나를
건네주었다. 누런 빛깔의 양피지에는 도서관 출입 허가 대
상에 시아의 이름이, 출입 허가 기한에는 오늘 날짜로 하루
가 기입되어 있었다.

"그나저나 루이랑 무슨 얘기를 했길래 그렇게 표정이 굳

은 거야?"

쥬드가 느닷없는 질문을 던졌다. 멍한 눈으로 양피지를 바라만 보던 시아는 당황해 어설픈 변명을 시작했다.

"아, 별 얘기는……."

"거짓말하지 말고. 하츠가 또 새로운 식당 일을 시킨 거지?"

정곡을 찌르는 목소리가 어느 때보다 진중했다.

시아는 간신히 고개를 저었다. 시아는 쥬드가 그녀의 일에 휘말리지 않게 하겠다고 결심했다. 쥬드와 히로를 향해 징그럽게 겨누어졌던 수백 개의 화살들이 머릿속에서 빗발쳤다.

'쟤들을 죽일 건데.'

그렇게 말하던 하츠의 태연한 목소리가 귓가를 감쌌다.

"그런 거 아니었어, 쥬드."

그를 또다시 위험에 빠뜨릴 순 없었다.

"그냥…… 당분간은 내가 저녁마다 어딜 다녀와야 해. 내가 가 있는 동안 네가 리디아 좀 챙겨 줄래?"

"뭐, 도서관을 매일 가기 위해서 그 정도는 해 줄 수 있지만……. 근데, 진짜로 너…… 뭐 숨기는 거 있지?"

"있긴 뭐가. 진짜 아무것도 아니야."

이 이상 그에게 의지하면 안 될 것 같았다. 쥬드는 시아의 말을 조금도 믿지 않는 눈치였으나 그녀가 아무것도 알려 주지 않을 것이라는 걸 눈치챘는지 더는 물어보지 않았다. 다만 입술을 삐죽 내민 채 바닥만 보고 걸으며, 시아가 말을 걸어도 짤막하게 대답하는 등 삐졌다는 감정을 온몸으로 표출했다. 그러나 냉소적인 기류도 계단을 따라 한참을 올라가다 보니 어느새 풀려 버리고 말았다.

어느덧 해돈과 레스토랑 고위 직원들만을 위해 특별히 설립된 궁전 앞에 다다르자, 시아와 쥬드는 자신들도 모르게 한마음이 되어 아름다운 건축물에 감탄했다. 궁전의 높이는 삼십 층 이상의 아파트를 훌쩍 뛰어넘을 정도였으며, 그 압도적인 높이와 면적의 일 제곱센티미터도 낭비하지 않겠다는 듯 외벽에는 궁전을 화려하게 꾸미는 장식들이 가득했다.

궁전 앞에 서 있던 경비원들 중 한 명이 넋 놓고 서 있는 쥬드와 시아에게 다가와 그들의 용건과 신분을 확인했다. 시아와 쥬드는 도서관 출입 허가증을 보여 준 뒤 경비원의 통제하에 궁전 안으로 들어섰다. 엄격하게 출입이 통제되는 곳이라, 시아는 루이에게 강제로 이끌려 해돈을 만나러 왔던 첫날 이후로는 이곳에 처음 와 보는 것이었다. 그때는 겁에 질려 궁전을 제대로 감상할 처지가 아니었는데, 이렇게 차분하게 둘러보니 감회가 새로웠다.

커다란 샹들리에가 달려 있는 천장이 아득해 보였다. 끝없이 치솟은 벽들은 장밋빛 분홍색, 눈 같은 하얀색, 검정색, 황금색 등 찬란한 빛깔들이 물감처럼 섞여 색의 조화를 이루는 보석들을 꽃다발처럼 품고 있었다. 그리고 그 사이사이에는 기괴한 요괴들의 초상화가 매달려 있었는데, 그중 해돈의 초상화가 단연 돋보였다.

시아와 쥬드는 경비원의 삼엄한 안내에 따라 계단을 수백 개 오르고 다리를 서너 개 정도 건넌 뒤 복도를 한참 걸었다. 상당한 거리를 걸었으나 발을 내딛는 족족 바뀌는 화려한 배경들에 눈이 즐거워 도서관에 다다랐을 때는 아쉬운 마음이 절로 들 정도였다. 그러나 시아는 그녀가 여기에 온 목적을 잊지 않았다.

'약초를 끓이면 수증기가 피어오르는데, 약초 종류에 따라 그 수증기의 색이 다르답니다.'

정원사가 약초들을 선물하며 해 주었던 설명과 하루 전 각기 알록달록한 연기를 피워 내던 약초들을 떠올렸다.

'여기서부턴 조금 까다로워요. 그렇게 수증기가 피어오르면 약초들의 효능이 나타나기 시작할 거예요. 그러면 당신은, 그중에서 인간의 심장과 공통점을 가지고 있는 약초를 찾아야 합니다.'

정원사의 설명을 기억하고 도서관에 온 지금, 시아가 해야 할 일은 딱 한 가지다. 책은 언제나 지식에 대한 갈증을 해결할 수 있는 최고의 도구이다. 이곳에서 자신의 심장과 똑같은 속성을 가지고 있는 약초를 알아내야 한다. 무슨 일이 있어도 반드시 알아내야만 모든 것이 해결되고, 알아내지 못할 시 모든 것이 끝이 난다.

시아는 비장한 각오와 함께 도서관 문 앞에 섰다. 누렇게 바랜 거미줄이 끈끈하게 엉겨 붙어 있는 문은 시아에게 오래된 책의 한 페이지를 연상시켰다. 그리고 시아는 그 한 페이지를 열며, 또 하나의 새로운 이야기 속으로 걸어 들어갔다.

도서관은 그 안을 바라보는 것만으로도 예술과 낭만에 대한 경외로 가슴을 적실 수 있을 만큼 신성하고 숭고한 분위기를 풍기고 있었다. 저명한 화가의 작품인지, 하늘에서 노니는 천사들과 신들이 어우러진 신비로운 그림이 돔형 천장에 광활하게 펼쳐져 있었다. 그 높이와 위엄이, 마치 명화가 온 하늘 위를 흐르고 있다는 착각이 들게 했다.

무수히 많은 책꽂이들은 모두 정교하게 문양이 새겨지고 섬세한 모양으로 이루어져 있었으나, 낡고 해어져 오랜 세월의 흔적을 간직하고 있기도 했다. 그 안을 빼곡하게 채우고 있는 책들은 신성한 배경 속에서 그 어느 때보다도 귀중하게 비추어졌고, 책꽂이 하나하나에 기대어져 있는 기다란 나무 사다리들은 하늘에 있는 책까지도 꺼내게 해 줄 수 있을 것만 같았다.

예술, 철학, 종교, 문학과 과학, 역사……. 세상의 온갖 심오하고 신성한 가치들을 모셔 놓은 공간을 시아와 쥬드는 속으로만 예찬했다. 도서를 열람 중인 요괴들에게 방해가 되어 쫓겨나는 낭패를 겪고 싶지는 않았기 때문이었다.

"약초나 생물 관련 책은 어디 있을까?"

시아가 쥬드에게 속삭였다. 너무나 많은 책들에 둘러싸여 있어 도무지 어디에서부터 시작해야 좋을지 감이 잡히지 않아서였다.

"너무 넓어서 그런가, 도서관에 이정표가 다 있네."

시아는 쥬드가 속삭이며 가리킨 쪽으로 고개를 돌렸다. 분야별로 책들이 어디 있는지 표시되어 있는 이정표가 초록색 막대 위에 가시처럼 삐죽삐죽 뻗쳐 있었다. 그중에서 생물 분야를 찾아낸 시아와 쥬드는 곧바로 이정표가 가리키는 방향을 따라 도서관 안을 걸어갔다.

그렇게 도착한 서가에는 생물과 관련된 책들이 무수히 많았으나 그중에서 약초와 관련된 책들만 가려내니 다행히도 권수가 현저히 줄어들었다. 그러나 여전히 상당한 양에 시아는 눈앞이 아득해졌다. 앞으로 이 많은 책들을 모두 읽고, 정원사에게 받은 약초들 중 인간의 심장과 공통 성분을 지닌 약초를 가려내야 할 텐데, 그녀에게 주어진 시간은 너무도 짧은 데다 그나마도 점점 줄어들고 있었다. 게다가 약초들 중에 치료 약이 없을 가능성도 있었다.

불안감에 잠식되어 심장이 조여 오는 찰나, 시아의 어깨에 따뜻한 감촉이 느껴졌다. 올려다보니 커피색 눈동자가 시아를 바라보고 있었다. 확신과 격려가 담긴 눈동자에, 시아는 마음이 한결 편안해지는 것을 느낄 수 있었다.

"같이 하면 돼."

그렇게 속삭이는 입 모양에 시아는 미소 지었다. 미안함과 고마움이 공존하는 마음이 끝없이 펼쳐졌고, 그 길이 도달하는 곳에는 언제나 쥬드가 그녀를 향해 변함없이 손을 뻗고 있었다.

"읽을 수 있을 만큼 최대한 많이 챙기자."

이정표에 붙어 있던 규정 사항에 따르면 대출할 수 있는 책의 권수는 제한이 있지 않으며, 반납까지 요구되는 기한은 일주일이라고 했다. 시아와 쥬드는 각자 상당한 권수의 책을 대출한 뒤, 곧장 약초들이 기다리고 있을 리디아의 옛 방으로 향했다. 약초들을 직접 보며 책과 비교해 보고 약초를 연구해야 하기 때문이었다.

시아와 쥬드는 약초들 각각이 피워 내고 있는 연기 색깔과 책 속에 나와 있는 지식들을 비교해 가며 인간의 심장과 공통 성분을 지닌 약초를 애타게 찾았다.

방 안에서는 수십 개의 약초들이 분홍색, 노란색, 하늘색, 초록색, 각양각색의 연기를 계속해서 피워 내고 있었다.

시아는 언제 이 많은 약초들을 다 조사하고 비교하나 막막하기도 했지만, 무수한 가능성이 남았다는 생각에 한편으로 안심이 되기도 했다. 그렇게 연구는 세상이 쥐 죽은 듯 고요해지는 아침까지 계속되었다. 해가 중천에 떠올랐을 때는 마침내 둘 다 꾸벅꾸벅 졸고 있었다.

불안감에 잠을 설친 시아가 눈을 떴다. 아직 해가 지지 않은 시간이었다. 시계를 바라보니 오후 네 시 삼십 분이 조금 지나 있었다. 시아는 자고 있는 쥬드를 그대로 두고 조용히 자리에서 일어났다.

'내일 오후 다섯 시까지 레스토랑 안으로 들어가시면 매니저가 당신을 기다리고 계실 겁니다.'

어제 루이가 했던 말을 상기한 시아는 자신이 돌아올 때까지 리디아를 부탁한다는 쪽지를 남긴 채 조용히 바깥으로 나왔다. 아직 해가 지기 한참 전이라 그런지 아무도 보이지 않았다. 북적이던 소음은 어느새 자취를 감추었고, 뚝딱이던 요리실들은 시간이 멈춘 듯 고요했다.

온 세상이 정지되어 있는 가운데, 시아는 홀로 비틀어진 에메랄드색 계단을 내려갔다. 레스토랑까지 이어진 길고 긴 계단을 내려가는 동안 시아는 누구를 보지도, 아무런 소리도 듣지 못했다. 끝없이 펼쳐진 거대하고 화려한 세상에 홀로 서 있자니, 시아는 왜인지 기분이 묘했다. 계단 하나하나를 밟아 내려갈 때마다 고독은 낙엽처럼 쌓여 갔다.

시아는 한참 후에야 레스토랑에 다다랐다. 무서운 마음을 애써 감추고서 호화스러운 문을 용기 내어 밀었다. 새하얀 식탁보가 깔린 원형의 테이블들이 가장 먼저 눈에 들어왔다. 그다음으로는 섬세한 초, 샹들리에, 그림으로 꾸며진 벽면이 끝없이 펼쳐져 있었고, 붉은 카펫이 깔린 계단이 이 층까지 이어져 있었다.

엉켜 있는 새하얀 거미줄들이 커튼처럼 드리워져 천장은 보이지 않았고, 조명을 켜지 않아 모든 것이 푸르스레한 빛깔에 잠식되어 있었다. 넓고 화려했지만 아무도 없어 공허한 곳이었다. 시간, 공간, 공기까지, 모든 것이 그대로 멈추어 몇백 년째 잠들어 있는 것 같았다.

시아는 꼼짝 않고 정체된 공간이 무섭게 느껴졌다. 아무것도 보이지 않는 저 너머 어딘가에서 누군가가 슬그머니 모습을 드러내 그녀를 놀라게 할 것만 같았다. 겁을 먹은 시아는 자신이 왜 이곳에 왔는지도 순간적으로 잊은 채 밖으로 나가기 위해 서둘러 뒤로 돌아섰다. 그리고 문을 향해 손을 뻗었는데, 문고리에 손이 닿지 않았다. 보이지 않는 덫에 걸린 듯 손이 허공에서 허우적댔다.

곧이어 그녀의 눈앞에 나타난 것은 은빛의 거미줄이었다. 거미줄이 그녀의 손을 결박하듯 감기고 있었다. 시아는 그것을 끊어 내기 위해 있는 힘껏 몸부림쳤다. 그러나 거미줄은 흔들리기만 할 뿐 결코 끊어지지 않았다. 엄습하는 공포에 시아는 온 힘을 다해 손을 몸 쪽으로 당겼다.

"이번에는 무슨 먹잇감이 걸렸을까나……."

나른한 콧노래가 어렴풋이 들려왔다. 시아는 노랫소리를 듣자마자 그대로 얼어붙었다. 가사 없는 노래를 고요히 흥얼거리는 목소리는 광활한 공간에 잔잔하게 울려 퍼졌다. 멜로디는 신비로우면서도 어딘가 음산했다. 오묘한 목소리가 정체된 공기를 가르며 시아에게로 다가왔다.

'대체 누구지?'

주변은 현기증이 날 정도로 온통 푸르스레하고 음산할 뿐, 아무도 보이지 않았다. 거미줄에 옥죄인 시아의 손이 땀으로 흥건해졌다. 한 가지 분명한 건 목소리가 시아에게로 점점 가까워지고 있다는 것이었다.

시아는 온 힘을 다해 거미줄에 매인 손을 당겼다. 그러나 도저히 거미줄로부터 벗어날 수가 없었다. 벗어나려 할수록 거미줄은 더욱 강하게 조여 왔다. 그때 시아의 귀에 매력적인 웃음소리가 들려왔다. 더욱 소름 끼치는 것은 그 소리가 시아의 귓가에서 들려온다는 것이었다. 귀 바로 옆에서 생생하게 느껴지는 입김에 시아는 감히 뒤를 돌아볼 수 없었다. 그러나 그럴 필요도 없었다.

"이런……."

거미 여인이 거미줄에서 발레를 하며 시아의 눈앞까지 내려왔다.

"먹이가 아니네."

붉은 입술이 그리는 곡선은 발레리나의 춤 선처럼 고왔고, 시아를 가두는 오묘한 눈빛은 거미줄처럼 촘촘했다.

"어딜 도망가? 내가 네 상사야."

# 거미 여인과의 조우

"죄, 죄송해요."

손가락 끝부터 섬세하게 결박해 오는 듯한 분위기에 시아는 사과의 말부터 꺼냈다.

거미 여인의 붉은 입꼬리가 조금 더 올라갔다. 시아는 어느새 거미줄에서 풀려나 있었지만 그것을 미처 알아차리지도 못했다. 거미줄보다도 촘촘하고 끈적한 분위기에 사로잡혀 움직일 수가 없었기 때문이었다.

여인은 미소를 띤 채로 가볍게 한숨을 흘렸다. 매혹적인 호선 사이에서 짧은 탄식과 숨결이 부드러이 흩어졌다.

"이렇게 긴장해서야……."

중얼거리는 목소리는 대리석처럼 매끄러웠다.

시아는 저도 모르는 사이 여인의 팔에 안겨 있었다. 경직된 시아를 바라보며 여인이 희미하게 웃었다.

"숨 쉬어."

여인이 말하고 나서야 시아는 자신이 숨을 쉬지 않고 있었다는 것을 깨달았다. 숨은 어떻게 쉬는 거더라. 멍청하게 고민하다 힘겹게 호흡을 시작하는데, 거미 여인의 팔이 몸통을 조여 왔다.

"이제 위로 올라갈 거야."

눈앞까지 바짝 다가온 입술이 속삭였지만 시아는 거미 여인의 가녀린 팔에 온몸이 마비된 듯 축 늘어져 있을 뿐이었다. 얼마 지나지 않아, 세상이 부드럽게 움직이기 시작했다. 거미 여인은 시아를 안고 가느다란 거미줄을 미끄러지듯 우아하게 올라갔다. 그녀의 가녀린 팔다리는 공기를 지휘하듯 초연하게 움직였고, 자신과 시아의 몸을 위쪽으로 이동시켰다.

시아는 기분이 꿈결처럼 몽롱했다. 바람에 실려 날아가는 꽃잎의 기분이 이런 걸까. 푸르스레한 공간이 호수처럼 눈앞에서 흘러갔고 기다란 거미줄을 오르는 움직임이 세상을 지휘했다. 거미의 팔과 다리를 따라 공간이 부드럽게 회전했다. 공기는 춤을 추며 잔잔한 파동을 일으켰다. 호수 너머 어딘가에선 신비로운 오르골 소리가 들려오는 것 같았다.

시아가 눈을 나른하게 깜박였다. 어느새 새하얀 커튼들이 눈앞에 보였다. 정교하게 얽힌 거미줄이 레스토랑의 천장 바로 밑에 거대한 그물망을 이루고 있었다. 시아는 아래를 내려다보았다. 그녀를 지탱하고 있는 거미줄 너머 저 아래로 레스토랑의 모습이 아득히 보였다. 생각도 못 한 높이에 현기증을 느낀 시아는 얼른 아래로부터 시선을 거두었다.

"여긴 왜……?"

시아는 자신이 왜 이런 상황에 있는지를 이해할 수 없어 거미 여인에게 자초지종을 물으려 했으나 마치 자다 깬 것처럼 목소리가 잘 나오지 않았다. 그래서 대신 거미줄이 넓게 퍼져 있는 천장 아래를 둘러보았다. 푸르스레한 빛깔 위로 새하얀 커튼을 넓게 드리운 허공은 은밀하고 신비로웠다.

그런데 곧게 뻗어 있는 거미줄을 따라 직진하던 시선이 무언가에 탁 걸렸다. 매끄럽게 퍼져 있는 거미줄들 중간중간 튀어나온 울룩불룩한 것들이 의문스러워, 시아는 여인을 바라보았다.

"저것들은……."

시아는 말을 이을 수 없었다. 거미줄에 꽁꽁 싸여 볼록하게 튀어나온 고치들 중 하나가 미세하게 흔들리는 것이 눈에 들어왔기 때문이었다.

'설마…….'

여인을 바라보자 그녀는 요사하게 웃었다.

"내 사냥감."

시아는 몽롱하게 잠들어 있던 의식이 공포감에 깨어나는 것을 느꼈다. 사방에 고루 분산되어 있는 고치를 자세히 보자 그 안에 갇혀 필사적으로 아우성치는 생명들이 보이기 시작했다. 이미 죽어 있는 몇몇도 있었다. 여인은 이들 사이에서 초연하게 춤을 추었다. 믿기지 않는 광경에 시아는 그대로 굳어 버렸다.

"향긋한 술과 음식에 매혹되어 잠들어 버린 손님들."

가느다란 맨발이 거미줄 가닥가닥 위를 나비처럼 거닐었다.

"용납될 수 없는 실수를 하나라도 범한 웨이터들."

빈틈없는 감옥에 옥죄여 몸부림치는 죄인들 사이로 여인이 춤을 추며 그들의 죄목을 읊조렸다.

"모두 모두 잡아서, 거미줄을 한 올 한 올 뽑아, 피가 통하지 않도록 온몸을 휘감고, 그 안에 가두어야지."

나비를 흉내 내며 춤을 추고 노래하고 있었지만, 거미의 본성은 섬뜩하기 그지없었다. 그것은 우아한 춤 동작에도 결코 가려질 수 없었다.

"이런 요괴들을 요리사들에게 넘겨주면, 그게 또 근사한 음식이 되니까. 그러니까 나는 끊임없이 사냥감을 잡지."

여인이 소곤거리며 또 춤을 추었다.

시아는 아무 말도 할 수 없었다. 두려움에 사로잡힌 와중에도 정신없이 여인의 춤을 바라보기만 했다. 공포심을 불러일으키면서도 여전히 매혹적인 춤은 전에 시아가 공연장에서 보았던 여인의 무대를 상기하게 했다.

그날도 여인은 발레를 하며 거미줄을 만들었다. 그리고 그녀가 사라진 뒤에는 플라밍고 날개를 가진 아가씨가 한 가닥의 거미줄을 뽑아 무대 위에서 광대들을 한 명씩 들어 올리며 묘기를 선보였다.

"거미줄로 사냥감을 잡는 분은 따로 계시지 않았나요?"

발레를 하는 여인의 등에 대고 시아가 물었다. 아무 대답도 들려오지 않았다. 춤에 열중하느라 못 들은 것일까. 춤추는 여인의 뒷모습에서는 표정도, 목소리도, 아무것도 확인할 수가 없었다.

시아가 재차 물어보려는데 여인이 갑자기 뒤를 돌아보았다. 푸르스레한 빛에 물든 여인의 얼굴이 음산하게 반짝였다. 눈매가 초승달 모양으로 휠 정도로 활짝 웃고 있었다. 시아는 저도 모르게 그 눈동자가 향하는 곳으로 시선을 옮겼다. 붉은 플라밍고 날개에는 거미줄의 압박에 못 이겨 몇 가닥의 깃털만이 앙상하게 남아 있었다. 온몸을 휘감은 거미줄 틈새로 초점을 잃은 눈동자가 시아를 마주 보았다. 죽은 것일까, 죽어 가는 것일까. 눈동자는 굳어 버린 듯 깜박이지도 않았다.

시아는 힘없이 고개를 돌려 거미 여인을 바라보았다. 태연하게 춤을 추는 여인의 모습에 시아는 위화감을 느꼈다. 그 감정이 찍어 내는 의문점들이 끝없이 줄을 지어 늘어섰다. 지금 자신은 왜 이곳에 있는 것일까. 자신은 어째서 죽음이 생명을 매도(賣渡)하는 광경을 바라보아야 하는가. 문득 온몸이 섬뜩해졌다.

"제가 실수를 하면 저 역시 이곳에 잡아 놓으려는 것이군요."

끔찍한 가정을 내놓자 안타깝게도 여인은 긍정했다.

"맞아, 난 널 사냥할 거야."

그녀가 자상하게 웃었다.

"물론 죽이지는 않아. 심장이 살아서 팔딱팔딱 뛸 정도까지는 되어야지. 그렇게 해서 심장을 대령하라는 것이 윗분들의 명령이거든."

나긋나긋한 속삭임이 시아의 심장 박동을 보챘다. 심장의 격렬한 움직임에 맞물려 온몸이 거세게 진동하는 것 같았다.

결국, 웨이터 일은 시아가 실패하도록 섬세하게 짜인 판이었다. 그 판 위에서 시아가 남길 실수를 고대하며 그녀를 지켜보는 시선이 춤을 출 것이다.

시아의 어두운 표정을 본 여인이 부드러운 발걸음으로 그녀의 앞에 다가왔다. 가느다란 손가락이 곡선을 그리며 뻗어 와, 시아의 뺨을 가만가만 쓰다듬었다. 여인은 오묘한 눈동자로 눈높이를 맞추고는 시아를 몽롱하게 바라보았다.

"이런, 벌써부터 겁을 먹어서는……."

어르고 달래는 손길과 눈빛에 홀려 시아가 경계심을 내려놓자, 그런 그녀를 비웃는 웃음소리가 나직하게 들려왔다.

"그렇게 자신이 없었으면 처음부터 계약을 하지 말고 얌전히 죽었어야지.”

귓가에 꽂히는 속삭임에 시아는 정신을 차렸다. 그리고 여인의 손길에서 한 걸음 물러났다. 아무런 자책감이나 흔들림도 담겨 있지 않은 여인의 눈동자가 시아를 더 화나게 했다.

“그걸 말이라고……. 당신의 일이 아니라고 다른 사람의 죽음을 함부로 대하지 마세요. 이 거미줄 위를 좀 보세요. 당신이 앗아 간 수십 개의 목숨이 이 위에 널브러져 있는데도 당신은 태연하게 춤이나 추고 있죠.”

시아의 말에 여인은 자신의 발끝에 식어 있는 사냥감을 곁눈질로 바라보았다. 플라밍고 날개는 여전히 초라하게 구겨져 있었다.

“게다가 저 여자는 당신과 함께 공연을 하던 여자잖아요.”

시아의 힐난에도 여인은 여유롭게 콧방귀만 뀌었다. 빙그르르, 가냘픈 몸이 회전하며 곡선을 그렸다. 다시 아무렇지도 않게 춤을 추기 시작하는 여인의 모습에 시아는 기가 질렸다.

이번에는 시아가 무어라 하기 전에 여인이 먼저 입을 열었다.

"글쎄, 함부로 대하는 건 내 쪽이 아닌 것 같은데."

매끄러운 중얼거림이 느릿하게 흘러나왔다. 뒤이어 매력적인 비웃음 소리가 찌르르 허공을 울렸다.

"평온한 죽음은 이 여자에게 너무 과분해."

조소가 적나라하게 담겨 있는 어조에 시아는 저도 모르게 약간의 호기심을 느꼈다. 시아의 표정을 읽은 여인이 나직하게 웃었다.

"왜? 무슨 말인지 궁금해?"

거미줄처럼 여인의 눈빛이 시아를 포박했다. 시아는 목을 옥죄는 그 오묘한 눈빛에 홀린 듯이 고개를 끄덕였다. 여인의 새빨간 입술이 한 획의 곡선을 그었다.

"좋아, 나름 교훈적이기도 하니……. 교육 차원에서 이야기해 볼까."

그 입술은 계속해서 시아의 목에 매인 고삐를 쥐고 시아가 열심히 고개를 끄덕이게 만들었다.

거미 여인은 플라밍고 날개를 가진 여자의 주변을 빙글빙글 맴돌며 춤을 추었다. 가냘픈 팔다리가 먼지를 휘저으며 위풍당당하게 허공을 거느렸다. 공중에 널브러져 있던 먼지들이 고결한 움직임에 복종하며 따랐고 그와 함께 온 시공간이 움직였다. 플라밍고의 앙상한 날개가 가녀린 발에 짓눌렸다. 몇 개의 진홍빛 깃털이 공중으로 날렸다.

"내가 거미의 팔과 다리를 가지기 전까지만 해도 말이야."

목소리가 바람을 훑는 동안에도 바람이 이는 춤은 계속되었다.

"나는 이 세상 최고의 발레리나였어. 단순히 재능 때문만은 아니었어. 매일매일 발이 물러 터지도록 연습했지."

손끝으로 허공을 탐하고, 발끝으로는 거미줄 위를 지배한다.

"겨우 숨만 쉬며 살아갈 수 있을 정도까지 몸을 혹사시켰어. 덕분에 나는 세상에서 가장 흉측한 발을 가지게 되었지만, 그 대신 세상에서 가장 아름답게 허공을 날아다닐 수 있게 됐지."

우아하고 부드럽게 흘러가는 육체는 그 자체로 완벽한 그림이었다.

"내가 춤만 추면 모두가 내 앞에 무릎을 꿇었지. 내겐 춤으로 다스리지 못할 자가 없었어."

여인의 손짓 한 번에, 고갯짓 한 번에, 발걸음 한 발짝에 온 세상이 구걸했다. 빨려들어 가고 홀렸다. 그것은 그 자체로 최면이었다.

"그러다…… 발이 잘려 나갔어."

시공간을 거느리고 오는 목소리는 처연했다.

"이후 내가 의지할 것은 비루한 거미의 발뿐이었지만, 그 나마도 너무 가느다래서 다시는 발레리나의 토슈즈를 신을 수 없었지."

곱단한 목소리가 촘촘한 거미줄 위를 바득바득 기어 귓가로 들어왔다.

"육체의 무게에 비해 발이 지나치게 작아 몸은 무게 중심을 잃었고, 그 때문에 춤도 출 수 없었어. 나는 결국 남은 다리와 두 팔마저도 포기하고 거미의 팔다리를 가져야 했지."

물처럼 흘러가던 움직임이 멈추었다.

"죽을 만큼 노력해서 호수 위로 떠오르기 직전까지 올라갔는데, 수면 위로 고개를 한번 내밀기도 전에 바닥으로 곤두박질쳐지는 게 어떤 기분인지 알아?"

멈추어 선 여인이 고개를 들어 올렸다. 푸르스레한 빛이 서린 낯이 요요하게 번뜩였다. 붉은 입술이 삐딱하게 올라가며 자극적으로 속삭였다.

"엿 같아."

가녀린 육체에서 흘러나온 독기와 광기가 거미줄을 갈래 갈래 타고 사방으로 번졌다.

"내가 하루하루 흘렸던 눈물을 모았으면 아마 우리 모두 익사하고 말았을 거야. 그런데 더 비참한 것은 그 와중에도 포기할 수 없었다는 거지. 내 몸에서 흘러나오는 거미줄을 증오하면서, 그 증오의 대상을 사랑하기 위해, 아름답게 만들기 위해 노력하는 것을……."

토슈즈를 신지 못하는 발이 거미줄을 지르밟았다.

"분노와 증오에 못 이겨 거미줄을 끊어 내고 헝클어뜨리면서도 이것을 수용해야 한다고, 사랑해야 한다고, 아름답게 만들어야 한다고, 이를 악물고 내 머릿속에 세뇌했지."

거미줄 위를 배회하는 발의 움직임은 더없이 조심스러웠다. 마치 자신이 밟고 있는 이 가느다란 줄이 사랑스러워 못 견디겠다는 듯.

"거울을 보며 자세를 교정할 때에도 마찬가지였어. 나의 초라해진 모습을 거울로 보는 것을 견딜 수 있을 때까지 몇 년의 시간이 걸렸지."

가느다란 팔다리가 우아하게 화합했다.

"그러나 결국엔 인정해야 했어. 완벽했던 나는 무너졌다는 것을. 그것을 받아들이기까지는 어마어마한 고통이 따랐지만 그러고 난 뒤부터는 모든 것이 한결 편안해졌어. 거미줄을 다루는 법을 배우고, 거울을 보며 자세를 교정하고, 평정심을 유지하고 연습을 이어 나갈 수 있었지.”

웃음기 섞인 목소리는 세차게 허공을 휘젓고 시아의 귓속으로 파고들었다.

“물론 예전 실력의 반의반조차 따라갈 수 없었지. 그것은 노력으로도 어쩔 수 없는 나의 ‘한계’였으니까. 그 벽을 처음 실감한 순간에는 엄청난 좌절감이 나를 찾아왔어. 하루에 수천 번, 수만 번을 반복해도 예전의 느낌이 살지 않는 동작에 화가 나 거울을 부순 일도 셀 수 없이 많았지. 하지만 어쩔 수 없었어.”

그녀는 그저 향수에 사로잡혀 스스로에게 진정으로 박수칠 수 있었던 나날을 추억하는 수밖에 없었다.

“나의 춤을 감상하러 찾아오는 이들은 여전히 많았지만, 나는 ‘한계’를 체감한 뒤부터 무대에 서지 않았어. 나 스스로가 너무 부끄럽고 추악하게 느껴져서. 그렇게 방황하다 결국 이곳에서 일하게 된 거야.”

애무하듯 거미줄을 쓰다듬던 발이 이번에는 진홍빛 날개

284

를 살며시 뭉개었다.

"그리고 이 여자를 만나게 되었지."

시아는 꽁꽁 감겨 있는 거미줄 사이로 보이는 굳어 버린 눈동자와 마주치지 않으려고 애를 썼다.

"이 여자도 춤추기를 좋아했어. 나를 동경하기도 했지. 그래서 나에게 다시 무대에 설 것을 수없이 권유했어."

여인이 허리를 숙여 죽어 있는 눈동자와 다정하게 눈을 맞추며 속삭였다.

"그럴 때마다 나는 완강하게 거절했지만 함께 춤에 대해 이야기할수록, 가치관을 공유하는 시간이 많아질수록 점점 더 마음을 열게 되었고, 결국 용기를 내었지. 이 여자의 말대로 루이의 공연단에 들어가 무대에서 춤을 춘 거야."

얇은 손가락이 거미줄 뭉치의 안으로 파고 들어가 플라밍고 여인의 눈가를 가만가만 쓰다듬었다.

"무대는 대성공이었고, 용기를 얻은 나는 그 뒤로도 루이의 공연단에서 쭉 활동을 했어. 여자는 나의 공연을 찬양했고, 나에게 춤을 배우기를 갈망했지. 그 당시 자신감과 자존감을 되찾아 가고 있던 나는 기꺼이 여자의 스승이 되어 주었어."

제자를 죽인 스승의 손길이 제자의 얼굴을 더듬었다.

"그런데 그거 알아?"

나직한 질문은 시아를 향한 것일까. 죽어 버린 제자를 향한 것일까.

"사실은 나 또한 이 여자를 동경하고 있었어. 이 여자는 아름다운 날개와 다리를 가지고 있었으니까. 내가 아무리 노력해도 가지지 못하는 것을 가지고 있었으니까. 나는 우아한 날개와 다리를 가진 여자에게 춤을 추는 것을 가르치면서 만족감과 충족감을 느낄 수 있었지. 그리고 그것이 내 삶의 새로운 원동력이 되었어."

여인의 몸이 우아하게 회전했다.

"그런데 이상하지? 이 여자는 나의 비루한 거미 몸뚱이를 가지고 싶어 하더라고. 나처럼 거미줄을 수놓고 그 위에서 춤을 추고 싶어 했지. 나는 그러한 여자를 이해할 수 없었지만 여자의 바람대로 거미줄을 다루는 방법을 알려 주었고, 여자는 루이의 공연단에서 내가 수놓은 거미줄을 가지고 묘기를 부렸어."

여인의 붉은 입술이 푸르스레한 허공에 부드럽게 한숨을 불어 넣었다.

"거기까지만 했다면 좋았을 것을……. 여자는 거미줄과 거미의 몸을 점점 더 갈망했고, 급기야는 자신의 두 다리를 잘라 버리기에 이르렀어. 불과 며칠 전의 일이지."

일순간 달 같은 눈동자가 흉흉하게 번뜩였다.

"연습실에 들어갔는데, 거미 다리로 주저앉은 채 환하게 웃으며 나를 돌아보는 여자를 본 순간, 소름이 쫙 끼치더군. 여자는 무서울 정도로 나와 똑같은 모습을 하고 있었어. 내가 증오하는 모습을……."

서슬퍼런 눈빛이 더욱 깊어졌다.

"건방지긴. 누구는 가지지 못해 죽어 가는데, 그걸 그렇게 쉽게 버리다니. 가증스럽게도, 이 여자는 활짝 웃고 있었어. 발레에 살고 발레에 목매던 내가 발을 잘렸을 때 느꼈던 비통함, 그 뒤로 이어진 끔찍한 인생의 갈고리, 내가 짊어져 온 그 짐들의 무게가 이 여자 때문에 한순간에 가벼운 것으로 전락하고 말았지."

원망과 증오로 얼룩진 눈동자는 이상하게도 평온했다.

"나는 이 멍청하고 무모한 여자를 죽일 수밖에 없었어. 잠을 자고 있는 동안 스스로가 그토록 사랑하던 거미줄로 육체를 옥죄었지."

살해를 고백함에도 여인은 자신이 숭고한 일을 해냈다는 듯 성직자처럼 고결하게 말했다.

"행복했을 거야. 자기가 그토록 사랑하는 거미줄 속에 파묻혀 죽음을 맞이하게 되었으니."

여인은 소녀를 비스듬히 엿보았다.

"나의 죽음이 아니라고 다른 이들의 죽음을 경시하지 말라고?"

깔깔깔 웃음소리가 비통하게 공기를 헤집었다.

"웃기지 마."

싸늘하게 식은 눈동자가 시아를 쳐다보았다.

"나는 내 발이 잘려 나갔을 때 이미 죽었어. 그리고 거미줄을 뽑으며 거미의 몸으로 춤을 추고 있는 지금도, 나는 계속해서 죽어 가고 있는 거야."

날 선 목소리가 딱딱하게 되뇌었다. 발이 잘린 발레리나가 무얼 기대할 수 있을까.

"그러니까 너는 행복한 거야. 이곳에 온 지 며칠이나 지났는데도 사지가 멀쩡하고 희망을 버리지 않고 있잖아. 그런데 지금 너를 봐. 너는 도리어 우울해하고만 있지. 하긴, 가진 것이 많을수록 행복함과 감사함에 무뎌지기 마련이니까."

붉은 입술이 고혹적으로 올라갔다.

"잃어 봐야 비로소 감사함을 배울 수 있지. 그것이 없는 자가 가지고 있는 유일한 강점이야. 그러니까 잘 들어. 이제부터 내가 너에게 가르쳐 줄 거야. 감사함이 무엇인지를……."

여인이 속삭였다.

"그럼 이제 일을 시작해야지? 곧 웨이터들이 몰려올 거야."

그녀는 웨이터들이 마치 동물 무리라도 되는 것처럼 표현했다.

시아는 움직이지 않았다. 방금 전 들은 이야기의 여운인 걸까, 아니면 팽팽한 거미줄 때문인 걸까. 어떠한 것이 원인이든 몸은 움직일 생각을 하지 않았다.

그 순간 천둥과 같은 거대한 소리가 아래에서부터 들려왔다. 요란한 소리는 시아의 굳어 있던 몸을 거세게 후려치듯 하여 시아를 움직이게 만들었다. 여인은 한숨을 쉬었다.

"매니저가 온 모양이야."

시아의 혼란스러운 표정을 본 그녀가 혀를 찼다.

"이런, 설마 내가 매니저인 줄 안 거야? 착각하지 마. 나는 레스토랑의 총지배인이지, 일개 매니저 따위가 아니야. 매니저는 웨이터들을 이끌며 서빙을 할 뿐이지만, 나는 이 위에서 레스토랑의 모든 운영을 총괄하는 상위 직급이라고."

상사가 하나 더 늘어나 우울한 시아를 향해, 여인이 웃으며 두 팔을 벌렸다.

"뭐 해. 어서 안겨."

그녀가 명령했다.

"내려가야지. 네 매니저를 소개해 줄게."

# 레스토랑 업무의 시작

발아래에서는 우레와 같은 목소리와 발걸음 소리가 어수선하게 들려왔다. 시아는 내키지 않았으나, 거미 여인이 팔을 벌리고 재촉하는 데다 언제까지나 천장에 붙어 있을 수도 없었기에 마지못해 여인에게 다가갔다.

향기로운 품에 안겨 빙그르르 춤추는 허공을 바라본지 얼마나 지났을까. 시아는 움직임이 멈추는 기색을 느끼고 시선을 아래로 내려 바닥에 섰다. 바닥은 거미줄로 된 그물망이 아니었다. 반짝이는 대리석 바닥이 가라앉은 달과 같았다. 순간, 목덜미에 거미 여인의 손가락이 파고드는 것이 느껴졌다.

"새로 온 아가야. 잘 길들여."

하지만 속삭임의 대상은 시아가 아니었다. 시아는 서서히 고개를 들어 올렸다. 종아리 중간까지 올라오는 낡은 부츠, 펑퍼짐한 검은 바지, 허리에 매인 총들과 칼들, 가죽조끼 아래 가슴팍이 풀어 헤쳐진 허연 셔츠, 구릿빛 턱 아래의 검은 수염, 어깨까지 늘어진 머리칼 위에 눌러쓴 검은 삼각모. 만화에서만 보았던 해적이 눈앞에 있었다.

겁을 먹은 발꿈치가 뒷걸음을 쳤으나 이내 여인의 팔이 목덜미를 감아 왔다. 뒤에는 거미 여인, 앞에는 해적이 서 있어 시아는 포위된 것 같은 느낌을 받았다.

여인은 나직한 웃음소리를 시아의 귓속에 흘러 넣었다.

"겁먹지 마. 네가 이 일에 종사할 수 있도록 너를 잘 이끌어 줄 아주 훌륭한 매니저니까. 그렇지, 잭?"

여인의 말에 해적은 이를 드러내고 웃었다. 금니 몇 개가 반짝이며 존재감을 뽐냈다. 삼각모 아래에서 능글맞게 번뜩이는 눈동자는 아까부터 내내 시아를 주시하고 있었다.

"별 좁쌀만 한 게 다 기어들어 왔군."

중저음의 목소리는 약이라도 한 것처럼 어딘가 몽롱했다.

그는 정신이 반쯤 풀려 있는 듯했고, 공중에서 갈피를 잡지 못하는 양손으로 시아에게 굉장한 위협을 가했다. 그러니까 그의 오른손, 아니 원래 오른손이 있어야 할 자리에는, 날카로운 가위가 날을 번뜩이고 있었다. 왼손이 있어야 할 자리에는 집게가 쩌걱 쩌걱 입을 닫았다가 벌리기를 반복하고 있었다.

반짝이는 가위의 날이 모퉁이에 숨어 있던 기억을 날카롭게 찔렀다. 시아는 예전에 루이가 들려주었던 낭만적인 피아니스트 해적의 이야기를 떠올렸다.

"당신이 붉은 손 잭이군요. 공연장에서 피아노를 연주하시는 걸 봤어요."

시아가 확신에 찬 목소리로 말했다. 그날 밤 깊은 인상을 남겼던 인물을 이렇게 가까이에서 마주하니 감회가 새로웠다.

"글쎄, 나는 공연을 했던 기억이 없는데."

정말로 장본인의 머릿속에는 그날의 일이 티끌만큼도 남아 있지 않은 것 같았다. 무심하게 귀나 후비적대는 모습이 거짓말을 하는 것 같지는 않았다. 시아가 조금 당황하자 해적은 또다시 금니를 반짝이며 웃었다.

"아니, 어쩌면 공연을 했을지도 모르겠군. 그게 사실이라면 분명 럼주를 많이 마신 날이었을 거야. 난 취했을 때 한 일은 종종 잊어버리곤 하니까."

그러더니 그는 구릿빛 턱 아래 돋아난 검은 수염을 쓰다듬으며 갑자기 골똘히 생각에 잠긴 채, 가라앉은 목소리로 혼잣말을 중얼거렸다.

"하지만 기억이 나는 일들이 사실은 취해서 꾼 꿈이었을 때도 있는데. 어쩌면 지금도 꿈을 꾸고 있는 걸지도 모르겠군! 나는 항상 럼주를 마시니까. 잠깐, 그러면 현실과 꿈을 어떻게 구분하지?"

말도 안 되는 고민으로 고뇌하는 잭의 모습은 나름대로 꽤나 심각해 보였다. 기가 막힌 시아가 볼을 꼬집어 보면 알 거라고 말하려는 찰나, 뒤쪽에서 더 따끔한 대답이 들려왔다.

"상사 앞에서 죄목을 잘도 지껄이는군. 근무 중에 음주는 금지야, 잭. 한 번만 더 걸리면 넌 해고야."

같이 술을 마신 적도 있으면서 뭘 그렇게까지 야박하게 구냐는 잭의 대꾸에도 여인은 아랑곳하지 않았다.

"하츠 쪽에서 전달한 업무 내용은 너도 들었겠지. 해돈 님께서 많이 위급하신 상황이시니 똑바로 해."

여인은 시아를 해적 앞으로 밀며 경고를 속삭이고는 시아

쪽은 쳐다보지도 않은 채 다시 거미줄을 타고 올라갔다. 하늘 같은 천장 바로 아래, 그물처럼 촘촘한 거미줄 너머로 여인의 모습이 사라지는 것을 확인한 시아가 고개를 돌렸을 때, 해적은 이미 언제 어디서 가져왔는지 모를 럼주를 통째로 입에 들이붓고 있었다.

"근무 중에 음주는 금지라고 하지 않았나요?"

놀란 시아가 외쳤다. 그러나 해적의 얼굴은 거대한 럼주 병에 가려진 채로 드러날 줄을 몰랐다. 꿀꺽꿀꺽, 목구멍으로 술이 넘어가는 요란한 소리만이 그들의 고요를 채워 나갔다.

시아가 한참을 기다리고 나서야 마침내 럼주 병이 내려오고 해적의 씨익 웃는 얼굴이 드러났다.

"해적은 규칙에 구속받지 않지. 그녀도 다 알면서 하는 소리야."

그러나 시아는 이해할 수 없었다.

"예전이라면 몰라도, 당신은 이제 이곳의 웨이터 매니저 아닌가요? 어째서 웨이터가 해적이 될 수 있는 거죠?"

해적은 가위 손과 집게 손을 허공에서 휘이 저어 가며 시아의 말을 부정했다. 곧이어 나사 하나가 풀린 것처럼 몽롱한 중저음이 나른하게 훈계의 말을 내놓았다.

"너는 해적에 대해 전혀 모르는군. 온 바다를 누비고 다닐 만큼의 자유를 감당할 용기만 있다면 누구나 해적이 될 수 있어. 항해할 바다와 배가 있는 한, 나는 영원한 해적이야."

시아는 고개를 저었다. 자신이 하츠가 시킨 일을 완수하기 위해 따라야 하는 인물이 이토록 한심한 자라니, 그 침통함이 이루 말할 수 없었다.

"당신은 지금 럼주에 취한 게 분명해요. 주위를 돌아보세요. 여기는 레스토랑이에요. 이곳에 당신이 항해할 바다와 배는 존재하지 않아요."

술에 취해 가위 손과 집게 손을 거칠게 휘두르는 해적의 말에 반박하는 것은 상당한 위험을 감수해야 하는 일이었지만 시아는 지금 그만큼 절박했다. 시아는 어서 그가 술에서 깨 현실을 자각하고, 그녀에게 이 빌어먹을 웨이터 일이나 가르쳐 주기를 바랐다. 그러나 해적은 시아를 비웃으며 창문 하나를 골라 한가롭게 커튼을 걷을 뿐이었다.

"무슨 소리야? 너에게는 이 바다가 보이지 않는 거야? 주위를 둘러봐. 사방에 붙어 있는 거미줄은 배를 인도할 돛이고 거미줄을 다스리는 거미는 그 돛을 밀어 줄 바람이야.

아, 마침내 나의 선원들이 오는군!"

해적이 들뜬 중저음으로 지껄이는 헛소리를 듣고 있던 시아는 마지못해 해적이 바라보는 창밖을 내다보았다. 창밖에서 이곳으로 다가오는 자들은 해적과 똑같이 검은 바지에 하얀 셔츠, 조끼를 입고 있었으나 해적과는 판이하게 다른 모습들이었다.

그들이 입은 바지는 해적의 펑퍼짐한 바지와 달리 다리에 반듯하게 붙어 있었으며, 셔츠 역시 가슴팍이 벌어지도록 헐렁하게 입은 해적과는 반대로 단정하고 말끔했다. 또한 총과 칼들로 무장된 벨트와 가죽조끼 대신 검은색 보타이나 조끼로 격식을 차린 옷차림이었다.

'웨이터들이다!'

시아는 그들의 복장을 보자마자 알아차릴 수 있었다. 이제야 진정으로 같이 일을 할, 정상적일 것으로 추정되는 요괴들을 마주하게 된 것이다. 시아는 조금 떨렸다. 인사는 어떻게 하면 좋을까. 좋은 인상을 남기려면 어떻게 해야 할까. 시아가 머릿속으로 이런저런 고민들을 하던 차, 웨이터들 중 가장 먼저 레스토랑에 다다른 한 명이 문을 열었다. 그를 시작으로 웨이터들은 하나둘씩 차분한 발걸음으로 레스토랑에 들어왔다.

시아는 인사를 하기 위해 용기 내어 발을 내디뎠다. 그들에게 자신을 소개하고 잘 부탁한다 말하기 위해 입을 떼려는 순간, 해적 잭이 그녀 앞을 가로막았다.

"다들 참 빨리도 왔군. 기다리느라 가윗날이 녹슬 지경이었어."

웨이터들을 앞에 두고 해적이 말했다. 나긋한 목소리는 전혀 위협적으로 들리지 않았음에도 웨이터들은 서로 눈치를 보며 침묵했다. 시아는 해적이 그들에게 끼치는 영향력이 도저히 믿기지 않았다.

"뭣들 하나? 늦은 만큼 어서 빨리 움직여야지."

해적이 한쪽 입꼬리를 비틀어 올리며 여유로운 미소를 지어 보였다.

"선원들은 돛을 올리고 항해를 준비하라."

그러자 웨이터들은 일제히 분산되어 움직였고, 거대한 레스토랑에 온통 시꺼멓게 드리우고 있던 커튼들이 제일 먼저 걷어졌다. 갑갑했던 커튼이 홍해를 가르듯 비켜나자 바다처럼 넓게 펼쳐진 호화스러운 레스토랑 안에 달빛이 한꺼번에 쏟아졌다.

곧이어 해적의 목소리가 세상을 호령했다.

"조타수는 키 앞에 서고 나머지 선원들은 돛 아래에서 대기한다."

웨이터 한 명이 문가의 데스크 앞에 섰고, 다른 웨이터들은 마치 출전을 준비하는 제군들처럼 각각의 테이블 앞에 나란히 각을 맞추어 섰다. 그리고 다음 순간, 창 너머로 보이는 광경이 시아를 긴장하게 만들었다. 손님들이 몰려오고 있었다.

"파도가 몰려온다."

데스크 앞의 웨이터가 문을 열었다.

"조타수는 물살을 가르라."

웨이터가 들어오는 손님들을 차례차례 안내했고, 손님들은 물살처럼 갈라져 레스토랑 구석구석에 스며들었다. 동시에 몽환적인 색채의 빛이 샹들리에에서 쏟아졌다. 촛불이 밝혀지고, 어딘가에선 기괴한 연주가 흘러나왔다. 잭 선장은 삼각모를 고쳐 썼다.

"항해를 시작한다."


조곤조곤 주문을 주고받는 소리, 식기가 부딪히는 소리,

와인 잔을 채우는 소리. 온갖 사치스러운 소리들이 화려한 레스토랑 안에서 잔잔하게 울려 퍼졌다. 모든 것이 부드럽게 흘러가는 한가운데 혼자 어쩔 줄 모르고 서 있는 시아에게 잭 선장이 다가갔다.

"일을 하는 방법은 간단해."

몽롱한 목소리는 잔뜩 들떠 있었다. 항해를 시작해서 그런 것일까, 번뜩이는 잭 선장의 눈동자에서는 처음 보았을 때와는 다르게 생명력이 넘쳐흐르고 있었다.

"적절한 줄을 골라 깃발을 올리고, 날아오는 대포알을 받아 내기만 하면 되는 거야."

시아는 깃발이나 대포알을 찾고자 주변을 둘러보았다. 벽에 나열된 그림들, 푸른 꽃병, 금이 간 거울, 접시, 촛불 등이 오묘한 분위기를 만들고 있었다. 붉은 카펫 위에서는 원형의 테이블들이 식탁보를 두른 채로 춤을 추었고, 그 사이를 오가는 웨이터들의 움직임은 기품 있으면서도 능숙해 보였다. 하지만 깃발이나 대포 같은 것은 보이지 않았다.

"잘 모르겠어요."

"……꼬마야, 마지막으로 한 번 더 설명할 테니 이번에도 못 알아듣는다면 그냥 익사하기를 추천한단다."

날카로운 가윗날이 각 테이블 위에 늘어져 있는 허연 거미줄들을 위태롭게 찔렀다. 콧수염 아래로 검붉은 입술이 거칠게 속삭였다.

"자, 저 줄들이 보이지? 깃발을 올리라는 건 말이다. 주문서를 해당 테이블에 늘어진 거미줄을 이용해 올려 보내라는 거야. 종이에 줄을 묶어 아래로 잡아당기면 줄이 올라갈 거야."

거침없는 설명이 시작되자 지독한 럼주 냄새가 풍겨 왔다. 답변을 강요하듯 주시하는 검은 눈동자에 시아는 고개를 끄덕였다.

"벽 사이사이, 갈라진 틈, 쥐구멍, 직원들의 호주머니⋯⋯. 거미줄은 이 성 여기저기에 붙어서 요리실들과 레스토랑을 이어 주는 연결망이지. 주문서는 거미줄을 통해 담당 요리실로 전송될 거야. 그럼 요리사는 다시 거미줄로 음식을 보낼 거고. 그 음식은⋯⋯."

거미줄들을 가리키던 가윗날이 허공을 가르며 움직였다. 그 끝이 가리킨 것은, 웨이터들이 들어갔다 나오기를 반복하는 주방이었다.

"모두 저 안에 있는 거미줄에 덕지덕지 붙을 거야. 그러니 대포알을 받아 낸다는 것은⋯⋯."

"거미줄에 붙어 있는 음식을 받아 테이블로 가져가면 되는 거네요."

"이제야 말이 좀 통하는군."

선장이 씨익 웃었다.

"거미줄에 붙어 있는 음식을 받아 플레이팅을 하고 소스나 음료 등을 준비해 함께 내보내면 되는 거야."

그다음부터는 다분히 사소한 것들이었다. 메뉴를 외우고 최고급 자리로 모셔야 하는 중요한 손님들의 얼굴과 이름을 익혔다. 몇 가지 상업적인 기술들도 배웠는데, 음식을 추천해 달라고 하는 손님의 차림새로 경제력을 판단하여 가장 비싼 음식이나 두 번째로 비싼 음식을 권하는 것, 음료를 주문하지 않는 손님에게 중간에 와인이나 커피를 권하는 것 등이었다.

"주의해야 할 것은 세 가지뿐이야."

시아가 어렵지 않게 설명을 듣고 있는데, 갑자기 선장이 목소리를 낮게 깔았다.

"첫째, 절대로 다른 선원을 돕거나 도움받으려고 하지 않을 것. 난파된 선원은 한시도 망설이지 않고 버리고 간다.

그래야 항해가 지속될 수 있어."

시아에게는 그다지 어려운 조항이 아니었다. 그녀는 이곳에서 아는 선원도 없었기에 사사로운 정으로 난파된 선원을 굳이 돕고자 하는 일도 없을 것이었다. 다만 한 가지 호기심이 일었다.

"난파된 선원은 어떻게 되나요?"

흥미로운 물음에 선장은 슬그머니 미소를 지었다.

"한 치의 실수라도 저지른 선원은 거미 아가씨의 사냥감이 돼. 그다음부터는 굳이 말하지 않아도 알겠지."

거칠게 속삭이며 해적은 다음 조항으로 넘어갔다.

"둘째, 절대로 돛을 자르지 말 것."

"돛이라면, 거미줄을 말씀하시는 건가요?"

시아가 물었으나 잭 선장은 손톱을 매만지며 딴청을 피울 뿐, 대꾸하지 않았다.

"거미줄이 워낙 많기는 하지만, 제가 고의적으로 자르려고 하지 않는 이상, 거미줄이 잘릴 것 같지는 않은데요."

선장의 침묵에 대답을 스스로 짐작한 시아가 말하자 선장은 그제야 "아!" 하고 큰 소리로 탄식을 하며 가위 손과 집게 손을 휘둘렀다.

"그렇지, 참! 너는 돛을 실수로 자를 일은 없겠군! 나는 가위 손을 가지고 있어서 말이야. 언제나 집게 손을 이용하려고 애를 써야 하지. 괜한 말을 한 것 같군."

잭 선장은 이를 드러내고 웃더니 럼주를 들이켰다. 계속해서 거칠게 오르락내리락하는 목울대에 시아는 참다못해 물었다.

"마지막 조항은 무엇인가요?"

선장은 시아의 물음에도 아랑곳하지 않고 한참 뒤에야 얼굴을 전부 가리고 있던 럼주 통을 내렸다.

"마지막 조항……."

중얼거리는 목소리는 취한 듯 몽롱하게 풀려 있었으나 눈빛은 여전히 흉흉하게 번뜩이고 있었다.

선장의 의미심장한 표정에 시아는 궁금증이 더더욱 치미는 것을 느꼈다. 선장이 천천히 입을 열었다. 허공을 휘젓고 있던 집게 손이 가리키는 곳에서는 익숙한 곡조가 속살대고 있었다.

"셋째, 절대로 저 피아노를 건들지 마라."

선장이 조용히 속삭였다. 시아는 그 의미를 이해할 수 있었다.

"그날 밤, 공연장에서 연주하셨던 곡이네요."

그러나 그것은 그날에 들었던 것과는 비교도 할 수 없을 만큼 아름다운 소리였다.

"닥쳐. 이건 내가 두 손을 가지고 있었을 당시에 연주했던 소리야. 가위와 집게 따위의 고물로 연주하는 끔찍한 소리 와는 비교도 할 수 없지."

시아는 아무 말도 할 수 없었다.

"저 피아노는 내가 두 손을 가지고 진짜 바다 위를 무법 하게 방랑하던 시절, 선상에서 건반을 붉게 물들이며 매일 연주했던 악기이지. 내가 두 손을 가지고 연주했던 소리를 유일하게 기억하는 악기야. 이제는 감상용이 되어 버렸지 만……."

선장은 또다시 럼주를 들이마셨다.

시아는 이제야 조금 알 것 같았다. 거미의 팔다리로 춤을 추며 과거를 그리는 발레리나, 가위와 집게로 피아노를 연 주하며 과거를 감상하는 해적. 해적선의 난파된 것들은 모 조리 버리고 항해를 지속하지만, 그는 영원히 과거에 묶여 있었던 것이다.

잭 선장으로부터 웨이터로서 숙지하고 있어야 할 기본적인 소양들을 습득한 시아는 거의 아침이 되어서야 겨우 레스토랑을 빠져나올 수 있었다. 성질이 급하고 거친 선장의 지휘 아래 녹초가 된 시아는 곧장 야콥의 지하실로 가려다, 마음을 바꿔 리디아의 방으로 발걸음을 향했다. 오늘 하루 동안은 쥬드가 함께해 줬을 텐데. 울지는 않았는지 확인도 해야 했고, 저녁에 인사도 못 하고 나온 것이 못내 마음에 걸렸던 것이다.

"리디아, 나 왔……."

그러나 리디아의 방 문을 열자마자 예상치도 못하게 쥬드가 튀어나왔다.

"시아!"

울먹이다시피 소리치며 달려든 쥬드가 시아 뒤로 냉큼 몸을 숨겨, 그를 앙칼지게 노려보는 리디아의 시선을 피했다.

"너 이 자식, 나한테만 다 떠넘기고 사라지기야? 오늘 내가 얼마나 힘들었는지 알아?"

자신과 같이 시시덕거린 여자애에게 리디아가 여드름이 무지막지하게 커지는 약물을 타 주어 골탕을 먹였고, 이제 다시는 여자애들과 놀 수 없게 된 것 같아서 세상을 다 잃은 것만 같다고 쥬드가 항변했다. 리디아는 오빠가 자신의 마음도 몰라 준다며 떼를 써 댔다.

양쪽에서 징징대는 소리가 시아의 귓속을 시끄럽게 찔렀다. 시아는 고개를 절레절레 저으며 조용히 문을 닫고 나왔다. 그리고 새삼 언제나 일관성 있는 그들의 모습에 감탄하며 지하실로 발길을 돌렸다.


레스토랑에서 잭 선장에게 교육을 받기 시작한 지도 어느덧 이틀이 지났다. 이제는 웬만한 상황에 대처할 방법을 터득한 시아는 어엿하게 웨이터 복장을 입게 되었다. 보타이를 깔끔하게 맸고 새하얀 와이셔츠와 검은 바지가 단정했다. 시아는 긴장으로 땀이 흥건해진 손바닥을 움켜쥐었다.

오늘부터는 실전이다. 시아는 숨을 고르며 고개를 들었다. 아득한 높이에서 거미줄이 안개처럼 천장을 가리고 있었다. 그 너머에서 도사리고 있을 사냥꾼의 감시가 심장을 옭아맸다. 조금이라도 실수를 하면 거미의 감옥에 묶여 심장을 빼앗긴다. 겁에 질린 심장이 아우성쳤다. 연주자 없는 바이올린과 피아노 소리는 평온했다. 웨이터들은 각자의 동선에 따라 차분하게 움직였다. 해는 졌고 모든 것은 시작되었다.

입구에서 손님들을 맞이하는 호스트가 시아에게 눈짓했다. 시아가 손님을 안내할 차례였다. 시아는 발걸음을 옮겼다. 긴장했지만 움직임은 천천히, 가벼운 미소와 함께. 이틀간 필사적으로 새겨들은 지시들을 그대로 지키며 인사했다.

"실례합니다. 자리 안내해 드리겠습니다."

시아가 맞이한 손님은 놀랍게도 낯이 익은 요괴였다. 샹들리에의 어두운 황금빛 조명에 상대의 모습이 비춰졌다. 발끝까지 끌리는 망토, 콧수염이 돋보이는 마스크. 루이의 공연에서 돈을 받았던 위즈워스였다. 시아는 말없이 위즈워스를 지시된 테이블로 안내했다. 그리고 메뉴판을 건네면서 외워 놓은 대로 말하려는 순간이었다.

"내가 잘 몰라서 그러는데…… 메뉴를 좀 추천해 줄 수 있나?"

위즈워스가 느닷없는 질문을 했다.

시아는 조금 당황했다. 루이의 말대로라면 위즈워스는 레스토랑의 단골인 데다 최고급 메뉴를 주문하기로 소문이 자자했다. 그런 그가 어째서……. 시아는 의문을 삼키고 마음을 가다듬었다. 귓가에 질척대는 피아노와 바이올린의 합주가 기괴했다.

그 소리를 감상하며 시아는 짐짓 여유롭게 입을 열었다.

"원하시는 음식의 종류가 있으십니까?"

대답이 들려오면 종류에 따라 가장 비싸거나 두 번째로 비싼 메뉴를 추천하면 된다. 그 기준은 손님의 시계, 가방, 모자, 액세서리가 된다. 손님의 옷차림으로 경제력을 판단하여 음식을 추천하라는 지시를 떠올리며 시아는 위즈워스를 티 나지 않게 훑었다. 온몸을 가리는 망토와 마스크.

시아는 순간 미소 짓는 것을 멈출 뻔했다. 위즈워스의 웃음소리가 들려왔다.

"거추장스러운 것들로 나를 판단하려는 눈길들이 짜증 나서, 난 다 덮어 버리고 다니지. 그럼 나를 어떻게 대해야 할지 몰라 갈팡질팡하는 꼴이 꽤 우습거든."

위즈워스는 별 관심 없다는 듯이 메뉴판을 읽지도 않고 식탁 위에 던졌다.

"원하는 음식 종류라……. 원하는 종류……가 있기는 하지. 있고말고."

탁.

하마터면 메뉴판이 금이 간 꽃병을 건드릴 뻔했다. 반듯하게 펼쳐져 있던 크림색 식탁보가 헝클어졌다.

"내가 한 번도 맛본 적이 없는 음식이라서 이름을 모르겠군."

"……어떤 것인지 묘사해 주시면 알아맞혀 보겠습니다."

메뉴에 대해서는 꼼꼼히 공부를 끝낸 터였다. 위즈워스의 마스크가 시아를 향했다. 샹들리에 아래에서도 마스크 안쪽은 전혀 드러나지 않았다.

"그래, 그것은 매우…… 여린 살을 가졌지. 혀에 올려놓으면 바로 녹아 버릴 정도로."

마스크는 시아를 똑바로 쳐다보고 있었다. 눈동자가 보인 것은 아니었다. 그냥 느낌이 그랬다. 목소리는 들리는데 입술은 보이지 않았다.

"검은 눈동자는 공포심을 숨기고 있어서 오독오독 갉아먹는 재미가 있을 것이고."

소름이 끼쳤다.

"뽀얀 피부는 칼로 가르거나 물어뜯어 자국을 남기며 음미하는 맛이 기대되지."

피아노와 바이올린 소리가 기괴하게 울려 퍼졌다. 괴이한 명화들, 타들어 가는 촛불, 금이 간 거울과 꽃병으로 포위된 호화로운 장소에서 요괴들은 여유롭게 식사를 즐기고, 붉은 카펫 위를 오가는 웨이터들은 평온해 보였다. 그 속에 자연스럽게 동화되기 위해서는, 여유를 잃어서는 안 되었다.

"……저는 음식이 아니라 이곳의 직원입니다. 메뉴판에 나와 있는 음식 중에서……."

말이 끝나기도 전에 위즈워스가 자리를 박차고 일어섰다.

"내가 왜 그래야 하지? 네 팔뚝을 잘라 먹는데도 돈만 준다면 레스토랑은 상관하지 않을 텐데."

가슴이 두근거릴 정도로 정확한 추론에 시아는 할 말을 잃었다. 무얼 어찌해야 할지 몰라 곤란했다. 그저 빠져나가고 싶을 뿐이었다. 주문을 적는 메모지가 손안에서 축축이 젖어 갔다. 손이 떨렸다.

'아, 이런.'

도망가려는데 메모지가 손안을 벗어났다. 흥건해진 종이가 낙하한다.

갑자기 시아의 온몸이 뒤틀렸다. 메모지가 미처 바닥에 닿기도 전에 일어난 일이었다. 위즈워스가 시아를 휘어잡고 있었다. 그제야 시아는 위즈워스의 입을 볼 수 있었다. 그것은 시아의 얼굴보다도 더 거대한 크기였다. 안에는 기다란 혀가 구렁이처럼 꿈틀거리고 있었다. 그것이 마스크 밖으로 어떻게 나온 것인지는 알 수 없었다. 눈앞에 거대한 입 안이 펼쳐졌다.

머릿속이 새하얘졌다. 거대한 입은 얼굴을 통째로 뽑아 버릴 것만 같았다. 온몸에 힘을 주려고 애써도 소용없었다. 그 순간 문득 한 가지 의문이 머릿속을 스쳤다.

'왜 아무도 개입하지 않는 거지?'

북적이는 공공장소에서 손님이 웨이터를 먹으려고 한다. 시아는 안간힘을 써 주변을 둘러보았다. 손님들은 점잖게 대화를 나누며 식사를 즐기고 있었다. 간간이 웃음소리도 들려왔다. 웨이터들은 미소를 유지하며 차분하게 제 할 일을 하고 있었다. 샹들리에의 빛은 여전히 화려했고, 악기의 연주 소리는 너무도 아름다웠다. 무서울 정도로, 아무도 그녀의 일에 상관하지 않고 있었다. 발끝에서부터 머리끝까지 오소소 소름이 돋았다.

'첫째, 절대로 다른 선원을 돕거나 도움받으려고 하지 않을 것. 난파된 선원은 한시도 망설이지 않고 버리고 간다. 그래야 항해가 지속될 수 있어.'

뼈가 저리도록 실감되는 잭 선장의 지시가 먼지가 되어

버린 이성을 바득바득 끌어모았다. 축축한 것이 시아의 콧대에 닿았을 때 놀랍게도 그녀의 입술은 차분하게 움직이고 있었다.

"놓아주세요. 당신이 원하는 음식이 무엇인지 알아냈습니다."

그러자 끔찍한 입이 잠시 멈추더니 키득키득 웃음소리를 내기 시작했다. 다행히도 입은 순순히 멀어졌고 시아를 휘어잡고 있던 몸에서도 힘이 빠졌다.

"알았다고? 진심으로 하는 소리인가?"

시아는 후들거리는 다리에 힘을 주어 그녀를 감싸 쥔 구렁에서 빠져나왔다.

"예, 다만 이런 식으로 음식을 대령하는 것은 레스토랑의 원칙이 아니니, 조금만 기다려 주시면 정식으로 음식을 대령하겠습니다."

대답을 듣기도 전에 서둘러 몸을 움직였다. 물론 여전히 미소는 가볍게, 움직임은 여유롭게. 겁에 질려 뛰어가려는 다리를 붙들며 시아는 애써 천천히 걸었다.

'뛰면 안 돼. 웃어. 옳지. 안 그러면 잡혀가.'

스스로에게 미친 사람처럼 되뇌었다. 주변에 도움을 청해도 아무도 도와주지 않을 것이라는 것을 시아는 너무나 잘 알고 있었다. 그렇다고 해서 진짜 자신을 음식으로 낼 수도 없었다. 이렇게 된 이상 떠오르는 방법은 오직 하나였다.

시아는 연주자 없이 노래하는 피아노 앞에 다다랐다. 피아노는 치렁치렁한 거미줄에 매여 허공에 붕 떠 있었다. 시아는 피아노까지 늘어져 있는 거미줄 뭉치를 다짜고짜 부여잡았다. 웨이터용 복장 덕분인지 거미줄은 아까처럼 몸에 달라붙지 않았다.

시아는 고독한 피아노를 향해 거미줄 뭉치 위를 바득바득 기어올라 갔다. 간혹 거미줄을 놓치거나 다리에 힘이 풀렸지만 필사적으로 부여잡고 헐떡이며 기어갔다.

낌새를 눈치챈 위즈워스가 순식간에 쫓아왔다. 어느새 그는 시아 바로 아래까지 와 있었다. 위즈워스가 시아를 향해 입을 벌리고 달려들려는 순간 시아는 피아노 위로 뛰어들었다. 피아노를 아등바등 끌어안은 시아의 발에 짓밟힌 건반들이 기괴한 음표를 뱉어 냈다.

시아가 있는 높이까지 거의 다 올라온 위즈워스가 입을 벌렸다. 포크 같은 손톱이 박혀 있는 팔이 뻗어 나와 허공에 난도질을 하기 시작했다. 그는 피아노와 시아를 통째로 부쉬 버릴 것만 같았다. 위즈워스가 피아노에 다다르기 직전이었다.

툭.

거미줄이 끊어졌다. 위즈워스가 추락했다. 상당한 높이에서 떨어진 위즈워스는 바닥에 쓰러진 채로 고통스러운 신음을 흘렸다. 바닥에 나동그라진 그의 망토는 낡은 가죽 부츠에 의해 짓밟혔다. 날카롭게 번뜩이는 가윗날에 입김을 불어 거미줄을 떼는 잭 선장의 표정이 시아의 가슴을 아프게 했다.

'둘째, 절대로 돛을 자르지 말 것.'

이미 한번 어긋난 상황은 더는 걷잡을 수 없이 망가지고 있었다.

"빌어먹을, 생각보다 똑똑한 계집이었군."

선장이 욕지거리를 읊조렸다. 그럼에도 피아노의 상태를 확인하는 그의 눈빛에는 애정이 깃들어 있었다.

'셋째, 절대로 저 피아노를 건들지 마라.'

자신의 보물을 지독히도 사랑하는 그의 거친 속삭임이 죄책감이라는 칼날이 되어 시아의 가슴을 찔러 댔다. 잭 선장이 시아의 눈을 마주 보았다.

'미안해요.'

시아가 눈으로 말했다.

활기가 차오르던 선장의 눈동자는 결연한 의지로 돌처럼 굳어 있었다.

'후회하지는 않아.'

아마도 그것이 선장의 대답이었을 것이다. 또한 그것은 선장의 마지막 남은 의지이자 유언이었다. 자신이 가장 중요하게 여기는 마지막 조항을 제외한 두 조항을 모조리 어겨 버린 죄인은 선고를 기다리듯 무방비하게 서 있었다.

'한 치의 실수라도 저지른 선원은 거미 아가씨의 사냥감이 돼.'

시아가 소리를 지르기도 전에 발레리니 여인은 선장을 사냥했다.


"실례합니다. 연어 세비체 나왔습니다."

시아는 난도질된 연어 사체에 진드기 즙이 버무려진 요리를 테이블에 올려놓았다. 손님의 잔에 와인을 고상하게 기울이는 것을 끝으로 물러난 시아는 한숨을 쉬었다. 오랜 노동에 온몸은 녹초가 되어 있었다. 꼿꼿한 자세와 미소를 유지하기란 쉽지 않았다. 그나마 이제 레스토랑이 문을 닫을 시간이라는 것과 첫 근무가 무사히 끝나 간다는 것이 위안이 되었다.

부상을 입은 위즈워스가 돌아가고 잭 선장이 거미 여인에게 사냥된 것이 불과 몇 시간 전의 일이었다. 대장이 거미줄에 묶여 죽음으로 향해가고 있음에도 불구하고 웨이터들은 여전히 온화한 미소를 지으며 평온하게 일했다. 피아노 역시 여전히 황홀하게 연주를 계속했다.

어느덧 손님들이 하나둘 자리를 비우기 시작했다. 손님들이 완전히 사라지자 웨이터들이 접시들을 요리실로 보내고 주방을 청소했다. 손님들이 있을 때와 달리 표정을 찌푸리거나 욕지거리를 읊조리는 웨이터들의 이중성에 시아는 겁을 먹기보단 친근감을 느꼈다.

잭 선장의 부재로 일을 진행하는 데에 상당한 혼란이 있었지만 우여곡절 끝에 일은 마무리가 되어 갔다. 시아는 와인 잔과 접시들을 나르며 천장을 올려다보았다. 안개처럼 뿌연 거미줄 너머로 아무것도 보이지 않았다. 거미 여인은 내려오지 않는 듯싶었다.

"드디어 퇴근이당!"

"가서 한잔해야겠어. 아까 진상 놈 뺨을 갈겨 주고 싶은 걸 겨우 참았다고."

"힝. 나 피곤해 죽는 줄 알았잖아."

"넌 안 가냐?"

웨이터들은 우르르 떼 지어 문밖으로 향했다.

"저는 조금 이따 가요. 내일 뵐게요."

시아가 멋쩍게 웃으며 대답했다.

이내 문이 쾅 닫혔고 한적한 레스토랑 내에는 오직 시아 뿐이었다.

# 플라밍고 여인의 이야기

시아는 위를 올려다보았다. 지쳐서 팔다리가 뻐근했지만 별로 쉬고 싶지는 않았다. 그렇기에 바로 거미줄 뭉치를 부여잡았다. 시아는 무거워진 몸을 바득바득 움직이며 천장까지 이어진 거미줄을 올라갔다.

기어오르기엔 어마어마한 높이였으나 포기해선 안 되는 이유가 저 위에 있었다. 이마에 땀이 맺히고 팔다리가 후들거렸다. 몸이 끊어질 것 같아 차라리 다 놓아 버리고도 싶었다. 그러나 살아야겠다는 그리고 살려야겠다는 집념 하나로 시아는 거미줄을 기어올랐다.

그렇게 한 시간쯤 지났을까. 시아는 레스토랑의 천장 아래에 거미줄이 이룬 거대한 그물망에 다다랐다. 거미줄이 넓게 퍼져 있는 천장 아래는 한참 전에 발레리나 여인에게 이끌려 와서 보았던 것과 달라진 것이 없었다. 광활하게 드리워진 거미줄 바닥 위로 올록볼록 튀어나온 혹들 안에 갇혀 있는 사냥감들의 모습은 다시 보아도 섬뜩했다.

"잭! 어디 있어요?"

잔뜩 쉰 목소리로 선장의 이름을 외쳤으나 아무런 대답도 돌아오지 않았다. 시아는 정신없이 주변을 둘러보았다. 시아를 둘러싼 수많은 혹들 중 몇은 아직 죽지 않은 사냥감의 몸부림으로 흔들리고 있었다. 그러나 소리는 들리지 않았다. 주변은 너무나 적막했다. 시아는 조금 무서워지기 시작했다.

"아무나…… 아무나 대답해 주세요. 선장이든, 발레리나든."

절박한 마음에 떨리는 목소리가 새어 나왔다.

"포기하세요. 어차피 그들은 나타나지 않을 거예요."

예상 밖의 목소리가 대답해 왔다. 여자의 목소리였으나 거미 여인은 아니었다. 거미 여인이라기엔 목소리가 너무나 작고 가녀렸다.

놀란 시아는 경계심을 가지고 주변을 두리번거렸다.

"여기예요."

속삭임을 따라 고개를 움직이니 두 걸음 너머의 고치 아래 앙상한 플라밍고 날개가 가을 낙엽처럼 시들어 축 처진 채 있었다. 온몸을 휘감은 거미줄 틈새로 플라밍고 여인의 초점 잃은 눈동자가 시아를 마주 보았다. 시체와 눈이 마주친 기분이었다.

시아는 잠시 동안 아무 말도 할 수 없었다. 한동안의 침묵을 깨고 무의식적으로 새어 나온 여인의 말은 참으로 무례하고 기묘했다.

"살아 있었군요."

플라밍고 여인의 표정은 변하지 않았다. 아니, 어쩌면 거미줄에 가려져 시아가 눈치채지 못한 것일 수도 있었다.

"그녀는 사냥감이 서서히 죽어 가도록 포박하거든요. 특히나 싫어하는 사냥감이라면 더더욱. 그것이 그녀 나름의 분풀이이기도 하고, 또 그녀는 이 위에서 춤을 출 때 관객이 많기를 바라거든요."

"그렇다면 잭 선장도 아직 살아 있겠네요."

희망이 섞인 시아의 말에 플라밍고 아가씨는 신기하다는

듯이 중얼거렸다.

"그를 구하려고 하시는군요."

"그가 그렇게 된 것은 저 때문이니까요."

"돌아가세요. 이곳에서 죄책감을 가지는 것만큼 바보 같은 짓은 없을 거예요."

"그럴 순 없어요. 잭을 풀어 주도록 발레리나를 설득해 볼 거예요."

시아의 고집에 플라밍고 여인은 아기를 어르듯이 차근차근 설명했다.

"그녀는 지금 거미줄 어딘가에서 우리의 대화 내용을 듣고 있어요. 그럼에도 그녀가 이쪽으로 오지 않는다는 것은, 당신의 말을 들어줄 생각이 없다는 거예요."

서글픈 사실에 시아는 무기력하게 서 있을 수밖에 없었다. 플라밍고 아가씨의 말대로 이곳에서 거미 여인이나 잭 선장을 만나는 것은 거의 불가능해 보였고, 설사 만나게 된다고 하더라도 잭을 풀어 줄 수 있는 마땅한 방안이 떠오르지 않았다.

"포기하세요. 그 누구도 그녀를 설득할 수는 없을 거예요. 하츠가 온갖 금은보화와 예술로 회유했을 때에도 그녀는 고집을 꺾지 않았죠."

"하츠가 그녀를 회유했다고요?"

예상치 못한 이름이 거론되자 하츠에 대해 민감한 시아는 묻지 않을 수 없었다. 순식간이었지만 놀라움과 궁금함이 스쳐 지나간 시아의 표정을 본 여인이 부드럽게 한숨을 쉬었다. 달콤하게 흩어지는 숨소리에 섞여 있는 웃음기는 시아를 겨냥하는 것 같았다.

"당신은 정말, 아무것도 모르시는군요."

눈동자가 시체처럼 굳어 버리지만 않았더라면 그녀는 분명 시아를 향해 웃고 있었을 것이다. 그러나 어쨌든 그녀는 죽어 가고 있었고, 곧 끊어질 것처럼 가냘픈 목소리는 계속해서 시아의 귓가로 미끄러졌다.

"과거에 하츠는 그녀가 톰을 불러 주기를 바랐어요. 그녀가 톰을 불러내서 자신이 악마로부터 풀려날 수 있도록 말이에요."

톰이라는 이름 하나에 수많은 이야기들이 거미줄처럼 얽혀 끌려왔다. 하츠가 그를 속박하는 악마로부터 벗어나고자 톰을 필요로 한다는 것은 얼마 전에 야콥으로부터 들어 이미 알고 있는 이야기였다. 그러나 시아는 의아했다.

"톰을 불러낼 수 있는 것은 해돈뿐이지 않나요?"

야콥에 말에 따르면 톰과 계약을 맺은 해돈만이 그를 불러낼 수 있다고 했다. 그렇기에 하츠가 해돈의 병을 고치고자 시아의 심장을 도려내려 하는 것이 아닌가.

플라밍고 아가씨는 키득키득 웃고 말았다. 가냘픈 목소리가 소곤소곤 시아의 착각을 짚어 주었다.

"아니에요, 오히려 그녀는 해돈보다도 더 쉽게 톰을 불러낼 수 있는걸요. 그저 눈길 한 줌, 손짓 한 번이면 충분하죠."

플라밍고 여인이 둘의 관계에 대해 비아냥거렸다. 그리고 흥분했는지 축 늘어져 있던 손을 들어 올렸다.

여인의 손짓에 몇 안 남은 진홍색 깃털이 떨어져 나갔다. 움직임에 거미줄은 더더욱 촘촘하게 여인을 조여 왔다. 거미 왕국은 시아가 생각하지 못한 구석까지도 점령하고 있었다. 그저 눈에 보이지 않을 뿐이지. 끈적한 거미줄에 잠식되며 여인은 깔깔깔 웃었다.

"왜냐고요? 왜냐면요, 톰이 그녀를 사랑하거든요."

어디선가 꽃병 부수는 소리가 들려왔다.

"악마는 발레리나를 사랑했지요."

어둡고 광활한 천장 아래 베일처럼 드리워진 거미줄을 타고 속삭임이 떨려 왔다.

"아, 우스워라."

플라밍고 여인이 키득키득 웃었다. 여인을 가둔 희뿌연 실타래를 따라 이야기는 돌고 돌아 과거로 거슬러 올라갔다. 그것은 웃음 없이는 말할 수 없을 정도로 참으로 예쁘고 슬픈 이야기였다.

"이 정도면 만족해요?"

손톱에 화려한 매니큐어를 칠한 손가락이 다 쓰러져 가는 탁자 위에 새빨간 보석을 올려놓았다. 탁자 위에는 이미 온갖 귀중품들이 잔뜩 쌓여 반짝거리는 산을 이루고 있었다.

"흐응, 뭐 이 정도면 들어줄 만한 것 같군. 끄윽 끄윽."

야콥은 거대한 이빨을 드러내고 기분 나쁜 웃음소리를 내며 웃었다.

"원하는 게 뭐지, 아카시아 양?"

눈알을 부라리는 야콥의 시선을 당차게 마주 보는 것은 십 대 중반으로 추정되는 앳된 여자아이였다. 짤막한 팔다리는 아담한 체구에 걸맞았고, 나이에 맞지는 않지만 검은 마스카라와 붉은 립스틱이 돋보이는 성숙한 화장은 강렬하면서 매력적이었다.

"내 욕구를 하나 지워 주세요."

야콥은 아카시아 양의 요구가 마음에 들지 않았는지 얼굴을 험악하게 구겼다.

"감정이나 욕구는 있는 그대로 두는 것이 좋아. 일시적인 고난을 참지 못하고 건드렸다가 고생한 자가 한둘이 아니지. 십중팔구는 돌아와서 원래대로 복구해 달라고 귀찮게 떼를 쓴다고. 한번 지워 버린 욕구나 감정은 다시 되돌릴 수 없어."

그러나 아카시아 양의 결정은 확고했다. 그 고양이의 것과 같이 매력적으로 올라간 눈을 치켜뜨며 야콥을 자신 있게 쳐다보았다.

"약속하죠. 복구해 달라고 돌아오는 일은 절대 없을 거예요. 이건 일시적인 고난 때문이 아니에요. 내 삶을 지속적으로 덮쳐 온 고통이자 굴레 때문이죠. 난 여기서 벗어나야 해요."

"하!"

야콥은 큰 소리로 콧방귀를 뀌었다. 천둥과 같은 목소리가 아카시아 양에게 폭풍우처럼 쏟아져 내렸다.

"바보인 건가? 어려서 철이 없는 건가? 아니면 배가 부른 것인가? 예쁘장한 얼굴과 화려한 춤 실력으로 그 어린 나이에 명성과 부를 모두 얻었으면서, 대체 뭐가 그렇게 힘들다고 이러는 거지? 아쉬울 게 하나 없는 인생을 살고 있지 않나."

왕반지가 번쩍이는, 소시지 같은 손가락이 아카시아 양의 어깨를 툭, 툭 건드렸다.

"요괴 섬 최고의 실력과 잠재력을 보유한 소녀들로 이루어진 무용단. 하루에도 수백 명의 요괴들이 너희들의 걸음걸이를 구경하고자 앞다투어 몰려오고 수천 명의 요괴들이 너희가 내뱉는 공기와 밟는 땅마저도 찬양하지. 예술가로서 최고의 삶을 향한 순탄 대로를 걸어가고 있으면서 대체 무슨 욕구를 없애고자 하는 것이냐?"

어깨를 툭툭 치는 야콥의 손가락은 제법 억셌지만 아카시아 양은 꼼짝도 하지 않았다. 오히려 꼿꼿한 목을 더 빳빳이 세우고 야콥을 마주했다.

"예술가로서 최고의 삶?"

붉은 입술이 예쁘게 올라가며 마주 앉은 마녀를 향해 조소했다.

"수정 구슬로 남의 삶을 엿본다면서 완전 허투루 하고 있었군."

경멸이 담긴 눈동자가 야콥을 노려보았다. 자그마한 체구에서 흘러나오는 것이라곤 믿을 수 없을 정도로 강렬한 독기가 눈빛에 배어 있었다.

"그따위 눈알을 달고 다니느니 뽑아 갈아 버리는 것이 나을 판이야."

아카시아 양은 중얼거렸다.

"당신은 예술가로서 최고의 삶이 뭐라고 생각하는 거지? 예술로 돈을 끌어모으는 거? 돈이 목표였다면 처음부터 춤 같은 건 때려치우고 예쁜 꽃집이나 차렸을 거야."

아카시아 양은 이제 비웃음이라기보단 자조적인 웃음을 흘리고 있었다. 처연하게 말을 이어 가는 아카시아 양의 목소리에는 웃음인지 울음인지 모를 것이 섞여 있었다.

"돈과 명성과 같은 세속적인 가치로부터 완전히 자유로워지는 것. 자신만의 온전한 세계 안에서 예술을 향유하는 것. 그것이 예술가로서 가질 수 있는 최고의 삶이야."

웃음을 흘리는 아카시아 양의 눈동자에 숨겨져 있던 절망이 드러났다.

"그런데 지금 나를 봐. 다리를 어떻게 움직이면 나를 더 아름답게 봐 줄까, 공중에서 회전을 하면 즐거워해 줄까, 어떻게 해야 나를 더 찬양할까. 손가락 마디 하나를 움직일 때마저 남들의 시선에 얽매여 행동하지."

아카시아 양의 웃는 얼굴에선 울음 섞인 목소리가 흘러나왔으나 그것은 전혀 이상하게 느껴지지 않았다.

"다른 사람들이 나를 좋아해야 한다는 강박감에 사로잡혀 걸음걸이 하나도 남들의 입맛에 맞추어 움직여. 이런 내가 예술가로서 최고의 삶을 누리고 있다고?"

공허한 웃음소리가 허공을 울렸다. 이제 소녀는 애원하고 있었다.

"나는 사람들의 시선 따위 상관하지 않고 오롯이 나만을 위한 예술을 즐기고 싶어. 그렇기에 내가 지우고 싶은 욕구는, 다른 사람들에게 사랑받고자 하는 욕구."

단어가 몸 안을 썩히는 독소라도 되는 듯 입술을 짓이기며 뱉어낸 말은 명확했다. 결정을 굳힌 아카시아 양의 눈빛과 목소리에는 조금의 흔들림도 없었다.

야콥은 천천히 입을 열었다.

"······좋아. 원하는 대로 사랑받고자 하는 욕구를 꺼내 주지."

확신과 넉넉한 사례, 이만하면 이쪽에선 아쉬울 게 없었다. 야콥은 이빨을 드러내며 웃었다.

"조금만 기다려. 눈 깜빡하는 사이에 모든 것은 자연스럽게, 너무나 당연하게 끝나 있을 테니까."

야콥은 콧노래가 저절로 흘러나왔다. 어린아이의 대담한 결정을 말리거나, 부질없는 훈계를 할 생각은 추호도 없었다. 이런 멍청이들이 들끓어야 돈벌이가 잘되는 법이니까.

야콥은 즐거운 마음으로 눈앞의 어리석은 소녀가 의뢰한 일을 진행하기 시작했다. 그리고 그것은 가장 아름다운 희극의 시작이자 비극의 방문이었다.

모든 것이 끝났을 때 야콥은 아카시아 양에게 못생긴 주전자 모형의 점토를 건네주었다. 점토는 말랑말랑하여 손에 조금만 힘을 주어도 모양이 바뀌었다. 초라한 주전자 형태의 점토를 손에 쥐여 주자 얼굴을 찌푸리는 아카시아 양을 보며 야콥은 낄낄 웃었다. 도자기를 만들려던 것을 미루다가 이럴 때 쓰게 될 것이라곤 예상도 하지 못했었다.

"너의 욕구를 빼내어 이 점토에 담아 놨어. 이제 너는 다른 사람들의 감탄이나 경이에도 무심해질 것이며 남들의 시선 따위 상관하지 않을 것이야. 남들에게 사랑받고자 하는 욕구는 모조리 이 점토에 들어 있으니까."

아카시아 양이 점토를 만지작거리는 것을 바라보며 야콥이 설명했다.

"점토에 있는 욕구를 다시 돌려 낼 수는 없어. 이제부터 너는 평생 사랑받는 기쁨 따윈 누릴 수 없을 거야. 후회하지 않겠지?"

소녀는 활짝 웃었다.

"그럼요, 이제 나는 자유예요."


아카시아 양이 소속되어 있는 무용단은, 연인들의 눈물이 연못을 이루고 그들의 키스가 바람을 일게 하는 청춘과 정열의 거리에서 활동했다. 그곳은 정말이지 젊은이들에게 근사한 곳이었다. 밤이면 거리의 크고 작은 천막들이 얇은 천 속에 저마다의 공연을 품고, 지나가는 방랑자들을 유혹했다. 덕분에 그 거리의 밤은 날마다 알록달록한 불빛들과 노래하는 젊은이들로 반짝반짝 활기가 넘쳤다.

유령 열차와 서커스 사이에 위치한 거대한 분홍색 천막은 아카시아 양의 무용단이 매일 밤 공연을 펼치는 곳이었다. 공연을 하지 않을 때면 그녀를 비롯한 무용단 소녀들은 거리 뒤편 마을의 초록색 여관에서 줄곧 연습을 했다. 여관은 빈방이 많아 춤을 추기 좋은 곳이었다. 그러다 밤이 되면 소녀들은 분홍색 천막 안의 수많은 관객들 앞에서 공연을 펼쳤다.

야콥에게 다녀온 뒤 아카시아 양은 전보다 훨씬 더 자유롭게 자신의 낭만적인 삶을 만끽했다. 사랑받고자 하는 욕구를 버리니 타인의 시선 따위 상관하지 않고 자유롭게 행동할 수 있었다. 마치 자신을 옥죄던 족쇄로부터 풀려나 날아다니는 기분이었다.

다만 하나 마음에 걸리는 것은 야콥으로부터 받아 온 작고 초라한 점토였다. 처음에는 형편없는 주전자 모양이었던 것이 무심코 눈길을 줄 때마다 형태가 바뀌어 있었다. 컵이었다가 접시였다가, 심지어 토슈즈 모양을 띤 적도 있었다.

조금 꺼림칙했으나 아카시아 양은 '마녀에게서 받은 물건이니 변덕스러운 것이겠거니.' 하고 크게 신경 쓰지 않았다. 어쨌거나 그녀는 요괴 섬 최고의 무용단에서 공연을 하고 있었고 점토 따위에 신경 쓸 겨를이 없었으니 말이다.

무용단의 명성이 높아짐에 따라 소녀들의 여관을 찾아오는 요괴들은 나날이 불어났다. 대체로 그녀들의 열렬한 팬이나 공연 관계자들이 방문을 했다. 물론 예외도 존재했다. 간간이 신앙을 권유하는 신자들이나 나눔을 구걸하는 거지들이 여관의 문을 두드리기도 했다.

방문객들에 대한 무용단 소녀들의 태도는 상대에 따라 확연히 달랐다. 특히 신자들에게는 신의 존재와 종교의 믿음을 비웃으며 콧방귀를 뀌어 줄 만큼 그녀들은 자신감으로 가득 차 있었다.

하루는 무용단 소녀들이 모두 유령 열차에서 일하는 소년들을 만나러 나가고 여관에는 아카시아 양만이 남아 있었다. 지나가던 거지가 문을 두드리고 무용단의 부와 명성을 언급하며 음식을 구걸했다. 품위를 중시하는 아카시아 양은 문턱이 더러워진 데에 잠시 불쾌함을 느꼈으나 지저분하고 야윈 거지에게 동정심을 느꼈다.

아카시아 양은 거지에게 돈과 먹을 것을 쥐여 주고 거지의 아부 섞인 예찬에 미소 한두 번을 보인 뒤 문을 닫았다. 조금 뒤 주방 구석을 보고는 소스라치게 놀랐다. 갑자기 주방 구석에서 쪼그리고 앉아 있는 조그마한 남자아이를 발견한 것이다.

남자아이는 얼핏 보아도 매우 지저분했다. 며칠 동안 씻지 않은 듯 기름진 머리칼이 얼굴에 달라붙어 있었으며 피부에는 피딱지들이 가득했다. 아이는 그녀보다도 어리고 무고해 보였지만 어딘가 엉성한 부분이 느껴졌다. 깜박이는 눈동자는 생기가 없어 마치 조각상 같았다. 아이가 천천히 고개를 들어 아카시아 양을 바라보았다.

"너 뭐야? 여긴 어떻게 들어온 거지?"

아카시아 양이 앙칼진 목소리로 소리쳤다. 그녀의 사나운 목소리에 아이는 울 것 같은 표정을 지었다. 그러나 아이에게서는 아무런 울음소리도, 목소리도 흘러나오지 않았다. 아카시아 양은 주변을 둘러보았다. 어린아이가 들어올 만한 곳이 있는지를 살펴보다가 그녀는 탁자 위에서 한 가지 눈에 띄는 변화를 눈치챘다.

아카시아 양은 다시 고개를 돌려 남자아이를 쳐다보았다. 그리고 매섭게 눈을 치켜뜨며 물었다.

"애, 네가 가져갔니? 탁자 위에 있던 작은 점토 말이야."

아이는 아무 말도 하지 않았다. 계속되는 침묵에 답답해진 아카시아 양은 한숨을 쉬며 이마를 짚고 다른 한 손은 아이에게 내밀었다.

"이리 돌려줘. 내 거야."

그러나 아이는 아카시아 양의 뜻을 잘못 이해했는지 그녀의 손에 자신의 손을 올려놓았다. 당황한 아카시아 양은 손을 빼려 했으나 배시시 웃는 소년의 미소에 동작을 멈춰야 했다.

"너는 누구야? 어디서 온 거지? 집으로 돌아가."

그러나 아이는 아카시아 양의 손을 꼭 잡고 놓지 않았다. 그녀는 아이 손의 말랑말랑한 감촉에 깜짝 놀랐다. 그 감촉은 익숙한 것이었다.

"너…… 네가 그 점토구나."

아카시아 양이 중얼거리듯이 말하자 아이는 긍정하듯 빙긋이 미소를 지었다. 그녀는 얼굴을 찌푸렸다. 머리가 아파왔다. 그녀 때문에 이토록 더러운 남자아이가 자신들의 공간을 침범했다는 것을 알면 다른 소녀들이 화를 낼 게 뻔했다.

"다시 원래 모습으로 돌아가. 아니, 아무거나 괜찮으니까 살아 있는 것만은 되지 말아 줘."

그러나 아이는 부탁을 들어줄 생각이 없는지 멀뚱멀뚱 그녀를 쳐다보았다. 그녀의 말을 알아들었는지조차 의문이었다. 조바심이 난 아카시아 양이 아이의 두 어깨를 움켜잡고 말했다.

"주전자, 찻잔, 숟가락. 아무거나 다 괜찮아. 다시 돌아가. 돌아가란 말이야."

아카시아 양의 절박한 외침에도 불구하고 아이는 움직이지 않았다. 그리고 그녀는 직감했다. 슬프게도 무용단 소녀들의 초록 여관에는 앞으로 같이 살아갈 이가 하나 더 늘었다는 것을.


재능만큼이나 야망도 큰 소녀들이 한 공간에서 생활하는 초록 여관은 언제나 위태로운 분위기가 안개처럼 맴돌았다. 서로를 향한 소녀들의 경쟁심과 투기는 마치 불꽃과도 같았다.

가시처럼 날카로운 기운이 가득한 여관 안에는, 그녀들에게 굉장히 지배적인 규칙이 하나 있었다. 무용단 내에서 실력과 명성이 가장 우월한 소녀는 나머지 소녀들로부터 심한 괴롭힘을 받는다는 것이었다.

누군가 나서서 공표하거나 명시한 규칙은 아니었다. 재능과 야망이 가득한 어린아이들이 함께 생활하다 보니 자연스럽게 형성된 암묵적인 것이었다. 가장 빼어난 소녀는 때마다 매번 바뀌었고, 그에 맞추어 괴롭힘을 받는 소녀와 괴롭힘을 가하는 소녀들도 달라졌다.

아카시아 양 역시 규칙에 순응하여 가장 뛰어난 아이를 멸시하였고, 그 당시에는 아름다운 진홍색 날개를 가진 벨라가 괴롭힘을 받는 당사자였다. 벨라의 가느다란 다리와 목은 그녀의 춤 선을 섬세하고 우아하게 만들어 주었고, 진홍색 날개의 움직임은 다른 소녀들도 인정할 수밖에 없는 아름다움을 자아냈다.

그런데 어느 순간부터 괴롭힘을 받는 아이가 하나 더 늘어나게 되었다. 소녀들은 점토로 이루어진 작고 지저분한 남자아이가 자신들의 거주지에 예고 없이 들어선 것을 못마땅해했다. 그래서 아이에게 톰이라는 이름을 대충 붙여 주고는 그를 마음대로 부려 먹었다.

그녀들은 톰에게 온갖 허드렛일을 시켰고 그가 조금이라도 눈에 거슬리면 욕설을 내뱉거나 폭력을 행사했다. 아카시아 양 역시 톰을 그다지 좋아하지 않았다. 그녀는 다른 소녀들과 마찬가지로 그에게 험한 욕설을 퍼부었으며 폭력을 방관했다. 그러나 톰의 존재에 대한 죄책감이 조금은 있었는지, 다른 소녀들처럼 그를 구타하지는 않았으며, 남몰래 그를 종종 도와주기도 했다.

하늘이 금방이라도 울음을 터뜨릴 것처럼 우중충한 날이었다. 저녁을 먹기 위하여 네모난 탁자에 둘러앉은 소녀들 사이에서는 그 어떠한 말도 오가지 않았다. 톰은 소녀들을 위해 만든 딸기잼 토스트를 접시에 담아 나눠 주고 있었다.

무표정으로 일관된 숨 막히는 정적을, 날카로운 목소리가 갑작스럽게 찔러 왔다.

"으윽, 잼에서 점토 맛이 나잖아!"

소리를 지른 소녀는 인상을 찌푸리며 오렌지 주스로 혀를 헹궈 냈다. 허공 속에 줄곧 숨어 있던 화의 송곳이 순식간에 톰에게로 쏟아졌다.

"이런 멍청이, 맨손으로 잼을 만지면 어떡해! 점토가 묻어 버리잖아."

"우웩, 점토를 먹을 뻔했어."

"결국 점토 따위로 이루어진 저 몸뚱이가 문제인 거지."

소녀 한 명이 톰의 팔을 움켜쥐며 노려보았다. 감정이 격앙된 소녀들은 먹이를 본 참새 떼처럼 톰에게 우르르 몰려들었다. 점토로 이루어진 톰의 몸을 두드리고 때리고 망가뜨리지 않는 유일한 소녀는 아카시아 양이었다. 그녀는 홀로 탁자에서 얌전히 토스트를 뜯어 먹으며 괴롭힘을 당하는 톰을 바라볼 뿐이었다.

식사를 마친 소녀들은 여느 때처럼 공연을 펼치기 위하여 거리의 분홍색 천막으로 우르르 몰려 나갔다.

그날따라 구름은 더디게 흘러갔고 살며시 밤이 찾아왔다. 주룩주룩 비가 쏟아지기 시작하자 천막들의 알록달록한 조명과 가로등의 불빛이 빗속에서 은은하게 빛났다.

날씨 때문인지 관객들은 공연이 끝나고 평소보다 빠르게 천막을 빠져나갔다. 객석이 텅 빈 천막 안에서 소녀들은 비가 우수수 떨어지는 밤을 보며 우산을 가져오지 않았다는 둥 감기에 걸렸다간 연습에 지장이 간다는 둥 호들갑을 피우고 있었다.

그때 힘없이 처져 있던 천막의 문이 살며시 열렸다. 한 손으로 우산을 쓰고, 다른 한 손으로는 품 안 가득 우산들을 품고서 소녀들에게 해맑게 웃는 아이는 바로 톰이었다. 하지만 거만한 소녀들은 톰에게 고맙다는 인사도 하지 않고 그가 가지고 있는 우산들을 하나씩 빼앗아 들고 천막을 나설 뿐이었다. 문제는 톰에게는 소녀들 수만큼의 우산밖에 없다는 것이었다.

빈손으로 서 있는 톰에게 건조한 목소리가 툭 던져졌다.

"너는 저 애와 함께 쓰고 오면 되겠네."

톰과 강제로 우산을 나누어 쓰게 된 불운한 소녀는 벨라였다. 소녀들은 자신들이 가장 멸시하는 두 명이 우산을 함께 쓰는 것이 재미있는지 키득거리며 여관을 향해 걸었다. 빗방울이 무자비하게 쏟아지는 가운데 각이 진 남색 우산들이 기차처럼 줄지어 이동했다.

빗방울은 땅과 싸우려는 듯 더욱 거칠게 달려들었고 거리는 진흙이 질퍽이는 웅덩이들이 생겨 금세 더러워졌다. 소녀들은 진흙이 옷에 튈까 봐 사뿐사뿐 발꿈치를 들고 참새처럼 뛰어가면서도 조롱 섞인 웃음을 멈추지 않았다.

톰은 소녀들의 웃음소리가 들리지 않는 것처럼 태연하게 우산 아래를 걸었으나 그의 옆에 선 벨라의 가녀린 몸은 계속해서 부들부들 떨리고 있었다.

여관까지의 비참한 여정은 끝이 보이지 않는 길을 행진하는 것처럼 길게만 느껴졌다. 톡, 아주 잠깐 사이에 우산 가장자리에서 떨어진 빗방울들이 톰의 손가락에 닿았다. 빗방울에 허물어진 점토의 일부분이 벨라의 발 위로 떨어졌다. 진흙이 튀지 않도록 바쁘게 움직이던 벨라의 발 위에 새하얀 얼룩이 그려졌다.

당황한 톰이 무어라 입을 열기도 전에 벨라가 발걸음을 멈추었다. 쏟아지는 빗소리 너머로 다른 소녀들의 비웃음소리는 더더욱 거세졌다. 둘을 둘러싼 조롱들이 빗방울과 한데 섞였다. 벨라의 얼굴은 수치심과 분노로 붉게 달아올랐다.

"네 우산은 네가 구해서 쓰고 와."

작지만 단단한 목소리가 톰의 귓가를 스쳤다.

톰이 상황을 판단하기도 전에 벨라의 손이 자그마한 그를 밀쳤다. 눈 깜박하는 사이 그는 웅덩이 위로 힘없이 엎어졌다. 소녀들의 웃음소리는 소프라노처럼 더더욱 격양되었다. 톰이 빗방울과 진흙 속에 파묻혀 가까스로 고개를 들었을 때, 벨라는 저 멀리에서 우산을 쓰고 여관으로 도망치듯 달려가고 있었다.

톰은 온몸에서 힘이 빠져나가는 느낌이 들었다. 달려드

는 빗방울과 파고드는 진흙 사이에서 점토는 힘없이 허물어져 갔다. 자신의 몸이 진흙 속에 섞이고 있다는 것을 인지한 순간, 톰은 덜컥 겁이 났다. 그는 어떻게든 몸을 일으키고자 미친 듯이 발버둥 쳤다. 그러나 사정없이 퍼붓는 비는 그의 나약한 몸에는 대포알만큼이나 강력했다.

웅덩이 안으로 허물어지며 그는 끝까지 구원의 손길을 갈구하였다. 하지만 애석하게도 점토가 무너져 가는 순간까지 그에게 다가오는 것은 소녀들의 쾌활한 웃음소리뿐이었다. 주변을 가득 채운 웃음소리와 빗소리로 톰은 머리가 어지러웠다. 도무지 정신을 차릴 수가 없었다. 서서히 멀어져 가는 발걸음 소리를 들으면서 톰은 비참한 심정으로 몸부림을 멈추었다.


시간이 얼마나 지났을까. 몇 초가 지난 것인지, 며칠이 지난 것인지, 아니면 몇 년이 지난 것인지 도무지 감을 잡을 수가 없었다. 그때, 희미해진 의식 너머로 자그마한 목소리가 그를 부르는 것이 들렸다.

"톰. 톰."

몇 번이나 이어지는 단단한 목소리가 무너져 내리는 톰의 눈꺼풀을 강제로 들어 올렸다.

아무것도 보이지 않는 흐릿한 시야로 초점을 잡는 데까지는 시간이 걸렸다. 그는 곧 자신을 부르는 상대가 아카시아 양이라는 것을 알아차렸다. 그녀는 우산을 쓰고서 웅덩이에서 한 발짝 떨어져 그를 내려다보고 있었다. 비에 조금도 젖지 않은 채로 단정한 옷차림을 하고 있는 그녀는 그와는 전혀 다른 세상에서 온 것처럼 신성하고 아름답게 반짝였다.

"톰."

여전히 비는 세차게 내리고 있었고 톰의 몸은 망가지고 있었다.

"집에 가자."

그 모든 사실을 보고 있으면서도 그녀는 아무것도 보지 못한 것처럼 평화롭게 이야기했다.

"우산 안으로 들어와."

그러나 톰은 몸을 움직일 수 없었다. 계속해서 점토를 파고드는 빗방울이 그를 웅덩이의 더 깊숙한 곳으로 내몰았다.

'아아, 비를 피할 수만 있다면……'

톰은 아카시아 양이 쓰고 있는 우산을 쳐다보았다. 그 시선의 의미를 눈치챘는지 아카시아 양은 표정을 찌푸렸다.

"안 돼. 우산을 너에게 내밀어 주면 내가 젖잖아."

톰이 절박하게 바라보았으나 아카시아 양은 단호하게 고개를 저었다.

"내 소중한 발에 진흙을 묻힐 순 없어서 더 다가가기도 곤란해."

그녀는 손가락 하나 움직이지 않았다. 부드러운 목소리가 빗소리 너머에서 여유롭게 건너왔다.

"대신, 기다려 줄게. 빗줄기가 조금 가늘어지고 너도 몸이 괜찮아지면 우산 안으로 들어와."

그녀는 마치 대단한 자비라도 베푸는 것처럼 신성해 보일 정도로 아름다운 미소를 지어 주었다. 그리고 자신의 약속대로 빗줄기가 얇아지고 톰의 몸이 가까스로 형태를 되찾을 때까지 그녀는 정말 꼼짝도 하지 않았다. 그녀는 우산을 들고 석고상처럼 꼿꼿하게 선 채로 그 자리에 머물렀다.

시간이 흐르고, 하늘 모퉁이에서는 햇빛이 물감처럼 번지기 시작했다. 빗방울이 가늘어지며 조금씩 얌전해졌다. 톰은 여왕에게 구걸하는 노비처럼 웅덩이에서 힘없이 기어 나와 그녀의 우산 아래에 웅크렸다.

"일어서. 조심하고. 내 옷에 묻히면 안 돼."

아카시아 양은 톰이 다시 완전한 다리를 만들어 내고 일어설 때까지 인내심 있게 기다려 주었다.

"걸을 수 있지?"

톰은 대답을 하는 대신 걸음을 내디뎠다. 아카시아 양도 우산을 들고 함께 걷기 시작하였다. 거리 너머에서 맑은 햇빛에 반짝이는 초록 여관이 보였다.

아카시아 양은 보폭을 줄이고 천천히 입을 열었다.

"……우리가 원망스럽겠지."

아카시아 양이 중얼거리듯 말하였다.

"하지만 우리는 이렇게 지낼 수밖에 없어. 무자비하고 강력한 요괴들이 넘쳐 나는 이 사회에서, 무용을 선택한 어린 여자아이들이 살아남기 위해선 독해져야 해. 상냥한 심성 같은 건 꿈을 가진 순간부터 버려야 했지."

기껏해야 십 대 중반이나 될까 하는 소녀가 하는 말은 그 나이에 어울리지 않는 당찬 내용이었다.

"너에게 이해를 바라는 건 아니야. 우리가 너에게 했던 행동들은 분명 잘못된 것이고 그래서는 안 됐어. 하지만 그렇다고 해서 앞으로 우리가 달라질 것이라는 건 아니야."

아카시아 양이 걸음을 멈추었다.

"톰, 너와 우리는 너무나 다른 존재야. 나는 알아. 네가 어떤 아이인지. 왜 매번 찻잔, 목걸이, 토슈즈 같은 것들로 형태를 바꿨었는지. 왜 이제는 계속 이런 모습으로 지내는 건지."

쏟아지는 빗소리 위로 아카시아 양의 담담한 목소리가 초연하게 흘러갔다.

"내가 차를 즐기고 난 날에는 찻잔, 거울을 보며 아끼는 목걸이를 만지작거린 날에는 목걸이, 연습을 죽어라 해서 토슈즈를 자기 전에야 벗은 날에는 토슈즈. 서서히 알게 되었어. 너는 항상 매 순간순간 내가 관심을 가졌던 대상들로 형태를 바꾼다는 것을."

아카시아 양은 자신을 바라보는 톰의 눈동자를 마주 보았다.

"그러던 어느 날, 내가 여관 문을 두드린 거지를 웃으며 상대해 주었던 그날, 너는 이렇게 지저분한 아이가 되어 내 앞에 나타났어."

서로의 눈동자를 마주 보는 그들의 눈빛은 더없이 진중했다. 톰의 담백한 눈동자를 바라보는 아카시아 양의 눈빛은 확고한 의지로 다져져 있었다. 속삭이듯 쏟아지는 빗소리는 그녀의 단호한 목소리와는 대조적으로 어딘가 애절했다.

"너를 탓할 생각은 없어. 어쩔 수 없다는 걸 알아. 왜냐하면……."

어디선가 천둥소리가 희미하게 들려왔다. 작지만 묵직한 울림은 그들의 마음에 깊은 자국을 남겼다.

"내가 너에게, 사랑받고 싶어 하는 욕구를 심어 준 것이니까."

어린 소녀가 지은 허탈한 웃음은 빗소리와 함께 금세 씻겨 내려갔다.

"너는 나로 인해…… 처음부터 그렇게 만들어진 거니까."

조금의 죄책감과 자책감이 깃든 속삭임이 공허하게 울려 퍼졌다.

"그렇지만 나는 네가 원하는 것을 이뤄 줄 수 없어. 사랑을 원하는 마음을 너에게 모조리 줘 버린 나머지, 나에게는 사랑을 느낄 수 있는 마음이 남아 있지 않아."

사랑받기를 원하지 않는 소녀가 사랑받고자 하는 아이에게 속삭였다.

"그러니 이 집을 떠나서 너의 사랑을 돌려줄 수 있는 자들을 찾아. 이 집에서는 너도, 나도 행복해질 수 없어."

더는 여관으로 걸어가지 않고 멈추어 버린 발걸음이 그녀의 확고한 결정을 의미했다.

"네가 떠나면 나는 더욱 자유롭고 강해질 거야. 나의 유일한 약점이었던 너를 영영 잃게 되는 거니까. 나는 자신 있어. 정말 열심히 할 거거든."

자신감과 야망으로 당당하게 반짝이는 눈빛이 톰에게 떠나 줄 것을 종용했다. 그러나 톰은 아카시아 양의 말에 순순히 움직일 수 없었다. 그는 정말로 이해가 되지 않는 것처럼 눈앞의 여자아이를 가만히 바라보고 있었다. 깜박이는 눈동자가 의구심을 표출했다.

아카시아 양은 아직도 모르겠냐는 듯이 입을 열었다.

"너는 벨라를 동정하겠지만 사실 여관에 머무는 아이들 중 벨라를 부러워하지 않는 아이는 없을 거야. 그 애 역시 괴롭힘을 받으면서도 그 자리를 빼앗기지 않으려고 매 순간 몸부림을 치지."

위태로운 줄 위를 걸으며 추락하지 않고자 몸부림치는 아이들의 마음은 불에 타고 시기와 경쟁심만이 재가 되어 남아 있었다.

"나 또한 그 자리에 닿을 수만 있다면 괴롭힘 따위 받더라도 세상에서 가장 행복할 거야. 그건 다른 아이들도 마찬가지이고. 네가 떠나면 나는 이 세상에서 가장 훌륭한 무용수로 성장할 거야.”

그럼에도 그들이 계속해서 줄 위를 걷는 것은 그저 그것이 순수한 소망이고 꿈이기 때문이다. 줄 위를 걷는 소녀들에게 하늘 위의 별이란 이 세상의 전부이자 아름다운 희망이었다.

“너는 네 길을 떠나. 그리고 너를 사랑해 줄 수 있는 여유가 있는 자들을 만나서 네 꿈을 이루어. 너는 심성이 곱고 착하니까, 그 지저분한 머리칼과 피부를 깨끗하게 하고 용모를 가꾸면 충분히 사랑받을 수 있을 거야.”

의문에 가득 찬 아이를 보며 아카시아 양은 가볍게 미소를 지어 주었다.

“단정한 신자들은 내쫓고 더러운 거지들에게는 문을 열어 준 내 행동에 네가 오해를 한 거야. 사람들은 더럽고 추악한 모습을 끔찍이도 싫어해. 사랑받기 위해서는 깨끗하고 아름다운 모습을 갖추어야 하지.”

어느새 비가 완전히 그치고 하늘은 맑아져 있었다.

“우산은 너에게 줄게. 이걸 가져가. 너의 유일한 약점은 물이니까.”

그렇게 소녀는 톰에 대한 조금의 죄책감과 책임감을 우산 하나에 실어 떠나보냈다.

# 톰의 비밀

"하, 또……."

갈기갈기 찢어진 우산을 바라보며 아카시아 양은 아랫입술을 깨물었다. 그리고 관객들이 준 꽃으로 가득 찬 쓰레기통에 망가진 우산을 별 미련 없이 집어 던졌다.

구두를 딱딱거리며 탈의실을 빠져나와 무대 뒤쪽 구석으로 가 보았지만 보이는 건 역시 산산조각이 나 있는 또 다른 우산이었다. 아카시아 양은 또다시 신경질적으로 우산을 쓰레기통에 던졌다. 이제는 좀 곤란하다. 이런 경우를 예상해서 나름대로 꼭꼭 숨겨 놓았던 건데…….

천막 밖에서는 비가 우수수수 떨어지고 있었다. 공연이
끝난 지는 한참이 지나 관객들과 다른 무용수들은 천막을
빠져나간 지 오래였고, 날씨 때문인지 천막 밖에는 아무도
보이지 않았다.

아카시아 양은 한숨을 쉬며 머리카락을 쓸어 넘겼다. 공
연이 끝난 뒤 그녀에게 몰려오는 관객들을 좀 더 빠르게 밀
쳐 내지 못한 것이 실수였다. 그새 따로 숨겨 둔 우산까지
찾아내서 망가뜨릴 줄은…….

"내일은 우산을 다섯 개쯤 사 와서 숨겨 놔야겠어."

아카시아 양이 중얼거렸다. 다른 무용수들의 괴롭힘 따위
는 이제 익숙했다.


톰이 초록 여관을 떠난 이후, 몇 년 사이에 아카시아 양은
그녀가 확신했던 대로 무용단 내에서 가장 훌륭한 무용수가
되었다. 자신의 유일한 결점을 떠나보낸 그녀는 더욱 강해
졌고, 매일매일 혹독한 자기 착취와 훈련을 통해 가장 우월
한 무용수로 거듭났다.

소녀의 아담한 체구와 짤막했던 팔다리는, 나비를 연상케
하는 날씬한 몸매와 길쭉한 팔다리로 자라 춤 선을 더욱 섬

세하게 만들었다. 공연을 할 때마다 틀어 올리는 머리카락은 까맣고 탐스러웠으며 꼬리가 앙칼지게 올라간 눈매와 검은 눈동자는 자신감과 자부심으로 어디서나 당돌하게 빛났다.

그녀는 언제나 무용단의 공연에서 센터를 차지하여 무대 정중앙에서 공연을 휘어잡았고, 공연이 끝나면 가장 많은 꽃과 박수갈채를 선물받았다. 아카시아 양을 비롯하여 무용단의 명성 역시 세월이라는 그네를 타고 더는 오를 데 없이 폭발적으로 드높아졌다.

잔혹하고 피폐한 사회에 지친 요괴들은 소녀들의 순수하고 아름다운 예술에 열광하고 끊임없이 그들을 칭송했다. 톰이 초록 여관을 떠난 이후 몇 년 사이에 무용단의 분홍색 천막은 그 거리의 다른 천막들을 모두 합친 것보다도 커다란 천막이 되었고, 소녀들은 여왕의 궁전에 초청되어 공연을 펼치기도 했다.

소녀들은 자신들의 재능을 특권으로 바꾸어 준 것은 자신들의 열정과 노력이라는 것을 너무나 잘 알고 있었다. 그렇기에 그녀들은 언제나 자신감과 활력으로 눈부시게 반짝였다. 그러나 그렇다고 해서 무용단 내의 절대적인 규칙 또한 변화를 맞이한 것은 아니었다. 무용단의 소녀들은 그녀들 중 가장 우월한 아카시아 양을 시기하고 괴롭혔다.

그러나 사랑받고자 하는 욕구를 제거한 아카시아 양은 남들의 시선에 조금도 상관하지 않았다. 오히려 그 잘난 콧대를 높게 세우고 자신만의 세상을 온몸으로 음미하며 행복을 느꼈다.

하지만 지금은 예외였다. 가늘어질 기미를 보이지 않는 빗줄기를 보며 아카시아 양은 표정을 찌푸렸다. 이렇게 된 이상 천막 안에서 춤을 연습하며 비가 그치기를 기다리는 수밖에 없었다. 아카시아 양은 외투를 걸어 두기 위해 다시 탈의실 안으로 들어갔다. 그리고 하품을 하며 외투를 벗기 시작했다. 춥고 피곤한 밤이었다.

"실례합니다."

문득 낯선 목소리가 빗소리를 뚫고 바깥에서 희미하게 들려왔다. 아카시아 양은 외투를 벗던 움직임을 멈추었다.

"안에 계십니까."

목소리가 다시 들려왔다.

아카시아 양은 개의치 않고 외투를 마저 벗었다. 보나 마나 선을 지킬 줄 모르는 팬이나 언론 관계자일 것이 분명했다. 무시하면 알아서 갈 것이다.

"……안에 계신 거 알고 왔습니다."

확신하는 목소리에 기분이 불쾌해졌다. 아카시아 양은 외투를 옷걸이에 걸며 사납게 소리쳤다.

"들여보내 줄 생각 없으니까 포기하고 그냥 가시죠."

옷걸이를 고리에 걸고 신발을 벗었다.

"들어갈 목적으로 온 것이 아닙니다."

'퍽이나 그러시겠지.'

아카시아 양은 코웃음을 치며 토슈즈를 신었다. 또다시 목소리가 부드럽게 달라붙었다.

"우산이 필요하실 것 같아서 가져왔어요."

토슈즈의 리본을 졸라매던 손이 멈추었다. 어설픈 호의가 우스워 아카시아 양은 저도 모르게 비웃음을 흘렸다.

"그것참 고맙네요. 그 앞에 두고 가세요."

고요한 빗소리를 들으며 불쾌한 방문객이 떠났을 거라 확신하는데 잠깐의 침묵 뒤에 난감해하는 목소리가 들려왔다.

"그건 곤란한데요. 우산이 하나밖에 없어서 두고 가면 제가 젖는답니다. 나오세요. 제가 우산을 씌워 드리겠습니다."

이쯤 되면 방문객은 그녀가 얼굴을 비추기 전까지는 계속해서 천막 앞을 지키고 서 있을 작정인 게 분명했다. 아카시아 양은 망설임 없이 탈의실 서랍 깊숙한 곳에서 권총을 빼 들었다. 그러고는 총알을 장전하고 사뿐사뿐 천막 문을 향해 걸어갔다.

"꺼지라고 했잖아."

아카시아 양은 천막 문을 젖히자마자 매끄럽게 권총을 들이밀었다. 빗발치는 빗줄기에 빠르게 젖어 드는 권총이 겨냥한 것은 어둠 속에 선 검은 실루엣이었다.

"필요 없는 짓입니다."

쏟아지는 빗줄기 아래에는 검은 정장을 입고 우산을 쓴 키 큰 남성이 꼿꼿하게 서 있었다. 남자가 태연하게 말했다.

"저는 정말로 그저 우산을 씌워 드리기 위해서 온 것이니까요."

'네가 뭔데?'

아카시아 양이 남자의 얼굴을 가린 우산을 노려보았다. 묘하게 꺼림칙한 느낌이 들었다. 왜인지 낯이 익은 우산이었다.

비수처럼 쏟아지는 빗소리 너머로 어디선가 천둥소리가 들려왔다. 쾅, 내리꽂히는 천둥이 그녀의 가슴에 깊은 잔상을 남겼다. 번개처럼 스쳐 지나가는 기억과 소름 끼치는 자각에 언제나 자신감에 차 있던 두 눈동자가 흔들렸다.

아카시아 양은 총구를 들어 올려 남자의 얼굴을 가리고 있는 우산을 위로 쳐 냈다. 우산이 올라가면서 드러난 얼굴은 수년 전 지저분하고 조그마했던 어린 남자아이의 얼굴과는 전혀 다른 모습이었다. 장인이 공을 들여 빚어낸 걸작처럼 완벽한 비율과 모양의 조각 같은 얼굴로 바뀌어 있었다. 길쭉하고 완벽한 비율의 몸은 귀티가 났고 향수 향기가 감미롭게 살결을 핥아 왔다.

'이런.'

아카시아 양은 속으로 탄식했다. 허탈한 웃음소리가 예쁜 입술 사이로 새어 나왔다. 터질 듯한 천둥소리와 함께 불현듯 밝혀진 하늘이 그녀를 노려보는 톰의 눈동자를 비추었다.

"당신은 비 맞는 것을 끔찍이도 싫어하시지 않습니까."

빗소리가 선연하게 울려 퍼졌다.

"톰!"

권총으로 들춘 우산 아래를 훑으며 아카시아 양이 해사하게 웃었다. 빗소리가 두 남녀의 적막을 담담하게 적셨다. 눈부신 미소를 마주한 톰의 눈동자는 여전히 차가웠다.

그런 태도를 비웃듯 아카시아 양은 상냥하게 말을 걸었다.

"들어와."

"……."

"옷을 갈아입어야 되니, 안에서 기다려."

아카시아 양은 톰의 반응은 상관하지 않고 천막 안으로 들어갔다. 콧노래를 흥얼거리며 탈의실로 향하는 아카시아 양의 뒷모습을 주시하며, 톰은 천막 안에 들어섰다. 천막 안은 수년 전 톰의 기억 속에 있는 모습과 거의 일치했지만 분명 달라진 점이 있었다. 훨씬 더 크고 화려해진 안은 그간의 공백 동안 일구어 놓은 소녀들의 성장을 의미했다.

또각또각. 구두 소리가 들려왔다. 고개를 돌리니 외투를 입은 아카시아 양이 다가오고 있었다. 한 손에는 여전히 권총을 든 채였다.

톰은 불빛 아래에서 처음으로 그녀의 얼굴을 마주 했다. 수년 만에 보는 아카시아 양은 확실히 더 아름답고 성숙했다. 톰은 아카시아 양의 변화를 하나라도 놓치지 않기 위해서 그녀의 얼굴을 하염없이 바라보았다.

"……소용없는 짓입니다. 총알은 제 몸에 아무런 타격도 입히지 못하니까요."

아카시아 양이 어깨를 으쓱이며 대꾸했다.

"그래도 못 본 척해 줄래? 가지고 있어야 마음이 편할 것 같아서. 네가 복수를 목적으로 나를 찾아온 걸지도 모르잖아."

아카시아 양이 사뿐사뿐 문으로 향했다. 뒤따라 나선 톰은 수년 전 그녀와의 이별을 고하며 대가로 받은 선물을 펼쳐 들었다. 쏴아아 쏟아지는 빗방울 사이에서 그들은 하나의 우산 아래 함께 길을 걸었다.

거리는 적막했고 축축한 공기는 어딘가 아련했다. 그들은 발걸음을 맞추며 조곤조곤 대화를 나누었다. 별다른 내용은 없었다. 그저 톰이 어쩌다 이 거리에 오게 되었는지, 아카시아 양에게 어떻게 우산을 씌워 주러 오게 된 것인지에 대한 시시콜콜한 이야기들이었다.

"그래서, 여긴 왜 온 거야?"

"제가 머무는 댁의 부부는 보석 세공을 하는 분들이었습니다. 이번에 새로 들어온 의뢰인이 이 지역에 거주하는 분이셨고 매매 계약을 하기 위해 이곳에 잠시 오게 되었지요."

"나한테는 어쩌다 오게 된 건데?"

"부부께서 계약을 진행하시는 동안 저는 거리를 서성이고 있었습니다. 마침 무용단이 공연을 한다는 소식을 듣고 공연장에 들르게 되었습니다."

"세상에, 내 공연을 봤구나?"

"그렇죠. 공연이 끝난 뒤 저는 오랜만에 인사나 나눌까 해서 대기실로 갔습니다."

"대기실? 경비를 뚫기 쉽지 않았을 텐데. 뭘로 변해서 갔지?"

"……이쑤시개."

"어머나."

"안에서 다른 무용수들이 우산을 망가뜨리며 아카시아 양을 모함하는 것을 목격했고, 제가 우산을 씌워 드리기로 결심한 것이죠."

그들은 그간의 공백 동안 서로에게 있었던 일들에 대해서는 묻지 않았다. 작별 인사를 나눈 뒤에 각자가 어떠한 삶을 살아왔는지, 어쩌다 지금 상황에 머물게 된 것인지 캐묻지도, 언급하지도 않았다. 그저 현재에 머물며 즐기는 데만 충실했다.

대화를 나누며 걷다 보니 그들은 금세 초록 여관 앞에 다다랐다. 아카시아 양은 톰의 우산 아래에서 벗어나 처마 아래 계단을 사뿐사뿐 올라갔다. 그리고 자신의 키 절반 높이까지 문에 설치되어 있는 여러 개의 잠금장치들을 빠르게 손가락으로 풀어내기 시작했다. 톰은 계단 아래에서 그녀의 뒤통수를 잠자코 바라보고 있었다.

한참 후, 문을 연 아카시아 양이 뒤를 돌아보았다.

"잘 가."

야속하게도 또다시 작별을 고하는 그녀의 다정한 미소는 너무나 태연한 것이어서, 톰은 잠깐 동안 아무 말도 할 수가 없었다. 비가 내리는 한가운데 그가 우산을 쓰고 멍하니 서 있었으나 아카시아 양은 굳이 대답을 기다리지 않았다.

문을 닫고 들어온 아카시아 양은 쏟아지는 피곤함에 급히 구두를 벗고자 허리를 숙였다. 그러나 문밖에서 들려오는 작고 정중한 노크 소리에 움직임을 멈추었다. 한숨을 쉬며 문을 여니 예상대로 톰이 서 있었다.

"날이 춥고 비도 오는데 제가 머무는 여관은 너무 멀어서 요. 하룻밤만 재워 주시겠습니까."

더할 나위 없이 정중한 말투였다. 사실 그가 천막 문밖에 나타났을 때부터 예상했던 것이었다. 아카시아 양은 살며시 미소를 지었다.

"소용없다는 걸 알잖아?"

그녀는 가차 없었다. 더 들을 것도 없다는 듯이 문을 닫았 다. 문 너머로 또다시 노크 소리가 들려왔지만 들은 체도 하지 않고 구두를 벗었다. 답답한 갑옷에서 해방된 것처럼 시원함을 느낀 것도 잠시, 발이 따끔따끔 아파 오기 시작했다. 무리한 연습과 공연 때문이었다. 어서 휴식을 취하고 싶어 수차례 들려오는 노크 소리를 무시하고 방으로 올라가는데 크고 요란한 초인종 소리가 여관 안을 종처럼 울려 댔다.

"빌어먹을."

계단을 오르던 아카시아 양은 욕지거리를 읊었다.

고요한 정적으로 보아, 다행스럽게도 여관 안에서 일어나 있는 무용수는 그녀뿐인 것 같았다. 다시 한번 초인종이 울렸다. 아카시아 양은 고개를 휙 젖혀 또 다시 초인종이 울려 대는 문을 있는 힘껏 노려보았다. 멈추지 않는 초인종 소리에 빠르게 문을 향해 발걸음을 돌렸다.

탕!

문을 열어젖히자마자 총알이 날아갔다. 분풀이였다. 총알에 뚫린 구멍이 점토에 의해 채워지는 것을 힐끗 쳐다본 눈동자가 이번에는 톰의 얼굴을 노려보았다. 살기가 넘쳐흐르는 시선에도 톰은 태연했다. 그녀의 눈동자에서도 곧 힘이 빠져 나갔다.

톰은 산산조각이 되어버린 우산을 그녀에게 보이며 여유

롭게 입을 열었다.

"거친 바람 때문에 그새 우산이 찢어지고 말았네요."

톰이 눈을 가늘게 뜨며 설명을 계속했다.

"몸이 다 허물어질까 두려워 차마 비를 맞을 수는 없으니, 하룻밤만 재워 주시겠습니까."

아카시아 양은 헛웃음을 터뜨렸다. 참으로 지독한 욕망이었다.

달이 차오르는 하늘, 푸르스레한 빛깔이 어두워졌다. 어둡고 고요한 저녁이었다. 저녁의 색깔 속에서 어슴푸레 자리 잡은 초록 여관의 수많은 창문들 중 하나가 유독 고독하게 반짝였다. 창문 아래 침대에서는 아카시아 양이 시체처럼 잠을 자고 있었다. 조금의 숨소리도, 기척도 내지 않는 그녀의 모습은 정말 죽은 것처럼 보였다. 손에 들려 있는 권총이 그녀를 더욱더 죽음과 친밀해 보이게 만들었다. 반면, 방 안은 더 없이 평온했다.

그런데 갑자기 아카시아 양의 눈이 번쩍 뜨였다. 동공은 놀란 사람처럼 휘둥그레 확장되어 있었다. 그것은 미친 사람이 광기가 돈 것처럼 갑작스럽고 기괴한 움직임이었다.

그녀는 척추에 용수철이라도 달고 있었던 것처럼 빠르게 일어섰다. 그리고 무언가에 쫓기기라도 하는 것처럼 서둘러 옷을 갈아입고 토슈즈를 챙겼다. 손발이 심하게 후들거리고 있었다. 불안감과 죄책감이 아카시아 양의 마음을 통째로 집어삼켰다. 일 초 일 초가 흐를수록 몸은 점점 더 심하게 떨리고 심장이 옥죄여 왔다.

어제 공연이 끝난 뒤 예상치 못한 톰의 방문 때문에 잠을 설쳐 평소보다 늦은 시각에 일어나고야 만 것이다.

'어떡하지.'

호흡이 빨라졌다. 가슴이 두근거렸다. 다른 무용수들은 이미 한참 전에 일어나 연습을 하고 있을 것이 분명했다. 그녀가 잠을 자는 동안, 다른 소녀들은 춤을 추고 있었을 것이다. 이대로 뒤처져서는 안 된다.

'어떻게 차지한 자리인데, 따라잡혀서는 안 되지.'

아카시아 양은 도망치듯 방에서 빠져나와 계단을 내려갔다. 어제 공연의 후유증이 아직 가시지 않았는지 발에서 느껴지는 통증이 여전했다. 그러나 압도적인 불안감이 고통을 덮었다. 곧장 비어 있는 연습실을 골라 들어가려는데 주방 쪽에서 인기척이 들려왔다. 급하게 움직이던 발이 일순간

364

멈추었다.

최근 몇 년간 주방에서 누군가가 요리를 한 적은 없었다. 고개를 돌리자 사각의 테이블에 둘러앉아 토스트를 먹고 있는 소녀들이 눈에 들어왔다. 그 너머에는 앞치마를 두른 톰이 프라이팬을 들고서 그녀를 바라보고 있었다.

"속이 시장하면 무엇을 한들 잘될 리가 있겠습니까."

톰이 상냥하게 미소 지었다.

"식사하고 가세요. 조촐하게나마 차려 봤습니다."

아카시아 양은 몇 년 전의 일상을 너무나 당연하다는 듯이 되풀이하고 있는 소녀들과 톰을 기가 차서 쳐다보았다.

"뭐 해? 먹기 싫으면 그냥 가."

"저 부스스한 꼴을 봐. 이제야 일어나다니 한심해."

아카시아 양에게 쏘아붙이는 목소리들이 들려왔지만 그녀는 조금도 상관하지 않았다. 상황을 파악하고 첫 번째로 밀려오는 감정은 오히려 안도감이었다. 다행히 아무도 연습을 하고 있었던 것처럼 보이지는 않았다. 현재까지는 누구도 그녀를 따라잡지 못한 것이다. 긴장이 풀리고 여유가 찾아오자 그다음부터는 상황이 그저 우습게 느껴지기 시작했다.

실컷 비웃음과 조롱을 날려 주고 연습실로 향하려는데 목소리 하나가 귀에 꽂혔다.

"이름이…… 뭐라고 했더라?"

'어라?'

"톰이요."

토스트를 베어 물며 질문하는 목소리에 톰이 웃으면서 대답했다.

"아, 그래. 톰."

소녀들은 별 감흥 없이 식사를 이어 나갔다. 하지만 이 사소한 대화는 아카시아 양의 관심을 끌기에 충분했다. 예상하지 못한 상황에 아카시아 양은 발에서 느껴지는 통증도 잊고 흥미로운 미소를 지었다. 재미있는 볼거리를 지나치긴 아쉬웠다. 아카시아 양은 토슈즈 가방을 바닥에 떨어뜨리고 의자를 하나 끌어내 앉았다.

"토스트 하나, 생쥐 피 발라서 만들어 줘."

아카시아 양은 새롭게 맞이한 일상 속에 태연하게 녹아들어 주문을 했다. 톰은 상냥한 어조로 알았다고 대답하며 그녀에게 오렌지 주스를 따라 주었다. 아카시아 양은 잠자코 주스를 홀짝이며 상황을 지켜보았다.

"주방 쓰레기통에 꽃은 누가 버린 거야? 설마 그새 또 극

성팬이 찾아온 건 아니지?"

"아니야. 어제 유령 열차 소년이 찾아왔었어."

"또? 그 아이가 벨라, 너 정말 좋아하나 보다."

"덕분에 성가시게 됐지."

"어떤 점에서 성가시단 말입니까?"

토스트를 담은 접시를 아카시아 양에게 건네주던 톰이 살며시 끼어들었다. 벨라가 톰을 쳐다보자 그는 아름답게 웃어 보였다.

"실례했다면 죄송해요. 대화를 듣다 보니 궁금해져서요."

머뭇거리던 벨라는 그의 부드러운 미소에 경계심이 허물어진 듯 천천히 입을 열었다.

"그냥, 그의 기대를 충족시켜 주기 성가셔. 그와 내가 주고받은 거라곤 이따금 거리에서 마주치며 나눈 안부 몇 마디가 전부인데, 그가 나에 대해 뭘 알겠어? 그는 그저 화려한 공연장에서 무대 의상과 화장으로 꾸며진 나에 대한 환상을 가지고 있는 것일 뿐이야."

벨라는 자신의 아름다운 진분홍색 플라밍고 날개를 손가락으로 쓰다듬으며 말했다. 날개를 들추자 옆구리에 일정한 길이의 붉은 흉터들이 규칙적으로 나열되어 있었다. 벨라가 키득거리며 웃었다.

"여관에서 약을 먹고 자해를 하며 연습을 이어 가는 내 모습을 보면 겁에 질려 도망치고 말걸."

"글쎄요."

벨라의 흉터들을 힐끗 본 톰이 입을 열었다.

"그러한 감성에 대해 남겨진 유명한 말이 있죠."

잔잔한 미소가 새겨진 입가 옆에 깊게 파인 보조개는 점토로 이루어진 것이라고는 믿을 수 없을 정도로 정교했다.

"사랑은 눈먼 것이 아니다. 더 적게 보는 게 아니라 더 많이 본다."

그가 노래하듯 나직하게 말했다.

"다만 더 많이 보이기 때문에, 더 적게 보려고 하는 것이다."

톰이 벨라의 눈동자를 마주 보았다.

"우리는 대부분 사랑에 빠지면 상대방의 결점을 발견하더라도 이를 덮어 두게 되죠."

그는 계속해서 벨라의 눈동자를 들여다보며 그녀에게 다가갔다.

"벨라, 어쩌면 그 아이는 당신의 흉터들을 보았을지도 몰라요."

톰의 입술에서 발음되는 그녀의 이름은 너무나 담백하게 들렸다.

그는 천천히 손을 내려 벨라의 화려한 진분홍색 날개를 들추었다. 그 손길이 너무나 조심스러워서, 소녀들은 그저 잠자코 그를 바라보았다. 날개 아래에 감추어 두었던 흉터들이 그의 시선 아래 노골적으로 드러났다.

"그리고 어쩌면, 그에게는 당신의 흉터들보다 춤을 추는 당신의 아름다운 모습이 더 강렬했던 것일지도 모르죠."

깊게 파인 붉은 흉터들은 철로처럼 끝없이 나열되어 있었다. 벨라의 흉터들을 걱정스럽게 바라보며 톰이 중얼거리듯 말했다.

"그러니까 그의 눈에는 당신이 샤를로테 부프일 수도 있는 것이고, 그건 성가신 일이 아닐지도 모른다는 거예요."

"샤를로테 부프?"

벨라의 물음에 톰이 대답했다.

"어떤 고전 소설에서 주인공 베르테르가 사랑에 빠진 여자예요. 베르테르는 로테에게 심각한 결점이 있다는 것을 알았음에도 불구하고 헤어 나올 수 없을 정도로 그녀를 사랑했죠."

톰은 벨라의 날개가 찢어지기라도 할 것처럼 조심스럽게 날개로부터 손을 뗐다. 그의 손이 내려가면서 벨라의 손가락을 가볍게 스쳤다. 다른 소녀들이 보지 못했을 수도 있을 만큼 짧은 순간이었다.

서늘한 저녁 공기가 열린 창문을 통해 살며시 들어왔다. 산뜻한 향이 바람을 타고 전해졌다.

"아아, 무의식 중에 내 손가락이 로테의 손가락에 닿거나, 발이 탁자 밑에서 서로 부딪치기라도 할 때 내 혈관이란 혈관이 얼마나 마구 치솟는지 모른다."

그가 속삭이듯 소설의 구절을 읊었다.

"그러면 나는 불에라도 덴 것처럼 손과 발을 움츠린다. 하지만 곧 다시 신비로운 힘에 이끌려서 살며시 몸을 떤다."

톰이 벨라의 눈동자를 들여다보며 눈부시게 웃었다.

"내 감각 전체가 현기증에 걸린 듯 어지러워진다."

벨라의 뺨은 흉터만큼이나 붉게 달아올랐다. 아카시아 양은 터져 나오는 웃음을 더는 참을 수가 없었다.

"호호호호호호호."

주방 안의 분위기는 어둡고 서늘했다. 각이 진 테이블에 둘러앉아 아무 말도 하지 않는 소녀들의 눈동자는 멸시와 혐오로 차갑게 식었다. 조금도 움직이지 않고 모두 같은 쪽을 노려보는 그녀들의 모습은 아무도 없는 불 꺼진 가게의 마네킹 같았다. 지독히도 숨 막히는 적막이었다.

앙칼진 웃음소리만 계속해서 날카로운 적막을 찢었다. 그것은 차갑게 식은 여관 안에서 유일한 소음이었다. 아카시아 양은 미친 사람처럼 계속해서 깔깔깔 웃었다. 가냘픈 몸이 그녀를 옥죄려는 가시 같은 시선들을 놀리듯 앞뒤로 거세게 흔들렸다.

어찌 우습지 않을 수가 있을까. 아카시아 양은 깔깔 웃는 와중에도 자신을 바라보는 소녀들의 얼굴을 훑었다. 아직까지 홍조가 가시지 않은 얼굴로 자신을 노려보는 벨라의 얼굴이 눈에 들어왔다. 기꺼웠다. 입가에 웃음이 흘렀다.

'바보들 같으니라고.'

그녀가 혀를 찼다. 분노로 일그러지는 그들의 표정을 노골적으로 비웃으며 그녀는 그만 자리에서 일어섰다. 더는 이 지저분한 상황에서 시간을 낭비하고 싶지 않았다.

"그만 가야겠다. 토스트가 영 형편없네."

아카시아 양이 톰에게 활짝 웃으며 말했다. 토슈즈 가방을 주워 들고 연습실로 향하려는데 다른 소녀들이 그녀의 옷자

락과 머리카락을 잡아당기고 꼬집으며 욕설을 지껄였다.

"미치광이."

"허세만 가득한 계집애."

거슬리는 발악들에 아카시아 양은 휙 그녀들을 돌아보았다. 방금 전까지 웃고 있었다고는 믿지지 않을 만큼 살기를 품은 눈동자가 소녀들을 쏘아보았다. 부릅뜬 눈은 어마어마한 경멸로 굳어 있어 마주치기만 해도 오싹할 정도였다.

잠시 동안 아카시아 양과 무리들 사이에서 차가운 정적이 맴돌았다. 서로를 향한 혐오가 격분으로 전환되는 것은 일순간이었다. 아카시아 양을 향한 시기와 질투로 다져진 혐오라는 감정을 공유하며 소녀들은 일종의 소속감과 만족감을 느꼈다.

소녀들은 단합이라도 한 듯 한꺼번에 아카시아 양에게 달려들었다. 아카시아 양은 전쟁터의 전사처럼 미친 듯이 저항했다. 그녀는 두 눈에 독기를 품고, 몰려드는 소녀들을 손닿는 대로 할퀴었다. 좀처럼 굴복하지 않는 그녀의 태도에 일방적인 구타는 오랫동안 지속되었다. 한참 뒤에 힘이 빠진 아카시아 양이 좀처럼 몸을 움직이지 못할 때조차 계속되었다.

톰은 이 정신 사납고 야만적인 광경을 뒤에서 조용히 관전했다. 처음에는 괴롭힘의 대상이 바뀌었다는 것에 조금 놀랐으나 그 이상의 감흥은 없었다. 그러다가 거칠게 저항하는 아카시아 양을 새삼 신기하다는 듯이 구경했고, 마지막에 가서는 한참을 기다려도 끝나지 않는 상황에 슬슬 지루함을 느꼈다.

마침내 모든 상황이 종료되어 소녀들이 다시 태연하게 식사를 이어 가자, 그는 쓰러진 아카시아 양을 부축해 주어야 하는지에 대해 잠시나마 고민해 보았다. 그러나 그녀는 시간이 조금 걸리기는 했으나 혼자 힘으로 바득바득 몸을 일으켰고, 독하게 소녀들에게 욕지거리를 내뱉었다.

소녀들의 반응을 무시하고 도도하게 연습실로 걸어가는 그녀를 바라보며 톰은 속으로 혀를 끌끌 찰 수밖에 없었다. 그리고 그는 곧 관심을 돌렸다.


그에게는 모든 것이 새롭게 시작되는 저녁이었다.

그는 상쾌한 마음으로 소녀들에게 향했다. 우선 벨라에게 연고를 발라 주는 것부터 시작할 생각이었다. 벨라에게 연고를 발라 주는 동안 톰은 그녀와 나눈 잠깐의 대화로 소녀들의 일정을 금세 파악할 수 있었다.

커다란 명성과 인기를 얻은 그녀들은 과거처럼 매일 밤마다 천막에서 자잘한 공연을 펼치지는 않았다. 단 일주일에 적게는 한 번, 많게는 세 번까지 훨씬 더 커다란 규모의 공연을 했고, 그중에는 공식적인 기관에 초청되어 외부로 공연을 나가는 것도 포함되어 있었다. 그들은 어제 막 천막에서 공연을 마쳤기 때문에 오늘은 별다른 일정이 없었다. 식사를 마친 소녀들은 각자 빈방을 골라 연습에 매진했다.

톰은 주방을 정리하고, 아카시아 양이 있는 연습실로 들어갔다. 그녀는 아까 있었던 일이 그저 꿈이었던 것처럼 너무나 태연하고 우아하게 몸을 움직이고 있었다. 톰은 아카시아 양의 춤에서 눈길을 떼지 못했다.

마녀에 의해 오직 한 가지 욕망만으로 이루어진 그는 무용수들의 시기심과 경쟁심을 이해할 수 없었다. 그러나 어젯밤 공연을 관람한 뒤에는 소녀들의 감정을 어렴풋이나마 알 수 있을 것 같았다. 아카시아 양의 움직임은 다른 소녀들의 것과는 차원이 달랐다. 그녀에게선 그들은 감히 범접할 수 없을 만큼 경이로운 아름다움이 흘렀다. 어떤 무용수라도 그녀의 춤을 본다면 절망감과 열등감에 휩싸일 수밖에 없을 것이다.

"남이 훔쳐보는 걸 즐기지 않아서."

자신만의 세상에 빠진 듯 열중하여 춤을 추던 그녀의 움직임이 갑작스럽게 멈추었다. 아카시아 양이 허공을 배회하던 팔과 다리를 바로 하고 그를 마주 보았다. 예쁘장한 얼굴은 화가 난 듯 톰을 노려보았다. 톰이 사과를 하려고 입을 열자, 연기였는지 아카시아 양이 눈빛을 누그러뜨리고 깔깔 웃음을 터뜨렸다.

"그새 교양을 좀 쌓았나 본데. 보석 세공 부부한테 책이 많았나 봐?"

아카시아 양이 비아냥거리며 물었다.

"여관을 나온 뒤 거처를 여러 번 옮겨 다녔거든요. 처음에는 낡은 서점에 머물면서 책을 통해 지식을 쌓았습니다. 그다음에는 전당포에 머물면서 사고를 배웠죠. 마지막으로 보석 세공 가게에 머물면서 미의 기준과 아름다운 외관에 대한 감각을 키웠습니다."

다분한 과정과 배움을 거친 결과, 그는 사랑받고자 하는 그의 욕구를 충족시킬 수 있는 최적의 상태로 거듭났다. 사랑받는 방법을 몰라 그저 막연히 갈망하기만 했던 수년 전의 지저분하고 왜소했던 남자아이는 기특하게도 제대로 된 방법을 스스로 터득했고 훌륭하게 성장했다.

아카시아 양은 진심으로 감탄했다.

"제법 근사한 남자가 되어서 왔구나."

그녀는 불현듯 무언가 깨달았는지 소리 내어 웃었다.

"그래서 돌아온 거야? 자신만만해서? 이제는 여기 있는 모두가 너를 사랑하게 만들 수 있을 것 같아서?"

틀린 말이 아닌지 톰은 부정하지 않았다. 그러자 아카시아 양은 계속해서 즐겁게 추측을 이어 나갔다.

"그리고 나한테는 복수를 하려고 온 거지."

"……말도 안 되는 소리."

"거짓말. 아까도 고통받는 나를 즐겁게 구경했잖아?"

그녀의 예리한 눈동자는 머리카락을 뜯기고 발길질을 당하는 상황 속에서도 놓치지 않았다. 망가지는 그녀를 흥미롭게 지켜보는 시선을. 그 여유로운 태도를. 증오의 감정에 포착된 순간은 신속하고 생생하게 머릿속에 각인되었다. 어마어마한 격분이 그 순간만큼은, 자신을 구타하는 이들보다 뒤에서 주스를 마시며 여유를 즐기는 그를 겨냥했다.

아카시아 양이 톰에게 다가갔다.

"나는 널 응원해. 정말 가능할지도 모르지. 그 머저리들이 너를 좋아하게 되는 것 말이야."

톰의 바로 앞까지 다가온 아카시아 양이 두 손으로 그의 양 뺨을 감싸 고개를 숙여 자신을 바라보게 했다. 가까워진 두 얼굴 사이의 간격은 무의미할 정도로 좁았다.

아카시아 양이 키득거리며 말했다.

"심지어 이미 한 명은 완전히 걸려든 것 같던걸."

"우스운 소리 하지 마십시오. 그들은 내가 누구인지도 기억하지 못했습니다."

톰이 분개한 듯 딱 잘라 말했다.

점토로 이루어져 있어 원하는 대로 자신의 모습을 바꾸는 톰은, 수년간 터득한 지식을 토대로 가장 쉽게 사랑받을 수 있는 모습으로 외관을 완전히 바꾸었다. 그렇기에 소녀들이 기억하는 수년 전의 남자아이와는 완전히 다른 모습이었지만, 그는 자신의 이름을 듣고도 아무것도 떠올리지 못하는 그들에게 분노했다.

"그런데 당신은……."

톰이 아카시아 양의 눈동자를 들여다보았다.

"당신은 나를 보자마자 단번에 알아보았죠. 어떻게 알아

본 거죠?"

아카시아 양이 눈부시게 웃어 보였다.

"당연히 알아보지. 너는 나의 욕망인걸."

나의 욕망. 소속감을 철저히 인정하는 단어에 톰은 손가락 끝에서부터 짜릿한 전류를 느꼈다. 동조의 눈길을 보내오는 친절한 미소에 가슴이 두근거렸다. 양 볼을 감싼 두 손의 온기에 자꾸만 기대고 싶어졌다.

아카시아 양은 어린아이를 달래듯이 말했다.

"아까는 내가 불평해서 속상했지? 사실 거짓말이야. 토스트는 훌륭했어. 이젠 점토 맛도 안 나던걸."

그녀의 말에 톰은 그의 요리에 점토가 묻어났다는 구실로 소녀들에게 괴롭힘을 당했던 과거를 떠올렸다. 그리고 저도 모르게 미소를 지었다. 그녀가 농담하듯 가볍게 덧붙인 한마디는 사실 그녀가 그와 공유한 과거의 일상을 기억한다는 대단한 의미를 내포하고 있었다. 이 가슴 설레는 사실에 그는 기분이 좋아졌다.

"이제는 더 이상 몸에서 점토가 묻어나지 않거든요. 사랑을 갈구하는 제 욕구를 만족시킬수록 제 몸도 더 강해져서요."

톰의 설명에 아카시아 양은 놀랐다는 듯이 한쪽 눈썹을

치켜올렸다. 그녀는 톰의 양 볼을 감싸고 있던 두 손을 천천히 내렸다. 그리고 손바닥을 확인해 보았으나 점토는 조금도 묻어 있지 않았다.

문득 그에게 총알을 쏘았지만 별 소용이 없었던 것이 떠올랐다. 아카시아 양은 눈동자를 천천히 들어 올려 증오를 감춘 미소를 마주 보았다. 마음속 어딘가에서 위험을 예견하는 경고가 살며시 고개를 들고 있었다.

## 31

# 아카시아 양의 마지막 공연

하룻밤만 재워 달라던 톰의 부탁은 사실이 아니었던 것으로 드러났다. 그는 무용수들의 일상에 뻔뻔스러울 정도로 자연스럽게 끼어들어 그녀들을 능숙하게 유혹했다. 무용수들은 겉으로 내키지 않는 척하면서도 톰이 떠나지 않기를 바라는 뉘앙스를 은근히 드러냈다.

그렇게 그는 하루 이틀부터 시작하여 점차 기간을 늘려가며 초록 여관에 머물었고 이윽고 마치 처음부터 함께였던 것처럼 그곳에서 태연하게 생활했다. 놀라울 것도 없었다. 이는 아카시아 양의 예상과 완벽히 맞아떨어지는 것이었다.

처음에 그녀는 자신의 결점을 다시 거두어들이게 된 것이 몹시 꺼림칙했다. 그러나 톰은 아카시아 양보다는 다른 무용수들에게 더 관심을 보였고, 그들과 많은 시간을 보냈다. 덕분에 아카시아 양은 다른 무용수들이 그의 추파에 놀아나는 것을 나름대로 즐겁게 구경하며 만족스럽게 연습을 이어갈 수 있었다. 따라서 톰은 그녀가 생각했던 것만큼 커다란 방해가 되지 않았다.

대신 전혀 다른 문제가 그녀의 앞길을 방해하기 시작했다. 옥죄는 듯한 발의 통증이 나날이 심해져만 갔다. 그녀는 자신의 육체에 잠깐의 휴식도 허용하지 않고 연습을 이어갔다. 통증의 정도는 점점 더 심해졌고 이는 춤을 추는 데에도 지장을 주었다. 결국 아카시아 양은 근방의 병원에 가 보기로 마음먹었다.

병원에 가는 것은 그다지 가벼운 문제가 아니었다. 공연이 아니면 여관 밖으로 한 발짝도 나가지 않고 오직 연습에만 매진하는 그녀가 외출을 한다면 다른 무용수들이 수상하게 여길 것이 분명했다.

아카시아 양으로서는 무리한 연습과 컨디션 조절 실패로 그들에게 병원에 가는 모습을 들키는 것만큼은 피하고 싶었다. 아카시아 양은 그들에게 자신의 부상을 들키고 아마추어 같은 모습을 보여 주어 그들을 즐겁게 해 줄 생각이 추호도 없었다. 그러기 위해서는 아무도 모르게 조용히 병원에 다녀와야 할 터였다.

하늘이 흐리고 스산한 바람이 부는 날이었다. 소녀들은 각자 연습실에서 틀어박혀 있었고, 톰 역시 누군가의 연습실을 골라 들어가 함께 시시덕거리고 있는지 모습이 보이지 않았다. 기회는 바로 지금이었다. 아카시아 양은 우산을 챙기고 살며시 여관을 나왔다.

아카시아 양은 가장 빠르고 효과적인 치료를 찾고자 인근 병원들을 한꺼번에 들렀다. 의사들은 약속이라도 한 것처럼 모두 몸에 무리를 준 것이 원인이니 더는 춤을 추지 말아야 한다고 입을 모았다. 그녀는 물론 귓등으로도 듣지 않았다. 발을 위해서 춤을 추지 말라니. 우스운 소리였다. 춤을 출 수 없다면 발이 달려 있는 의미가 무엇이겠는가. 아카시아 양은 몹시 기분이 상한 채 마지막 병원을 나왔다.

어느새 밖은 비가 내리고 있었다. 아카시아 양은 우산을 펴고 여관이 위치한 거리로 돌아왔다. 빗줄기를 한 방울 한 방울씩 똑똑 떨어뜨리던 하늘은 어느새 많은 양의 비를 한꺼번에 토해 내고 있었다. 아카시아 양이 우산을 살짝 들어 올리자 마치 상한 것처럼 잔뜩 탁해진 하늘이 눈에 들어왔다. 다시 땅으로 천천히 내려오던 눈동자는 멀지 않은 거리에서 펼쳐지는 장면을 포착하고 일순간 얼어붙었다.

여관 앞에서 벨라가 어느 소년과 말다툼을 하고 있었다. 조커를 연상케 하는 진한 분장과 박쥐 같은 검은 유니폼이 그가 '유령 열차 소년'이라는 것을 알려 주었다. 아카시아 양은 그들로부터 시선을 거두고 여관을 향해 걸어갔다. 그녀는 한심한 벨라의 연애 놀음 따위에는 전혀 관심 없었다. 그들의 말다툼은 점점 더 요란하게 커져 갔다.

"아카시아!"

벨라의 날카로운 괴성이 아카시아 양의 귀를 찔렀다. 거북한 목소리에 이름이 불리자 아카시아 양은 표정을 찌푸렸다.

'그다지 상대하고 싶지 않았는데.'

"아카시아! 어딜 다녀오는 거야?"

아카시아 양은 뒤를 돌아보며 얼굴에 성가시다는 감정을 노골적으로 드러냈지만 벨라는 오히려 더 신경질적인 목소리로 카랑카랑 캐물었다.

아카시아 양은 들은 체 만 체하며 벨라의 뒤쪽을 힐끗 쳐다보았다. 유령 열차 소년이 화난 발걸음으로 성큼성큼 멀어지는 것이 보였다.

"이러지 말고 네 애인 뒤꽁무니나 쫓아가지 그래?"

아카시아 양이 피식 웃으며 말했다.

"아니면 대신 톰한테 가서 칭찬해 달라고 조르려는 건가?"

아카시아 양은 무심코 던진 말이었으나 정곡을 찔렀는지 벨라의 얼굴이 발갛게 달아올랐다. 아카시아 양은 경멸과 수치심이 어린 벨라의 눈동자를 보며 비웃음을 날렸다.

"뭘 하든 나는 건드리지는 마. 나는 연습할 거니까."

아카시아 양은 그대로 등을 돌려 여관 문으로 향하는 계단으로 걸음을 뗐다. 계속해서 빗방울이 쏟아졌다. 고인 물웅덩이가 구두를 차갑게 적셨다. 불쾌한 감촉에 서둘러 계단을 오르려는데 뒤쪽에서 날카로운 목소리가 화살처럼 그녀의 등에 박혔다.

"불과 몇 년 전까지만 해도 가장 우수한 무용수는 나였어!"

마음속 깊이에서 곪아 온 감정을 웅덩이에 토해 내듯 거친 발악이었다.

"무대에서 중앙을 차지하는 것도, 공연이 끝나면 객석에서 이름이 불리는 것도, 가장 많은 스포트라이트와 꽃을 받는 것도 언제나 나였다고!"

한 마디, 한 마디 가슴속에서부터 짓이기듯 뱉어 내는 목소리에 아카시아 양은 벨라를 돌아보았다. 그녀의 눈에 들어온 것은 결과를 받아들이지 못한 패배자의 열등감과 자괴감으로 똘똘 뭉친 증오였다. 아카시아 양의 입가에 조소가 흘렀다.

"넌 그저 화려한 겉멋에 썩어 버린 거야. 나는 스포트라이트나 꽃을 많이 받는 것 따위엔 추호도 관심 없어. 오직 춤추는 것에 집중할 뿐이야."

아카시아 양의 시선이 벨라를 오만하게 훑었다.

"그런데 넌 뭐니?"

아카시아 양이 웃음을 지었다. 그것은 패배자를 한껏 초라하게 만드는 표정이었다.

"차라리 이럴 시간에 연습이나 더 하지 그래? 나와의 거리를 티끌만큼이라도 더 좁힐 수 있게."

아카시아 양은 그녀를 죽일 듯이 노려보는 눈동자를 가엾다는 듯이 바라보았다.

"추해."

그녀가 중얼거리며 벨라에게서 시선을 거두었다. 그리고

미련 없이 등을 돌렸다. 슬슬 발의 통증이 심해지기 시작했고 비릿한 비 냄새에 머리가 아팠다. 몰려오는 피곤함이 뒤에 서 있는 벨라를 머릿속에서 빠르게 지워 냈다.

아카시아 양은 서둘러 계단을 올라갔다. 발가락 끝에서부터 슬금슬금 올라오는 고통이 발 전체를 옥죄어 왔다. 순간 아카시아 양은 발을 헛디뎠다. 어쩌면 누군가 그녀를 등 뒤에서 밀친 것일지도 모르겠다. 계단에 닿지 못한 발이 한순간 허공을 배회했다. 머리가 어지러웠고 시야가 흔들렸다.

흐릿한 시야에 벨라의 미소가 어렴풋이 들어왔다. 우악스러운 손길이 그녀의 손아귀에서 우산을 뺏었다. 순식간에 그녀의 전신에는 빗줄기들이 총알처럼 쏟아졌다. 한꺼번에 퍼부어지는 빗줄기에 온몸이 속수무책으로 젖어 갔다. 벗어나려고 발악했으나 발에 힘이 들어가지 않았다. 견디기 힘든 통증이 발끝에서부터 덮쳐 왔다. 온몸이 차가웠다. 온 세상이 빙글빙글 돌았다.

아카시아 양은 고통스러움에 비명을 질렀다. 그녀의 비명을 듣고 몇몇 소녀들이 문을 열고 나오는 소리가 귓가를 울렸다. 그녀를 둘러싸고 깔깔 웃어 대는 소녀들의 얼굴이 둥둥 떠다녔다. 아카시아 양은 환하게 웃는 얼굴들을 하나하나 뚫어져라 쳐다보았다. 그것은 최근 수년간 봐 온 표정 중 가장 밝은 웃음이었다.

아카시아 양의 입가에 자애로운 미소가 지어졌다. 가장 요란하게 포장한 표정 속에 감춰 둔 감정을 그녀는 알고 있었다. 그녀는 이들을 동정했던 것이다.

흐릿했던 기억 이후로 아카시아 양은 의식을 잃었다. 눈을 떴을 때에는 비가 완전히 그친 뒤였다. 아카시아 양은 천천히 눈을 깜박였다. 이상하게도 귓가에는 여전히 빗소리가 들려오고 있었다. 다시 한번 눈을 깜박였다. 그제야 제대로 보이기 시작한 상황에 헛웃음이 흘러나왔다.

시간이 얼마나 흘렀는지는 모르겠지만 비는 여전히 쏟아지는 중이었고, 톰이 그녀에게 우산을 씌워 주고 있었다. 그가 그녀 쪽으로 우산을 내밀고 있었기 때문에 그의 몸은 완전히 비에 젖어 들었다. 그럼에도 그의 점토는 조금도 허물어지지 않았다. 아카시아 양은 여전히 계단에 늘어진 채로, 그녀를 내려다보는 톰의 눈동자를 올려다보았다.

"정말 강해졌어."

그녀가 중얼거리듯 말했다.

사랑받고자 하는 욕구를 충족시킬수록 강해진다던 그의

신체는 이제 비에도 허물어지지 않을 정도가 된 것이었다. 아카시아 양은 그녀에게 우산을 씌워 주는 톰을 하염없이 올려다보았다. 그의 표정을 보자니 그 역시 그녀와 같은 생각을 하고 있다는 것을 알 수 있었다.

수년 전 오늘처럼 비가 쏟아지던 날, 물웅덩이에서 몸이 허물어져 가던 그에게 그녀가 우산을 씌워 주었다. 그리고 그날 그들은 작별 인사를 하며 약속했다. 그는 사랑받을 수 있는 자가 되고, 그녀는 가장 뛰어난 무용수로 성장할 것을.

빗소리가 악기처럼 노래했다. 그것이 무색할 정도로 젖지 않는 두 남녀는 과거에 자신들이 약속했던 인물이 되어 서로를 마주 보고 있었다.

"후회되지 않습니까?"

톰의 목소리가 빗소리를 타고 건너왔다.

"당신은 꿈을 이루었지만, 동료 무용수들에게서는 항시 소외를 당하고 괴롭힘을 받습니다."

톰의 물음에 아카시아 양의 붉은 입술이 호선을 그렸다.

"톰, 너만 몰라."

그것은 가장 미미하지만 진심 어린 웃음이었다.

"이 여관에서 가장 행복한 자는 나라는 것을."

그것은 여관에 있는 모든 무용수들이 아는 사실이었다.

며칠이 지나도록 통증은 아카시아 양을 놓아주질 않았다. 처방받은 약들을 먹고 물리 치료를 받았지만 소용없었다. 발이 끊어질 듯한 고통을 그녀는 점점 견디기 힘들었다. 그럼에도 아카시아 양은 특유의 강인한 의지로 그녀의 부상을 티 내지 않았다. 그녀는 발이 무너져 내릴 것만 같은 통증에도 이를 악물고 공연에 매진했으며 춤 선이 망가지지 않도록 심혈을 기울였다. 그사이 정신없이 거쳐 간 몇몇 개의 공연들도 성공리에 마쳤다.

그러나 통증은 점점 걷잡을 수 없을 정도로 불어났다. 결국 아카시아 양은 병원 치료에 대한 기대를 접고 야콥을 또 한 번 방문했다. 수십 개의 귀중품들을 주고 받아 낸 야콥의 마법 약은 확실히 효과적이었다. 약을 복용하면 며칠간은 통증이 가라앉았다. 아카시아 양은 중독된 것처럼 정기적으로 야콥을 찾아가 약을 사기 시작했다. 그럴 때마다 야콥은 항상 같은 말을 되풀이했다.

"이런 비둘기 같은 것! 같은 약을 지속적으로 복용하면 내성이 생길 수밖에 없다고 여러 번 말했잖아. 네가 춤을 그만

두지 않는다면 너의 발은 결국 부서지고 말 거야."

아카시아 양의 삶에 종말을 선언하는 그 포고는, 그녀의 정신을 나날이 피폐하게 만들었다. 그녀는 깨어 있는 동안 일분일초도 공포에서 벗어나지 못했다. 자신의 희망과 삶이 한순간에 무너질 수 있다는 불안감이 그녀의 강인했던 정신을 매 순간 갉아먹었다.

야콥의 말대로 시간이 지날수록 약효는 줄어들기 시작했다. 약을 아무리 먹어도 통증이 완화되는 시간은 계속해서 단축되었고 강도도 약해졌다. 아카시아 양이 고통을 승화하고자 춤을 추면 더 큰 고통이 그녀를 집어삼켰다. 이러한 괴리 속에서 그녀는 정신 나간 사람처럼 방황했다. 매일 수십 개의 새로운 약들을 홀린 듯이 삼켜 보기도 했다. 그녀는 최고의 자리를 놓치지 않기 위해 필사적이었다.

다음 주에는 천막에서 큰 공연이 예정되어 있었다. 천막에서 여태 진행한 공연 중 역대 최대 규모였다. 아카시아 양은 서너 알의 진통제를 입 안에 털어 넣고 물을 마셨다. 그리고 거울로 이루어진 연습실의 벽에 등을 기댔다. 통증이 가라앉을 때까지 기다리고만 있자니 기분이 더러워 입 밖으로 욕지거리가 샜다. 의지와 재능으로 점철된 그녀에게 강요된 잠시간의 무기력함은 가장 잔인한 처벌이었다. 아카시아 양은 비참한 기분으로 벽에 의지한 채 움직이지 않았다.

그녀는 고개를 돌려 벽에 귀를 댔다. 지독한 고통에 지쳐 가만히 눈을 감았다. 방 안은 고요했다. 희미한 흐느낌이 적막 속에 작은 음악처럼 흘렀다.

아카시아 양은 눈을 떴다. 흐느끼는 자는 그녀가 아니었다. 벽 너머에서 소리가 미세하게 들려왔다. 누군가가 울고 있는 것이 분명했다. 아카시아 양은 잠깐 동안 여관 안에 침입자가 들어온 것은 아닌지 의심했다. 초록 여관에는 울음을 터뜨릴 만한 요괴가 살지 않기 때문이다.

아카시아 양은 몸을 일으켰다. 진통제의 효과로 통증이 조금이나마 완화된 상태였다. 그녀는 울음소리가 들려오는 옆방으로 향했다. 그리고 문을 열었다.

톰이 금방이라도 눈물이 흐를 것 같은 눈동자로 그녀를 돌아보았다. 예상하지 못한 인물에 아카시아 양은 할 말을 잃었다. 그녀는 도자기로 만들어진 그가 눈물을 흘릴 수 있을 것이라고는 상상도 하지 못했다. 아니, 그것과 별개로 그가 그러한 감성을 느낄 만한 성격이라고도 생각하지 않았다. 톰

역시 갑작스러운 아카시아 양의 등장에 당황한 눈치였다.

둘 사이에서 정적이 흘렀다. 정적을 깬 것은 아카시아 양의 웃음소리였다. 그녀의 경직되었던 입가에서 웃음이 살살 터져 나오기 시작했다. 그러더니 결국에는 배꼽을 잡고 한참 동안 깔깔 웃었다. 그 순간만큼은 아주 잠시였지만, 발의 통증도 잊히는 듯했다.

그녀가 눈에 눈물이 맺힐 정도로 한참을 웃고 나서 웃음이 잦아들 즈음 톰이 딱딱한 목소리로 말을 꺼냈다.

"······다 웃은 건가요."

그의 목소리에는 냉랭한 기류가 섞여 있었다. 톰은 아카시아 양이 울고 있는 그를 목격한 상황이 마음에 들지 않는 듯했다. 아카시아 양은 그것을 알아차렸으면서도 상관하지 않았다.

그녀가 재미있다는 듯이 캐물었다.

"말해 봐. 대체 왜 그런 청승을 떤 거야? 너한텐 모든 게 잘 풀리고 있는 줄 알았는데."

아카시아 양의 생각처럼 모든 게 잘 풀리고 있는 것은 아니었는지 톰은 고개를 저었다.

"······오늘 벨라 양이 저에게 화를 냈습니다."

진부한 대답에 아카시아 양은 맥이 탁 풀리는 기분이었다. 톰의 입에서 그 머저리의 이름이 언급된 순간부터 나머지 이야기는 모두 예상 가능한 것이었다. 그러나 톰은 멈추지 않았다.

"저는 저에게 주어진 본능대로 사랑받고자 하는 욕구에 충실했던 것뿐인데, 도대체 그녀가 왜 화를 내는 것인지 모르겠어요."

"글쎄, 네가 다른 무용수들이랑 시시덕거리는 걸 봤나 보지." 아카시아 양이 건성으로 대꾸했다.

"대화 초반에는 전혀 화가 난 기색이 없었습니다. 그런데 말을 나누던 중 갑자기……."

"네가 그 애의 성질을 건드리는 말을 했나 보네."

"그럴 리가 없어요. 저는 그저 그녀에게 솔직한 조언을 해주었던 것뿐인데요."

"무슨 조언?"

아카시아 양은 그녀가 생각했던 것보다 더 길어지는 대화에 슬슬 지겨움을 느꼈다. 그러나 톰은 그녀에게 자신의 설움을 모조리 털어놓기로 마음먹은 모양이었다.

"벨라 양이 저에게 유령 열차의 그 소년과 다투었다고 털어놓더군요. 저는 그를 찾아가서 대화를 통해 화해하는 것이 어떻겠냐고 물었습니다. 그 소년이 얼마나 그녀를 좋아했는지 잘 알고 있었으니까요. 그런데 이상하게도, 그때부터 그녀의 얼굴이 발갛게 달아오르면서 눈빛이 살벌해지더니 저에게 폭언을 연발하기 시작했어요."

"빌어먹을 톰. 고작 그런 이유로 울고 있었던 거야?"

아카시아 양이 비아냥거렸다. 누군가는 삶의 의미를 통째로 잃어버릴 위기에 놓여 있는데, 그깟 사소한 연애 문제로 부루퉁해 있는 것은 그녀에게 한심한 어리광처럼 느껴질 뿐이었다.

그녀의 비웃음을 알아차린 톰이 해명하듯 대답했다.

"아카시아 양, 저는 처음부터 애정을 받을 욕망과 그것을 베풀 엄청난 욕망을 타고났어요. 저는 제게 주어진 삶의 가치에 충실할 뿐입니다. 그리고 그 가치를 실현하지 못할 때면 지독한 절망감에 빠지죠."

그래, 바로 그 부분이 문제였다. 톰을 바라보는 아카시아 양의 얼굴이 경멸로 일그러졌다. 아카시아 양은 무용을 시작한 순간부터 사랑받고자 하는 욕망을 사치이자 약점으로 여겨 왔다. 그렇기에 자신이 그토록 경멸했던 결점을 고스란히 내비치는 그가 혐오스러웠다.

아카시아 양의 노골적인 분노에도 톰은 담담하게 그녀를 마주 보았다. 그녀를 진지하게 바라보는 그의 눈동자는 거울 같았다. 아카시아 양은 그의 눈에 비추어진 자신의 모습을 가만히 바라보았다. 호소하는 눈에 비친 그녀의 표정에는 묘하게도 톰과 닮은 구석이 깃들어 있었다. 인정하기 싫었지만, 각자의 전혀 다른 욕망과 가치관에서 비롯된 감정은 어딘가 비슷한 부분이 있었다.

아카시아 양에게 발끝의 통증으로 인한 절망은 슬픈 자극이었으며 모순적이게도 삶의 생동감을 느끼게 하는 것이었다. 아카시아 양의 입가에 남아 있던 조소가 사라졌다. 그녀는 톰의 절망을 혐오하는 동시에 이해할 수밖에 없었다. 그것을 증명하듯 발끝이 찌릿찌릿 저려 왔다. 아카시아 양은 안타까운 한숨을 쉬었다.

"방식이 잘못되었어, 톰."

"그럴 리가요. 저는 최선을 다해서 모든 요괴들에게……."

"아니, 그런 유형의 사랑은 결코 많은 요괴들과 공유할 수 없어. 너는 전략을 잘못 선택했어."

"그럼 제가 어떻게 해야 한단 말입니까?"

톰이 답을 구하며 매달렸다. 자신의 가치를 실현하기 위해 발버둥 치는 그의 모습은 소름 돋을 정도로 그녀와 똑같았다. 그는 모른 척 지나가려 하는 아카시아 양을 끊임없이 붙잡았다.

얄팍한 동정심과 절망감이 가슴의 갈라진 틈을 비집고 새어 나왔다. 부정하려고 애써 몸부림쳤지만 결국 그는 그녀의 일부였다. 그녀는 그를 도와주기로 마음먹었다.

"따라와."

아카시아 양은 톰을 그녀의 방으로 데려갔다. 순순히 그녀를 따라간 톰은 할 말을 잃고 아카시아 양의 방 안을 둘러보았다. 그의 눈앞에는 믿을 수 없는 광경이 펼쳐져 있었다. 톰은 잠시나마 이 방의 주인이 신자들을 조롱하고 거지들을 환대했던 소녀가 맞는지 의심했다. 방 안의 벽은 온갖 종교 조각품들과 그림으로 빼곡하게 채워져 있었고 책꽂이에는 종교 서적들이 한가득 놓여 있었다.

"······언제부터였습니까?"

"발이 망가질 거라는 진단을 들은 날부터."

아카시아 양이 태연하게 대답하며 침대 가장자리에 걸터

앉았다.

그녀의 눈짓에 톰도 그녀와 약간의 간격을 두고 걸터앉았다. 아카시아 양은 그녀의 침대 위에서 꼿꼿하게 앉아 있는 그를 말없이 바라보았다. 그러더니 아주 느린 속도로 그녀의 토슈즈를 벗기 시작했다.

예쁘장한 신발에 감춰져 있던 발이 톰의 눈앞에 서서히 모습을 드러냈다. 오랫동안 토슈즈를 신고 발끝을 세우며 지낸 탓에 토슈즈의 모양새를 따라 발가락 다섯 개가 모두 붙어 있었다. 그중에서도 세 개의 발가락은 처음부터 존재하지 않았던 것처럼 문드러져 형태를 잃은 채였고 발톱은 통째로 뜯겨 나간 상태였다. 남은 두 개의 발가락도 까맣게 곪아 활처럼 휘어 있었다.

톰의 표정이 경직되었다. 원하는 모양과 크기로 외형을 바꿀 수 있는 그에게 그녀의 기형은 충격적이었다. 그제야 무용수들이 방 안에서도 왜 양말이나 신발을 신고 있었던 것인지 알 수 있었다. 그들은 아름다움을 표현하는 직업을 가졌지만 이를 위해 망가지는 자신의 몸은 철저히 숨겨 왔던 것이다.

"외관은 문제가 아니야. 춤을 시작했을 때부터 이렇게 되어 왔던 거니까."

톰의 표정을 본 아카시아 양이 말했다.

"문제는 내가 정말로 발을 잃게 되면 더는 춤을 출 수 없다는 거야."

수많은 종교화와 조각상의 장엄한 시선들에 둘러싸여 아카시아 양이 담담하게 고백했다.

"나는 신을 믿지 않았어. 그들의 존재를 의심하고 타당성을 따졌지. 내 노력이면 뭐든 가능했으니까. 허구적 존재는 필요 없었어."

그녀에게도 의지와 노력이면 무엇이든 가능하다고 믿었던 태양 같은 시절이 존재했다. 종교와 신앙은 충분한 의지를 갖기엔 너무나 무기력한 자들의 피난처일 뿐이라고 생각했던…….

하지만 그것은 오만이었다. 반짝이는 전성기의 짤막한 경험과 자신감으로 단정 지은 오만. 신자들의 논리를 지적하고 조롱하던 소녀의 자신감은, 삶의 가시들에 찔리면서 숙연한 것이 되어 고개를 떨구었다.

"그런데, 내가 아무리 발버둥을 쳐도 헤어날 수 없는 위기도 있더라. 그래서 얼굴도 목소리도 모르는 그를 찾게 되었어. 위기를 해결할 수 있는 미지의 누군가를……."

낯선 이름을 처음으로 어색하게 불러 보던 밤, 그녀의 마음이 얼마나 순수했던가. 잠 못 이루는 침대 위에서 이름을 끊임없이 속삭이던 그녀의 목소리가 얼마나 진실했던가.

"매일 수십 번을 기도해. 죽을 때까지 춤추는 삶을 살게 해 달라고. 무대의 중앙을 차지하지 않아도, 스포트라이트와 박수와 꽃을 받지 않아도 괜찮으니까. 아무도 없는 허름하고 조그만 다락방에서도 난 행복할 테니까. 그저 춤을 출수 있게만 해 달라고."

그녀는 주문을 속삭이듯 단어 하나하나를 신비롭고 조심스럽게 다뤘다. 그만큼 간절하고 소중한 바람이었다.

"그렇게 기도를 하다 보면, 혹시라도 언젠가는 정말로 이루어질 수 있지 않을까, 그런 말도 안 되는 상상을 해. 상상은 약간의 희망을 틔우고, 그건 삶을 어떻게든 바득바득 이어 갈 수 있는 원동력이 돼."

그것은 어떤 약보다도 더 강렬하고 효과적이었다.

"그래서 나는 매일 신을 찾아. 그리고 그의 자비를, 그의 사랑을 구걸해."

아카시아 양이 고개를 들어 톰을 똑바로 마주 보았다. 그것은 분명한 정보이자 의미의 암시였다.

"나뿐만 아니라 수천 명의 요괴들 역시."

그녀가 또박또박 발음했다.

"톰, 알겠어?"

그녀가 그를 부른 순간 그의 머리는 누군가가 세게 친 것처럼 멍해졌다. 가슴이 두근거리기 시작했다. 온몸에 전율이 돋았다. 모든 것이 명확해졌다.

"진정한 절망을 가슴속에 품고 사는 자들은 신을 믿을 수밖에 없어. 그런데 그 절망이 조금이라도 해소되거나 희망이 미약하게나마 보인다면?"

아카시아 양이 웃었다.

"신? 그건 단지 그냥 몽상가의 개가 되어 버리는 거야."

톰은 침대에서 일어섰다. 다시 시작해야 하는 일들이 너무나 많았다.


일주일이 지났다. 공연 날이었다. 토슈즈를 신은 발들이 초조하게 움직였다. 이번 공연은 역대 최대 규모의 공연이었다. 중요한 귀빈들과 대형 언론사들이 줄지어 객석을 채웠다. 붉은 커튼 너머로 관객들의 웅성이는 소리가 울려 퍼졌다. 장엄한 메아리 소리로 그 규모가 어느 정도인지 머릿속에서 짜릿하게 그려졌다.

아카시아 양의 호흡이 빨라졌다. 발에서 터져 나오는 피와 진물이 수채화처럼 퍼져 토슈즈를 붉게 물들이고 있었다. 아카시아 양은 무대에 오르기 전 마지막으로 야콥의 약을 다섯 알 입 안에 털어 넣었다.

그녀는 만일의 사태를 대비해서 야콥을 공연에 초청했다. 만일의 사태라는 것이 무엇인지는 그녀도 정확히 몰랐다. 그저 심리적인 안정감을 위해서였는지도 모르겠다. 야콥은 그녀의 초청을 단번에 거절했으나 온갖 보석들과 액세서리들과 함께 초청장을 보냈을 때에는 거절의 답변이 들려오지 않았다.

쓰라린 약이 목구멍을 넘어가 식도에 따뜻하게 퍼지는 감각이 느껴졌다. 아카시아 양은 거칠어진 숨결에 통증을 호소하는 신음이 깃들지 않도록 긴장했다. 그녀의 주변에는 다른 무용수들이 호들갑을 떨며 치장을 하고 있었다. 사방에서 립스틱이 굴러다니고 리본이 나뒹굴었다.

아카시아 양은 직감적으로 알 수 있었다. 무용수들이 '그'가 공연에 와 주기를 기대하고 있다는 것을. 아카시아 양은 텅 빈 표정으로 거울을 들여다보았다. 굴러다니는 립스틱을 하나 주워 창백한 입술 위에 발라 보았다. 톰은 그녀의 방에서 나간 이후로 지금까지 자취를 드러내지 않고 있었다.

'생각할 게 너무 많았나 보지, 뭐.'

아카시아 양은 그의 부재를 그다지 신경 쓰지 않았다. 오히려 그가 이대로 영영 나타나지 않는 게 편할지도 몰랐다. 입술을 붉게 칠하자 창백한 얼굴이 더 하얗게 질려 보였다. 아카시아 양은 거울 안을 무심히 바라보았다. 유령을 마주하는 기분이었다. 붉은 커튼 너머에서 광활하게 울려 퍼지는 소리가 그녀의 손에 땀을 맺히게 했다. 교수형에 처해지는 사형수의 기분이 이런 것일까.

거울 안의 유령이 공허하게 속삭였다.

'우리는 저 너머에서 죽을 거야. 멀지 않았어. 바로 조금 뒤야.'

통증이 발을 옭아매고 채찍질했다.

'마지막 무대일지도 몰라.'

'아니야. 나는 죽기 전까지 춤을 출 거야.'

'그렇다면 저 무대가 무덤이 될지도 모르지.'

무용수들의 이름이 호명되고 거대한 환호성이 쏟아졌다. 아카시아 양은 발을 움직였다. 우아한 걸음걸이였다. 숨을 가다듬으며 장막 같은 커튼을 지났다. 박수 소리가 거대해지고 눈부신 빛이 그녀의 눈에 입 맞추었다. 아카시아 양은 초연하게 자세를 취했다. 첼로 소리가 선연하게 울렸다. 아카시아 양이 눈을 감고 춤에 젖어 들었다.

'썩 괜찮은 결말이야. 무대에서 삶을 마감한다는 것 말이야.'

그림자처럼 어두운 세상에서 빛은 그녀의 발길만 쫓아다녔다. 애처로운 음악은 그녀의 몸짓에서 새어 나오는 것이었다. 공중에서 팔과 다리가 부드럽게 유영했다. 눈을 감았지만 손가락이 얼마나 세심하게 공기를 연주하고 다리가 빛을 어떻게 휘젓는지 온몸에서 느껴졌다. 발이 조각조각 쪼개지는 듯한 고통이 온몸을 집어삼켰다. 그녀는 속으로 괴성을 질렀지만 겉으로는 담담하게 무대를 장악했다.

그녀를 둘러싼 수많은 시선은 철저히 그녀가 지휘하는 대로만 움직였다. 보이지 않는 피가 발등에서 분수처럼 솟구치는 느낌이었다. 비명으로 얼굴 위에 가면이 무너지지 않도록 입 안에서 혀를 깨물었다. 비린 맛이 느껴졌다.

그럼에도 무대는 계속되었다. 관객들은 쥐 죽은 듯 숨소리 하나 내지 못하고 공연에 빠져들었다. 그녀의 손짓 한 번에 끌려오는 향기였으며 발짓 한 번에 뭉개지는 포로였다.

그녀는 주체할 수 없이 밀려오는 행복감에 정신을 잃고 춤을 추었다. 그리고 허공에 날아올라 우아하게 회전했다. 그것은 고통에 발버둥 치는 몸부림이었다. 그녀가 세상에서 가장 아름다운 순간이었다.

박수와 환호성이 우레와 같이 쏟아졌다. 아카시아 양은 기쁜 마음으로 바닥에 내려왔다. 순간 발이 살짝 미끄러졌다. 잠시 모든 것이 휘청였다. 우지끈 소리와 함께 다리 아래로 바람이 획 하고 지나간 듯했다. 눈을 뜨자 분수처럼 솟구치는 피가 보였다. 환호성이 비명으로 전환되는 것은 한순간이었다. 무대 구석에서 나뒹구는 두 개의 발이 보였다. 토악질처럼 쏟아지려는 비명을 쓰게 삼켰다. 차라리 눈을 감았다.

흐릿한 의식 너머로 혼잡한 소음이 울렸다. 그녀의 이름을 부르는 목소리, 카메라 셔터 소리, 비명, 웃음소리……. 아카시아 양은 비처럼 정신없이 퍼부어지는 소음들을 하나하나 주워 담았다. 카메라 셔터 소리가 그녀의 의식을 묵직하게 눌러 왔다. 쾌활한 웃음소리가 종달새처럼 방정맞게 날아다녔다.

'웃어? 우스운가? 무엇이?'

그녀가 천막 안의 시공간을 지휘하는 선장에서 광대로 전락하는 것은 한순간이었다. 수백 명 관객들의 시선이 그녀의 목을 조였다. 거울 앞에서 보았던 유령이 걸어오는 것 같았다.

'조금 뒤면 끝나.'

멀지 않은 종말을 예고하는 속삭임에 희망을 걸었다.

'나는 죽을 거야.'

아카시아 양은 기꺼이 죽음을 기다렸다. 점점 소음이 희미해지고 의식이 멀어졌다. 깊은 잠에 빠지는 느낌이었다.

잠에서 깨어난 후, 아카시아 양은 너무나도 또렷한 의식에 절망했다. 그녀는 허름한 침대에 누워 이불을 덮고 있었다. 이불의 끝을 아카시아 양은 일부러 외면했다. 그 끝의 상황을 마주할 자신이 없었다.

그녀는 일부러 다른 데로 시선을 돌렸다. 금이 간 벽의 선반 위와 아래에는 독특한 모양의 식물들이 화분에 꽂혀 있었다. 접시만큼 커다란 꽃과 벌레를 씹어 먹는 이빨 달린 풀들이 방 안을 싱그럽게 채웠다. 주변에는 두어 개의 냄비들이 물을 보글보글 끓이고 있었다. 그 위에서는 형형색색의 물이 담긴 투명한 호리병과 꽃병이 찰랑였다. 익숙한 풍경, 익숙한 소리.

아카시아 양은 한숨을 쉬었다.

"야콥, 당신이 나를 치료했군요."

침대 뒤편에서 달그락거리는 소리를 내던 야콥이 끄윽 끄윽 웃었다.

"이제야 일어났군."

야콥이 아카시아 양의 시야에 슬그머니 나타났다. 분홍 드레스를 입고 진주 귀걸이와 보석 반지를 낀 마녀가 거대한 이를 드러내며 웃었다.

"당신을 공연에 초청하지 말았어야 했어."

아카시아 양이 절망적인 목소리로 중얼거렸다. 야콥이 샐쭉 웃었다.

"배부른 소리를 하는군. 많은 요괴들이 내게 신체의 일부를 교체해 달라고 부탁하지. 하지만 내가 그 부탁을 들어줄 정도로 재능을 높이 사는 경우는 드물어."

아카시아 양의 심장이 철렁 내려앉았다. '교체.' 거슬리는 단어가 귓구멍에 욱여들어 와 독소처럼 몸 안에 퍼졌다. 그것은 의사가 환자에게 삶이 몇 개월 남았다고 고하는 순간

과도 같았다. 이미 만들어진 결과를 확정받는 순간. 더는 달라질 여지가 없다는 것을 받아들여야 하는 순간. 그런 절망적인 순간에만 밀려오는 감정이 따로 있다. 낙심이다.

무대 위에서 나뒹구는 두 발을 발견했을 때에도 느끼지 못했던 감정이 걷잡을 수 없이 밀려와 그녀를 집어삼켰다. 온몸이 떨려오기 시작했다.

"그래서, 새로운 발은 어떤가? 마음에 들어?"

야콥이 짓궂은 장난기가 담긴 눈알을 부라리며 아카시아 양을 주시했다. 아카시아 양은 떨리는 손으로 다리 위에 덮인 이불을 잡았다. 긴장감으로 축축한 손이 이불을 천천히 걷어 냈다. 더는 회피할 수 없었다.

아카시아 양은 모습을 드러낸 자신의 발을 마주했다. 눈물이 볼에 여러 갈래의 길을 만들고 절망스러운 비명이 입 밖으로 뛰쳐나갔다.

쉴 새 없이, 계속.


《기괴한 레스토랑 2권》끝

# 기괴한 레스토랑 2

2021년 11월 30일 초판 1쇄 | 2024년 10월 28일 4쇄 발행

**지은이** 김민정
**펴낸이** 이원주 **경영고문** 박시형

**디자인** 윤민지 **교정교열** 이민영
**기획개발실** 강소라, 김유경, 강동욱, 박인애, 류지혜, 이채은, 조아라, 최연서, 고정용
**마케팅실** 양근모, 권금숙, 양봉호, 이도경 **온라인홍보팀** 신하은, 현나래, 최혜빈
**디자인실** 진미나, 정은예 **디지털콘텐츠팀** 최은정 **해외기획팀** 우정민, 배혜림
**경영지원실** 홍성택, 강신우, 김현우, 이윤재 **제작팀** 이진영
**펴낸곳** 팩토리나인 **출판신고** 2006년 9월 25일 제406-2006-000210호
**주소** 서울시 마포구 월드컵북로 396 누리꿈스퀘어 비즈니스타워 18층
**전화** 02-6712-9800 **팩스** 02-6712-9810 **이메일** info@smpk.kr

ⓒ 김민정(저작권자와 맺은 특약에 따라 검인을 생략합니다)
ISBN 979-11-6534-434-4 (03810)

쌤앤파커스(Sam&Parkers)는 독자 여러분의 책에 관한 아이디어와 원고 투고를 설레는 마음으로 기다리고
있습니다. 책으로 엮기를 원하는 아이디어가 있으신 분은 이메일 book@smpk.kr로 간단한 개요와 취지, 연락
처 등을 보내주세요. 머뭇거리지 말고 문을 두드리세요. 길이 열립니다.